尤里卡文库

L'Homme Révolté

Albert Camus

我反抗，
故我们存在

[法]阿尔贝·加缪　著

严慧莹　译

湖南文艺出版社·长沙

献给

尚·科尼叶[1]

---

1 尚·科尼叶（Jean Grenier，1898—1971），法国哲学家，加缪一生的挚友，两人书信往来甚多。——译注

我公开地把心献给庄严而受苦的大地。经常，在神圣的夜里，我许诺将忠诚爱护它直到死亡，无所畏惧，承受它沉重的命运，绝不蔑视它显现的任何谜团。因而，我与它生死与共。

——荷尔德林[1]，《恩培多克勒之死》（*La Mort d'Empédocle*）

---

1 荷尔德林（Johann Christian Friedrich Hölderlin，1770—1843），德国抒情诗人。——译注

目录

导言 001

I. 反抗者 015

II. 形而上的反抗 031

该隐的子嗣 037
既然必有一死,人的沉默比神的话语更能为这种命运做好准备。

绝对的否定 053
如果一个坚强的人虽身陷囹圄,却不屈服,那在大多数情况下,他必然有主宰他人的意志。

拒绝救赎 085
若拒绝永生,他还剩下什么呢?生命剩下最基本的。生命的意义磨灭了,还剩下生命本身。

I

绝对的肯定 096

接受一切,同时接受极度的矛盾和痛苦,就能主宰一切。

反抗的诗歌 126

超现实主义最早期的意图可定位为反对一切,永不妥协。

虚无主义与历史 158

反抗者要的不是苟活,而是活着的理由,拒绝死亡代表的意义。

III. 历史性的反抗 165

弑君者 176

权力不再来源于任意的神授,而需要人民普遍的认可,换句话说,权力不再是"理所当然就这样",而是要"成为理所当然"。

弑神者 210

上帝已死,但如同施蒂纳所预言,必须扼杀还存留上帝影子的道德原则。

个人的恐怖主义 234

接受死亡、以命偿命的人,无论他否定什么,他都在同时确立了一种价值,这种价值超越了他这个历史个体自身。

国家恐怖主义 280

然而法西斯的迷思是,它虽然想一步步地征服世界,却从未真正构想过一个世界帝国。

IV. 反抗与艺术 297

小说与反抗 308

小说是什么呢?可不就是这样一个宇宙,在这里行动找到它的形式,结语找到它的口吻,人找到了他的归宿,整个生命就是一场命运。

反抗与风格 325

通过风格化,创作者试图重新塑造世界,并且永远带着些许偏移,这是艺术和抗议的标志。

创造与革命 333

我们可以拒绝一切历史,而与星辰大海和谐一致。

V. 南方思想 343

反抗与杀人 345

在这不可取代的友爱世界中,只要少了一个人,世界就荒凉了。

适度与过度 366

限度不是反抗的反面,反抗正是限度,它统御着、捍卫着限度,穿过混乱的历史重新创造一个新的限度。

超越虚无主义 379

我们因此明白,反抗离不开一种特殊的爱。

导言

世上存在着激情的犯罪与理性的犯罪，其间的差异不易界定，但刑法却可根据预谋与否来区分，相当省事。如今我们处于预谋和天衣无缝犯罪的时代，我们所面对的罪犯不再是手无寸铁、以爱为借口寻求原谅的孩子，相反，他们是成年人，拥有完美的借口：哲学论调无所不能，它甚至能把杀人犯变成法官。

《呼啸山庄》的主人公希思克利夫，为了得到凯瑟琳，不惜毁掉所有人，但他从不会把这种杀戮合理化，或是拿任何思想系统来为自己辩解；他就是这么做了，这就是他的信仰，没什么好说的。这里我们可以看出他爱情的力量，以及他性格的骨气。爱情的力量是罕见的，让人杀人更是例外，因此它带着叛逆的调调。但是，一旦缺少骨气，人们就忙不迭地攀附在某种学说上来为自己辩解；而一旦罪行被合理化，犯罪也就连同那层出不穷的理由一样滋长繁衍，届时，它就像三段式的论证般堂皇。以前的犯罪孤独得像是一声呐喊，如今却变得像科学一样普遍。昨日我们还将犯罪送上审判，今日它却决定法律本身。

我们在此并不是要气恼泄愤。本书只是想再一次正视眼前的现实——理性犯罪，并仔细剖析它的辩护理由，以便理解我们的时代。人们或许会认为，一个在五十年内让六千万人流离失所、受奴役、遭屠杀的时代，必须首先受到评判；可即便如此，我们仍必须理解它的罪行。在以往更质朴的时代里，暴君夷平一座城池只是为了耀武扬威、奴隶被锁在强者的战车后在欢庆的城里游街、敌人在围观的民众眼前被丢到猛兽嘴里，面对这些毫不掩饰的罪行，人们的良心是坚定的，判断是明确的。然而如今，打着自由旗帜的奴隶集中营、以爱世人或追求"超人性"之名义进行的杀戮，在某种意义上剥夺了人们的判断力。在我们这个是非颠倒的时代，罪恶乔装成无辜，无辜反而需要为自己辩驳。本书的目的就是正视、剖析这种怪异的辩驳。

首先必须弄清楚的是，无辜是否从它行动的那一刻起，就无法不去杀人。我们只能在我们的时代，与我们周围的人一起行动。在知道我们是否有权杀面前这个人，或是否同意这个人被杀之前，任何的知识和思想都是无稽之谈。既然今日所有的行动都将直接或间接地导向杀人，那么在知道是否应该杀人以及为什么杀人之前，我们不能任意行动。

因此，重要的还不是追溯事情的根源，而是既然世界如此，更要知道该如何自处。在否定的时代，思考自杀的问题可能是有益的。但在意识形态的时代，必须正视杀人的问题。倘若杀人有其理由，那么我们和我们的时代都要承担它的后果；倘若没有理由，那么我们就会陷入疯狂，除了重新找出一个结论或是逃避，别无他法。总之，在本世纪的鲜血和喧嚣中，我们必须清楚地回答我们该面对的问题，因为我们正处在问题的核心。三十年前，在决定"杀"这个动作之前，人们否定了很多东西，甚至以自杀否定自己。上帝是个骗子，所有人都和他一起行骗，包括我在内，所以我要死：那时的议题是自杀。今日呢，意识形态只否定其他人，只有其他人是骗子，所以该杀。每个黎明，都有装成无辜的杀人者潜进囚室：因此，现在的议题是杀人。

这两个议题彼此相关，尤其是和我们如此地紧密相关，不是因为我们选择讨论自杀或杀人,而是因为它们选择了我们,那就接受被选择吧。面对杀人和反抗,本书旨在把有关自杀和基于荒谬概念而展开的思考[1]延续下去。

但就目前而言,这种思考只为我们提供了一个概念,即"荒谬"的概念;就杀人问题而言,这个概念也只带来了矛盾。如果真想由荒谬的感觉找出一个行动规则,它至少要让杀人变得无所谓,因而使其是可能的。倘若我们什么都不相信,倘若什么都没有意义,那么我们无法肯定任何价值,一切都是可能的,一切都不重要。既没有赞成也没有反对,杀人者没错也没对;人们既可为焚尸炉拨火添柴,也能为照顾麻风病患献身。恶意与美德纯属偶然或随性。

因此,人们决定不再行动,这意味着同意他人的杀人之举只不过是一种众声叹息的人类的不完美罢了。甚至我们还可以想象,人们以悲天悯人的艺术态度取代行动,在这种情况下,人命就只是一颗棋子。最后,人们也可能采取行动,但不是没有目的的行动,这种情形下,

---

[1] 加缪在本书之前的多本著作讨论的就是自杀与荒谬的议题。——译注

由于没有崇高价值的指引，人们所追求的只是行动的直接效果。一旦没有真假好坏，行动就只遵循那些展现自己是最有效、最强大的规则。之后，世界不再区分为正义与非正义，而是主人与奴隶。如此一来，无论站在哪一边，在否定和虚无主义的核心，杀人都占据着优越的地位。

倘若我们自认采取荒谬的态度，那就要准备杀人才对，朝逻辑迈出一步，压过那些自以为的审慎。当然，杀人还需要一些准备，但从经验判断，这些准备比人们以为的来得要少；何况，也可以派人杀人，如同我们常见的。因此，只要逻辑能说得通，一切都以逻辑为名。

但是，逻辑却无法自圆其说，因为杀人既可行，又不可行。这是因为，倘若根据对荒谬的分析得出了杀人与否无足轻重的判断，那么这一分析的最终且最重要的结论，还是谴责杀人。事实上，荒谬推理的最终，是拒绝自杀，继续保持人类的疑问和世界的沉默之间这种绝望的对峙。[1]自杀，意味着结束这种对峙，而荒谬理论认为，同意自杀就是否认其理论的前提，根据荒谬理论，自杀只是逃避，

---

1 参考《西西弗神话》(*Le Mythe de Sisyphe*)。——原注

或是一了百了的解脱。显然，这种理论将生命视为唯一必需的，因为正是生命才保有这种对峙，否则荒谬理论的赌注就没了支柱。要说生命是荒谬的，至少必须得有对生命的意识，如果不能大大牺牲舒适和安逸，如何才能维持荒谬理论独有的好处？[1] 一旦生命被认定为一种资本，那它就是所有人的资本；人们如果拒绝自杀，那就不能赞同杀人。一个深受荒谬思想渗透的人无疑会接受命定的杀人，但他不能接受理性的杀人。就生命与荒谬之间的对峙而言，杀人和自杀是一回事，要么一并接受，要么一并拒绝。

同样地，倘若绝对的虚无主义接受自杀是合理的，那么它更容易走向杀人的合理化。倘若我们的时代轻易接受杀人有其合理性，那是因为虚无主义表现出对生命的漠然；无疑也曾有一些时代，对生命的热爱是如此强烈，以至于它也爆发出极端的罪恶，然而那些极端行为就像灼热的狂喜，它们不是一种单调的命令，而是由必要的逻辑建立起来的秩序，在这种逻辑中，一切都相等。这种逻辑把我们

---

[1] 生存很困难、很煎熬，自杀却很容易、很舒适，牺牲舒适安逸的意思，就是活下去。——译注

这个时代所赋予的自杀的价值推到极致，就是杀人合理化，其价值的顶点就是集体自杀。1945年希特勒的世界末日[1]为我们提供了最显著的示范，对于那些挖地下掩体来神化死亡的疯子来说，自我毁灭算不了什么，重要的是不独自死去，而是要拖上所有人一起死。从某种意义上说，在孤独中自杀的人还算坚持了一种价值，因为他不认为自己有权决定他人的生命，他也从未将这种让他决定去死的恐怖力量强加在别人身上；所有孤独的自杀，只要不是出于怨恨，多少都是勇敢的或是蔑视的。然而，蔑视必须以某个名义来蔑视；如果自杀者漠视世界，那是因为对他来说，有一些事是无法漠视或可能无法漠视的。人们以为死了就是毁灭一切，并带走一切，但是自杀却生出一种价值，一种或许值得为之生活的价值。因此，自杀并没有实现绝对否定。绝对否定最终只有通过对自己和其他所有人的绝对毁灭来实现。倘若要力行绝对否定，就要尝试这令人迷醉的极限。在这里，自杀和杀人变成同一种秩序的两面，一种不幸的智慧所创造出的两面：与其在有限的条件下受苦，不如领

---

[1] 第二次世界大战最后几个月，德国发生大规模自杀潮，因为希特勒已呈败象，"信徒们"视为世界末日。1945年4月，德国战败，希特勒在地下掩体中自杀。——译注

略天地共毁的阴郁狂热。

同样地，倘若拒绝自杀的理由，也就不可能同意杀人的理由，我们不能是半个虚无主义者，荒谬理论不能让自己保命，却牺牲他人。一旦我们认定绝对否定是不可能的——而这种认定某种程度上就是活下去——那么首先不能否定的，就是他人的生命。因而，让我们以为杀人是无所谓的那个想法就站不住脚了，我们又回到了试图挣脱的不合理的状态里。事实上，这种理论既告诉我们可以杀人又告诉我们不可以杀人，让我们陷入矛盾，无法阻止杀人也无法使之合理化，具有威胁的同时受到威胁。我们被整个狂热于虚无主义的时代拖着走，孑然一身，手举武器，喉头发紧。

从我们自认处于荒谬的那一刻起，这种根本的矛盾就会连同其他一堆矛盾同时显现，但我们却忽视了荒谬的真正性质，它是一个经验的过程、一个出发点，就其存在来说，它等同于笛卡尔的"普遍怀疑论"。荒谬本身就是矛盾的。

荒谬之所以是矛盾的，就在于它排除所有的价值评判，却又要维持生命，而活着本身就是一种价值判断。呼吸，就是判断。说生命是不断的选择，绝对是错的；但是一个没有任何选择的生命，也无法想象。从这个简单的观点来看，荒谬的立场不仅在行动上是无法想象的，在表达上也是无法想象的：任何"无意义"的哲学一旦要表达，就会产生矛盾，因为要表达清楚，就必须在不协调之中找出最低程度的一致性，传达一个结果，但是这种哲学却又要表明这个结果并没有下文。一旦表达，就会修正，唯一合乎"无意义"的态度，只有沉默，但是沉默不也饶有意味吗？完美的荒谬竭力保持沉默，如果它发声，那就是炫耀表现，或是如同我们将会看到的——它只是稍纵即逝的罢了。这种炫耀表现、这种孤芳自赏，清楚地显露了荒谬立场的含糊暧昧。某种程度上，荒谬试图表达，一个孤独的人，其实是在一面镜子前生活。最初的撕裂和痛苦变得令人快慰，心切中不停搔抓的伤口最后反而变得让人愉快。

伟大的荒谬思想家何其多，但他们的伟大之处在于他们拒绝荒谬的炫耀表现，只保留其约束；他们破坏，是为了创造更多，而非减少。尼采说："只想推翻而不自我创造的那些人，是我的敌人。"他推翻，但试图创造，而且他颂扬正直，抨击那些"猪一样贪婪嘴脸"追求享乐的人。为了避免炫耀表现，荒谬理论选择了放弃和克己。它拒绝分散注意，走向必要的匮乏，决意沉默，进行一种奇特苦行式的反抗。歌吟"美丽的罪恶在街上泥泞里尖叫呻吟"的兰波[1]，远至哈拉尔，抱怨着没有家人的单调生活。生命对他来说，成为"众人共谋的一个恶作剧"。但是，当死亡到来时，他对妹妹大喊："我将下到地底，而你，你将在阳光下前行！"

因此，荒谬被视为生存规则时是自相矛盾的，所以当它无法为我们提供支撑杀人合理性的价值时，又何须讶异？何况，一种特殊的情绪无法奠基一种态度，荒谬感只是诸多感觉之一；两次大战期间，如此多的思想和行动都沾染它的色彩，这只证明了它的力量和正当性，但是，情感的强烈程度无法使之具有普遍性。这一整个时代的错误，就在于根据一种绝望的情绪提出了或自以为提出了普遍的行动准则。但是情绪之为情绪，它的运动本身就超越自

---

[1] 兰波（Jean Nicolas Arthur Rimbaud，1854—1891），法国早期象征主义诗人。这句诗出自《彩画集》(*Illuminatios*) 里描述城市的章节。兰波之后远至非洲从商，在埃塞俄比亚的哈拉尔（Harrar）待过蛮长一段时间，家书上写在那里没有家人，生活单调无聊。——译注

身。巨大的痛苦或巨大的幸福可以是理论的开端，是催动器，但是在整个理论中就不该再被看到，也不该再被维持。正视荒谬的感觉是合理的，以诊断自己或其他人身上的恶，但是这种感觉以及它所意味的虚无主义，只应被视为出发点，一个活生生的批判，就存在而言，等同于执拗的存疑。之后，我们必须打破镜子，进入行动，借由不可抗拒的行动超越荒谬本身。

镜子被打破了，再无任何东西帮助我们回答这个时代的问题。荒谬，如同"普遍怀疑论"，已一笔勾销，让我们陷入死胡同。但是，它就像怀疑论一样，可以作为一个出发点，引出新的探索，新的推论又会继续下去。我呐喊我什么都不相信，一切都是荒谬的，但我不能怀疑自己的呐喊，至少必须相信我的抗议；因此在荒谬的经验里，第一个也是唯一一个无法驳斥的事实，就是反抗。我不持任何理论，急着去杀人或是同意他人杀人，我所拥有的只是反抗这个让我更加痛苦的事实。反抗来自目睹不合理的事、面对一个不公平而无法理解的情况。然而在它盲目的冲动里，它所要求的是在混乱中建立秩序、在流逝中发现一致。它呐喊、要求，要求不合理的情况停止，它要求到目前为止建立在流沙上的东西，从今以后应该建立在岩石上。它要的是改变，但是改变，就是行动，但行动，又将是杀人，然而它不知道杀人是不是合理的。它引发的行动必须找出正当性，反抗必须从自身找到之所以反抗的理由——只有从自身才能找到，它必须自我检视，才能学着怎么去做。

两个世纪以来的反抗，不管是形而上的还是历史的[1]，都给我们提供了思索的方向。唯有历史学家才能试图详细解释连续不断的主义与运动，或至少能从中找到发展的脉络。接下来的章节仅仅指出几个历史性的标识，提出一个可能的诠释，这绝不是唯一可能的诠释，也远远不能厘清所有的情况；但它部分解释了方向，也几乎全面地解释了我们这个时代的极端做法。本书所提到的这段特殊历史，是欧洲自恃而骄所造成的历史。

无论如何，唯有调查反抗的态度、意图和得到的结果，才能知道反抗有没有理由，在它的结果里我们或许能找到荒谬思想无法提供的行动规则，或至少找到针对杀人的权利或义务，以及创造的希望的指示。人是唯一拒绝忍受现

---

[1] 加缪所称"形而上的反抗"，是从个体出发，面对命定、神等种种的根本反抗；"历史上的反抗"则是人面对当时所经历的政治、社会、思潮等所做的反抗。——译注

状的生物,问题是要弄清楚,这个拒绝必定导致他人和自身的毁灭吗?所有的反抗最后都必须以普遍谋杀让自己合理化吗?或是相反,它虽不能企求不可能的全然无辜,却能够发现一个合理的罪恶原则呢?

I. 反抗者

何谓反抗者？一个说"不"的人。但是他虽然拒绝，却并不放弃：因为从他的第一个行动开始，他也一直是个说"是"的人。一个一生都在接受命令的奴隶，突然发现某个新的命令无法接受。这个"不"的意义是什么呢？

它表达的可能是"这种情况持续太久了""到目前为止还可以接受，再超过就不行了""您太过分了"，以及"有一个界限是不能超过的"。总之，这个"不"字证实了有个界限存在。在反抗者的感受中，我们也看得见这个界限的概念，对方"太过了"，权力扩张越过了这个界限，必须有另一个人出来使其正视、加以规范。反抗行动建立在一个断然的拒绝上，拒绝一种被认定为无法忍受的过分，同时也建立在一个信念上，相信自己拥有某种模糊的正当权利。更确切地说，反抗者感觉自己"有权……"。他若不是坚信自己多少是有理的，就不会反抗。因此，起而反抗的奴隶同时既说"是"也说"不"，他在肯定界限的同时，也在肯定界限之内他所揣测、想维护的一切。他固执地表明自己身上有某种东西是"值得……的",要求大家必须注意。在某种程度上,他反抗的是那种命令的权力,它强迫我们对超出自己可接受范围的一切不作拒绝。

一切反抗在厌恶被侵犯的同时,存在着人本身全然而且自发的投入,带着不言自明的个人价值判断。对这种价值的坚信不疑让他在危难之中能够挺住。在此之前,他都保持沉默,绝望地承受着某种大家都认为不公却都接受的情况。保持沉默,会让人以为不判断也不要求,在某些情况下,的确也是一无所求;绝望,如同荒谬,广泛言之对一切都判断、要求,却又没判断、要求任何具体特定的事,所以保持沉默。但是一旦他开始发声,即使说的是"不",也表明了他的判断和要求。从词源学的意义来看,反抗者就是做了一个一百八十度的大转变,之前他在主人的鞭子下前进,现在则与之面对面,他要反对不好的,争取更好的。并非所有的价值都会引发反抗行动,但所有的反抗行动都默默援引自某种价值。这至少是一种价值吗?

尽管还暧昧不明,但意识的觉醒都是由反抗行动所引发的:他突然强烈地意识到,就算只是在一段时间内,人身上有某种东西足以让自己认同,在此之前他从未真正感受到这种认同。在揭竿而起之前,奴隶忍受所有的压榨,甚至经常乖乖接受比激起他反抗的命令还更该反抗的命令。他逆来顺受，或许很难隐忍，但他保持沉默，对眼前利益的关心胜过意识到自己的权利。当不想再逆来顺受、烦躁不耐时，他便发起行动，动身反抗之前所接受的一切。这个冲动几乎是追溯以往，终于爆发。奴隶否决主人屈辱的命令的那一刻，也同时否决了他的奴隶身份。反抗行动比单纯的拒绝带他走得更远，甚至超越了他为对手划定的界限，现在他要求被平等对待。起初不可抑制的反抗，现在变成了这个人的全部，他认同这个反抗，认为反抗足以代表自己，他要别人尊重自己的这部分，将之置于一切之上，宣称这是他最珍贵的，甚至胜于生命。反抗成了至高无上的善。之前不断隐忍妥协的奴隶豁出去了（"既然都如此了……"），要么就"全有"要么就"全无"（Tout ou Rien）。意识随着反抗觉醒了。

然而，这种意识仍然只包含了一个相当模糊的"全有"和一个"全无"，但它却预示了反抗者为保全"全有"作出牺牲的可能。反抗者要成为"全有"，完全认同自己突然意识到的反抗，并希望他身上这种反抗精神受到认可和赞颂；否则，他就是"全无"，被支配他的力量彻底打垮。最不济，如果被夺去他称为"自由"的这一无可商量的神圣之物，他便会接受死亡这最终的结局。宁可站着死去，也不跪着苟活。

根据一些杰出作家的解释，价值"往往代表由事实通向权利、由渴望通向合乎渴望的过程（通常以一般人普遍渴望的事物为媒介）"。[1]在反抗行动中，通向权利的过程相当明显，也就是由"必须如此"通向"我要求如此"；不仅于此，它或许还显示了今后将超越个人利益的公众的善。和一般见解相反的是，反抗所显现的"全有"或"全无"虽然来自个体的诉求，却同时质疑了"个体"这个概念。的确，如果个体接受死亡，并在反抗行动中死了，这就表现为他为自己所认为的置于个人命运之上的善而牺牲了。为了捍卫权利不惜一死，他把捍卫权利置于个人生死之上。他以某种价值的名义行动，这种价值虽然还混沌不明，但至少他感觉是所有人一致拥有的。由此可见，任何反抗行动的诉求都超越个人，因为这种诉求将他抽离出个人孤独的境地，给了他一个发起行动的理由。然而，必须注意，这种价值存在于所有行动之前，这与纯粹的历史哲学相悖：在纯粹的历史哲学中，价值是行动最终获得的结

---

[1] 拉兰德（Lalande），《哲学词汇》(*Vocabulaire Philosophique*)。——原注

果（如果的确获得结果的话）。对反抗的分析让我们至少存疑，好像有某种"人的本质"存在，这是古希腊人所相信的东西，却和当代思想的假设刚好相反。倘若没有任何需要保护的永恒之物，为什么要反抗呢？奴隶起而反抗，是为了所有同时代的人，他认为某个命令不只是否定了他自身，而且也否定了所有人身上的某种东西，甚至包括那些侮辱他、压迫他的人在内。[1]

两个事实足以支持以上这个判断。首先我们注意到，反抗行动本质上不是个自私的行动，当然它无疑也有一些自私的考量，但是人们会像反抗压迫一样反抗谎言。此外，反抗者虽然以这些考虑为出发点，但他在最深沉的冲动之中毫不保留地投注一切，他为自己争取的是尊重，但是是在他所认同的群体当中的尊重。

其次，反抗并不一定只出现在受压迫者身上，也可能出现在目睹他人受到压迫的人身上，在这种情况下，他对受压迫者产生认同，起身反抗。必须说明一点，这里牵涉的并非心理状态的认同，他并非把自己想象为受到侵犯的

---

[1] 这些受欺压的群体，和刽子手刀下的死刑犯与刽子手结集成的群体一样，但是刽子手自己并不知道。——原注

那个人；相反地，有可能是他之前受到相同侵犯的时候并没有反抗，却无法忍受看到同样的侵犯施加在他人身上。俄罗斯恐怖主义者在牢里眼见同志受到鞭打，以自杀抗议，足以体现上述这种情况。其中牵涉的也不是某个团体的共同利益，没错，甚至我们视为敌手的人遭受不公平时，也会让我们产生反抗的情绪。这里面只有对命运的认同和表态，个人要捍卫的不仅是个人的价值，更是一切人的价值。在反抗中，个人因为认同自己与他人而超越了自己，从这个角度上看，人群的团结是形而上的。只不过，当今情势下的团结只是被奴役的人彼此间的互助罢了。

通过与舍勒[1]所定义的"愤恨"（ressentiment）这个负面概念作对比，我们可以进一步厘清反抗表现出的积极面，的确，反抗行动远远超越了诉求。舍勒为"愤恨"下了很确切的定义，视它为一种自我毒害、一种有害的分泌、一种长期禁闭下的无力感；相反，反抗则撼动人，帮助他脱离现状，打开闸门让停滞的水倾泻而下。舍勒自己也强调

---

[1] 舍勒，《愤恨之人》（*L'Homme du Ressentiment*），N.R.F.。——原注
* 舍勒（Max Scheler，1874—1928），德国哲学家，早期现象学代表，以关注伦理学和人类学而闻名。——译注

愤恨的消极面，指出愤恨在女性心态中占有很大位置，因为她们心存欲望和占有欲。相反，若追究反抗的源起，有一个原则就是充沛的行动力和旺盛的精力。舍勒说得有理，愤恨中绝不缺乏妒忌，妒忌自己未拥有的，而反抗者则捍卫自己，他要的不仅是未曾拥有或被剥夺的东西，而且是人们对他所拥有的东西的尊重。几乎在所有情况下，这个他认为已拥有且值得尊重的东西，其重要性远超他妒忌的东西。反抗并非现实主义的。按照舍勒的看法，愤恨在强悍的人身上会变成不择手段，在软弱的人身上则变为尖酸刻薄，但在这两种情况下，愤恨都是使人想成为与自己现在不同的另一种人，愤恨者永远是先愤恨自己。反抗者却相反，在最初的行动中，他拒绝人们触及他个人，他为自己完整的人格奋战，并不先去征服，而是要人接受。

另外，愤恨者似乎预先为了仇恨的对象将遭到的痛苦而欣喜。尼采和舍勒从戴尔图良[1]著作里的一段文字中看到这种现象：天国里的人的最大快乐，就是观赏罗马君王在地狱受煎熬。这有点像一般人前去观看死刑处决的快乐。反抗者则不然，他的原则仅止于拒绝侮辱，并不去侮辱他

---

1 戴尔图良（Tertullien），公元2世纪基督教神学家、哲学家。——译注

人，他为了人格受到尊重，甚至愿意受苦。

我们不懂的是，舍勒何以非要把反抗精神和愤恨相提并论不可。他对人道主义中所表现的愤恨（他指的人道主义是非基督教形式的对世人之爱）的批评，或许适用某些人道理想主义的模糊形式或是恐怖手段，但用在人对现状的反抗、个人挺身捍卫所有人共同尊严的行动上，则是谬误的。舍勒要彰显的是，人道主义伴随的对世界的憎恨，爱广泛的人类整体其实就是不去爱任何特定的人。在少数的情况下，这种说法是正确的，而且当我们看到他拿边沁[1]和卢梭[2]当作人道主义的代表时，就更能理解他发出这种批评的原因。然而，人与人之间的情感并不一定来自功利算计或是对人性的信任，何况这种信任只是理论上的。与功利主义者和爱弥儿的导师的逻辑相对的是，陀思妥耶夫斯基笔下的伊凡·卡拉马佐夫身上所体现的从反抗行动到形而上反抗的逻辑；舍勒知道这一点，并如是简述这个概念："世界上的爱没有多到能让人将之浪费在人类以外的事物

---

[1] 边沁（Jeremy Bentham，1748—1832），英国哲学家、经济学家、法学家，支持功利主义与动物权利。——译注

[2] 卢梭（Jean-Jacques Rousseau，1712—1778），启蒙时代法国哲学家，认为人性本善，教育须师法大自然，所著《爱弥儿》（*Émile*）一书宣扬的就是这样的教育方法。——译注

上。"即使这个论点是对的,其中表达的深沉的绝望也不应被低估。事实上,他错估了卡拉马佐夫的反抗中所被撕扯的悲壮性质。相反,卡拉马佐夫的悲剧源起于太多的爱没有对象,既然他否定上帝,这爱便无处可施,他于是决定以慷慨、共存的名义将其转移到人类整体上。

此外,在我们谈及的反抗行动之中,反抗者并非因内心的贫乏或是徒劳的诉求,而去选择一种抽象的理想。他要求人身上的某一部分受到重视,它不能被简化为概念,这部分是他天性中热烈的一面,除了构成他的生活本身,别无他用。这是否意味着所有的反抗都没有愤恨?不是的,在我们这个充满仇恨的世纪,这样的例子可不少。但我们应以最广泛的视角来理解反抗这一概念,否则就会曲解它,从这种角度上看,反抗在各方面都超越了愤恨的限度。《呼啸山庄》里,希思克利夫为了钟爱的女人,宁可放弃上帝,这不只是他屈辱的年轻岁月的呐喊,而且是他一生惨痛遭遇的流露。同样的反抗行动驱使埃克哈特大师[1]说出离经叛道而令人惊愕的话语:"宁可和耶稣一起下地狱,也不愿上没有耶稣的天国。"这是由爱驱使的反抗,我们驳斥舍勒的

---

1 埃克哈特大师(Maîtr Eckhart, 1260—1327),德国神秘主义神学家。——译注

理论，就是要凸显反抗行动中激情的那部分，正是在这里，反抗与愤恨相区分。反抗乍看下是负面的，因为它不创造任何东西，但其实深层来说是积极的，因为它揭示了人身上自始至终要捍卫的东西。

然而，这种反抗与其传导的价值难道不是相对的吗？人们反抗的理由似乎会随着时代与文化的不同而不同。显然，印度的贱民、印加帝国的战士、中非的原始人、基督教最早期修会的成员，对反抗的想法会有所不同。我们甚至可以相当笃定地说，反抗这个概念在这些具体情况下毫无意义。但是，一个希腊奴隶、一个农奴、一个文艺复兴时期的意大利佣兵队长、一个摄政时期巴黎的中产阶级、一个1900年俄国的知识分子、一个当代工人，就算他们反抗的理由不同，却毫无疑问都可被称为反抗。换句话说，反抗这个议题只在西方思想中有确切的含义，甚至可以更明确地说，如同舍勒所言，在非常不平等（印度的种姓制度）或在绝对平等（某些原始社会）的社会里，反抗精神难以表达。在一个社会里，唯有平等理论粉饰现实上的不平等时，才可能产生反抗。因此，反抗这个议题只在西方世界内部才显出确切含义。我们可能会断言这与个人主义的发展有关，但是之前提到的几点推翻了这样的结论。

显而易见，从舍勒的言论中能得到的唯一结论就是，经由政治自由的理论，我们的社会中出现了越来越多的人本思想，而经由这个政治自由理论的实践，人们的不满也相应增长了。自由的实际状况跟不上人本意识的速度。借助这个观察，我们只能得出以下推论：反抗是一种意识到自己所拥有的权利的行动。但我们还不能说这里只有个人的权利，相反，根据前文所述的团结精神，人们在反抗行动中，对人的权利的意识会越来越扩展。事实上，对于印加帝国的子民或印度的贱民来说，反抗问题从未出现过，因为在他们想到反抗之前，这个问题已经被传统解决了，答案就是"神意如此"。由神主宰的世界里，不存在反抗问题，因为那里根本没有真正的问题，所有的答案都一次交代清楚了。神话取代了形而上的思考，疑问不再存在，存在的只是永恒的答案与诠释，这些答案和诠释倒可能是形而上的。但是，在人进入神的世界之前或当他离开神的世界之前，总会有一次发问和反抗。反抗者是一个即将接受或拒绝神圣的人，他要求一个人性的秩序，所有的答案必须是人性的，即以理性表述的。从这一刻开始，每一次发问、每一次发言都是反抗。而在神的世界里，所有的言论都是恩典。或许可以这么说：人的想法里只可能有两个世界，神的世界（以基督教语言来说，恩典的世界[1]）或反抗的世界，唯有其中一个消失，另外一个才出现，尽管另外一个世界出现时，可能还混沌不清。再一次，要么全有，要么全无。如今反抗的问题的现实性仅仅在于整个社会想要和神的世界拉开距离，我们正经历一个去神圣化的历史。当然，人的本质不仅仅是反抗，但今日历史以其种种争论，迫使我们说反抗是人的基本架构之一。反抗是我们历史的现实，除非逃避现实，否则就必须在反抗里找到我们的价值。远离神的世界和它绝对的价值之后，我们能否找到一个行为准则呢？这就是反抗提出的问题。

我们已经指出反抗所产生的还很模糊的价值，现在要思考的是，当代思潮和反抗行动中是否体现了这种价值。如果体现了，就要弄清这种价值的内涵。但在继续探讨之前，必须先指明这种价值建立于反抗本身。人与人之间的

---

[1] 然而，基督教初始也有一个形而上的反抗，但基督复活、耶稣降临的宣告以及被诠释为对永生的许诺的神的国度，都使得反抗成为不必要之举。——原注

互助奠基于反抗行动，反过来说，反抗行动也只在这同声共气之间找到存在的意义。因而我们可以说，所有意欲否定、摧毁这种互助的反抗行动，都已经丧失了反抗的名义，只不过是同意杀人而已。同样，这种同声共气的互助，在离开神的世界之后，唯有在反抗之中才有意义。这就是反抗思想真正的戏剧性所在：为了生存，人必须反抗，但他的反抗必须在自身所发现的界限之内——只有在众人之中，人才能生存。因此，反抗思想不能脱离记忆，这是一种永恒的张力。在回顾每一次反抗的行动或结果时，我们都要检视它是否忠于崇高的初衷，还是疲软或变了调，乃至忘记初衷，沉陷于残暴的专制与奴役。

这就是源起于荒谬思考和荒芜世界的反抗精神的第一进程。在荒谬经验中，痛苦是个体的；一旦有了反抗活动，人就意识到痛苦是集体的，是大家共同承担的遭遇。一个察觉荒谬的人，第一步，就是意识到这个荒谬感是集体性的，整个人世的现实都在于为感觉自身与世界的距离而痛苦，而这种个体的痛苦成了集体的瘟疫。在我们日常承受的磨难中，反抗的角色就如同"我思"（cogito）在思维范畴里起的作用：它是首要且明显的事实。这个事实让人摆脱孤独，奠定所有人共同的首要价值。我反抗，故我们存在。

II. 形而上的反抗

形而上的反抗，是人起而对抗自身情况与人类全体情况的行动，之所以是形而上的，是因为它对人的最终目的与创造提出质疑。奴隶反抗的是自身境况所受到的对待，形而上的反抗则是反对作为一个人受到的对待。反抗的奴隶肯定心中有某种东西无法接受主人的对待；形而上的反抗者则表达对一切的失望。对于他们来说，这些都不仅是纯粹的否定，不论哪一种情况，我们都能看到一种价值判断，他们对身处的状况无法认可的判断。

起而反抗主人的奴隶，并没有否定主人"身为人"的身份，而只否定他"身为主人"的身份。他否定主人有权否定奴隶的诉求，主人因对其诉求毫不在意，置之不理，因此丧失主人的角色。如果不参照一个大家都承认的共同价值，人与人之间便无法互相理解。反抗者要求这个价值被明确地公认，因为他知道，甚至担心，失了这个原则，世界就会失序、罪恶横行。对他而言，反抗行动诉求清晰与一致。吊诡的是，最基本的反抗行动，表达了对秩序的渴求。

这一描述的字字句句也适用于形而上的反抗者，形而上的反抗者面对一个分崩离析的世界，要求一致性。他以自身坚持的正义原则反对世上横行的不正义，最开始他要求的只不过是解决这个矛盾，可行的话，就建立起正义的统一，若是被逼到墙角的话，就建立起不正义的统一。在此期间，他揭露矛盾，反对死亡让一切未竟、恶让一切分崩的生存情况，形而上的反抗以幸福完满为诉求，对抗生存的痛苦与死亡。如果人的生存定义是必有一死，从某种意义上说，反抗同时应声而起。在拒绝死亡的同时，反抗者拒绝接受让他生存在此状况下的力量，因此，形而上的反抗者并不像大家认为的那样必定是个无神论者，但他一定是个渎神者，只不过，他以秩序为名进行亵渎，宣告神是死亡之父，宣告死亡这令人无法接受的恶行。

要说明这一点，就要回头再谈反抗的奴隶。奴隶在反抗当中，确立了反抗对象——主人——的存在，他表明自己隶属于主人的权力之下，与此同时，他也确立了自己的权力：他可以时时刻刻质疑主宰他的主人。如此看来，主人和奴隶息息相关：一方暂时的权威取决于另一方的顺从。

这两股力量彼此确立，直到反抗产生之时，双方在对峙中相互摧毁，其中一股力量才暂时消失。

同样地，形而上的反抗者起而反抗一个权威时，同时也确认了它的存在，正是因为他发出质疑，质疑的对象才因此存在。他将这个高超的神拖入凡人屈辱的生存中，它徒然的权力和我们空洞的生存状况是一样的；反抗者将它置于我们拒绝的力量之下，让它在不屈服的凡人面前低头，强迫它融入一个对我们而言是荒谬的存在，最终将它拉出超越时间的庇护地，让它进入历史之中，远离永恒的稳定，唯有在人类的一致同意之下，它才能再找到这种恒常的稳定。反抗以此肯定了一件事：任何超越人类的存在至少都是矛盾的。

因而，形而上反抗的历史不能和无神论的历史混为一谈，就某方面来看，它甚至和当代历史的宗教精神有所关联。反抗者发出挑战，而非单纯的否定，至少在最初期他并未磨灭神，只是与其平等对话，当然这不是谦恭有礼的对话，而是由想打败对方的欲望挑起的论战。奴隶最开始是要求公正，到最后却想得到权威，换他来主宰。对生存状态的抗拒，演变为一场针对上天的激烈长征，掳回一个被囚禁的国王，先废黜他，再判他死刑。人类的反抗最后演变为形而上的革命,从发迹到行动,从浪荡子[1]到革命家。一旦神的王位被推翻,反抗者发现自己以前在生存中徒然寻找的正义、秩序、团结,现在靠自己的双手创造出来了,由此证明罢黜神祇是正确的行动。至此,他要孤注一掷,不惜以罪恶为代价,建立人的帝国;这一切并非没有惨痛的后果,我们知道的仅是其中一些而已,但这些后果完全不是来自反抗本身,或至少应该说,只有当反抗者忘却初衷,疲惫于"是"与"否"的拉锯煎熬,终至放弃一切或全然臣服时,才会造成这些后果。形而上的反抗在最初的行动中,显现出与奴隶的反抗同样积极的内涵,我们的任务就是研究这种反抗的内涵实质上变成了什么,看看忠于或不忠于初衷的反抗者导致了什么结果。

---

[1] 这里的浪荡子(dandy)并无贬义,指的是反对资产阶级、商业活动的人,大多是艺术文学界人士。当时正因为这些人不专心于营生,却喜欢风花雪月、出入艺术沙龙、重视装扮,才被称为浪荡子。——译注

该隐[1]的子嗣

> 既然必有一死，人的沉默比神的话语更能为这种命运做好准备。

在思想史上，真正所谓形而上的反抗在18世纪末期才有系统地出现。现代就在围墙倒塌的巨响中展开了。从此时开始，反抗的种种后果连续不断地出现，毫不夸张地说，它们塑造了我们当代的历史。这是否意味着形而上学的反抗在这之前就毫无意义？其实，反抗的典范可追溯到相当遥远的过去，因为我们喜欢自称活在普罗米修斯[2]时代，但是，真的是这样吗？

远古的神话告诉我们，永恒的烈士普罗米修斯被绑在世界尽头的石柱上，不乞求原谅所以永远受折磨。埃斯库

---

1 《圣经·旧约》中，该隐是人类祖先亚当的长子，与弟弟亚伯各自向上帝献上祭品，但上帝偏爱亚伯的祭品，该隐愤怒忌妒杀死弟弟，被上帝放逐。——译注
2 在埃斯库罗斯的悲剧中，普罗米修斯帮人类盗火触怒宙斯，被锁在高加索山悬崖上。——译注

罗斯[1]进一步提高这位英雄的形象，把他塑造成一个洞悉者（"我早预见所有将遭遇的不幸"），让他呼喊对诸神的仇恨，把他投入"命定的绝望暴风雨海洋"中，让他在电闪雷鸣中结束生命："啊！你们看我所忍受的不公平！"

因此，我们不能说古人不知道形而上的反抗。早在撒旦之前，他们就树立起反抗者痛苦而高贵的形象，并创造出关于反抗智慧的最伟大的神话。希腊人汲取不尽的才华在神话里不只描述人的团结和面对命运的谦卑，也创造了反抗的典范。普罗米修斯的某些特点又出现在我们所经历的反抗历史中：反对死亡而斗争（"我让人们摆脱死亡的纠缠"），救世主降临说（"我在他们身上植下盲目的希望"），博爱（"我太爱人类，因此成为宙斯的敌人"）。

但是，我们不能忘记，埃斯库罗斯三部曲中的最后一部《带火种的普罗米修斯》（*Prométhée porte feu*）昭示了反抗者将被原谅的时代开始了。希腊人的反抗并不过度，哪怕在最大胆的行为中，他们仍然忠于自己创建的这个尺度，他们起而反抗的并不是造物主，而是宙斯——他只不过是

---

[1] 埃斯库罗斯（Eschyle，公元前525—前456），古希腊悲剧真正的创始者，被称为"悲剧之父"。——译注

诸神之一，其生命是有限的。普罗米修斯本身也是半个神。其中牵涉的只是一场特定的恩怨、一场对善的争论，而非一场恶与善之间的全面争斗。

这是因为古人相信命运，更相信他们生存其间的大自然，反抗大自然就是反抗自己，这是无益之举。唯一切合的反抗就只有自杀。希腊人眼中的命运是一种晦暗不明的力量，人只能承受，犹如承受大自然的威力。对希腊人来说，过度的行为莫过于持杖击海，这无异于野蛮人的疯狂之举。无疑，希腊人也描绘过度行为，因为这种行为的确存在，但他们在描述这种行为时，同时为其定下了界限。阿喀琉斯在帕特罗克洛斯战死后发出挑战[1]，被命运操弄的悲剧英雄诅咒自己的命运，却不会将其全盘推翻。俄狄浦斯[2]知道自己并非无辜，但尽管他是有罪的，他也受命运摆布，他抱怨，却未说出无法挽回的话。至于安提戈涅[3]，她是以

---

[1] 希腊第一勇士阿喀琉斯（Achille）在挚友帕特罗克洛斯（Patrocle）被杀之后，对凶手海克特（Hector）发出挑战，将之杀死。——译注

[2] 俄狄浦斯（Oedipe），底比斯国王，在不知情的情况下杀死自己的父亲娶了自己的母亲。——译注

[3] 安提戈涅（Antigone），俄狄浦斯王的女儿，其兄弟死后，舅父克瑞翁国王下令不得安葬，她抗命前去安葬。——译注

传统的名义反抗，让她的兄弟在坟墓中得到安息，出于对死者仪式的尊重。在某种意义上，她的反抗是针对某个命令发起的行为。希腊人的想法，这种善恶两面的思想，几乎总是在最悲凄的曲调之后发展出一个相对的曲调；俄狄浦斯双目失明、景况凄惨，发出了一句不朽之言，认为一切都是好的。"是"与"否"获得了平衡。甚至当柏拉图塑造了一个尼采式的人物克里克斯时，甚至当克里克斯高声说出"如果出现了一个拥有足够力量的人……，他会逃走，他会践踏我们一切的成规、咒语和护符，推翻所有违背自然的法律。我们的奴隶造反了，以主人自居"时，他尽管拒绝法律，但还是说出了"自然"这个词。

因为形而上的反抗预设了一种简化的创世观，而希腊人不可能有这种看法。对他们来说，不可能一边是神，另一边是人，它们必须是同一个系列的首位和末尾。无辜相对于有罪、整个历史简化为善与恶之间的斗争的这些对立观点，希腊人不会有。在他们的世界中，错误多于罪恶，唯一根本的罪恶就是过度。而在全然被历史支配的世界中（很可能就是我们的社会），不存在错误而只有罪恶，首要的罪恶就是适度。这可以解释我们在希腊神话中感觉到的残暴和仁慈的奇特混合，希腊人从来不把思想孤立为壁垒森严的阵营，与之相比，我们逊色许多。总之，反抗只针对个人，即被视为人的神，它创造一切并为其负责，才能给人类的反抗赋予意义。因此，西方世界反抗的历史与基督教史密不可分这一说法并不矛盾。必须等到古代思想告一段落，方能看到反抗思想开始在过渡时期的思想家的作品中出现，其中伊壁鸠鲁[1]和卢克莱修[2]的探讨特别深沉透彻。

伊壁鸠鲁深沉的悲伤已经发出了一个新的声音。这悲伤无疑来自对死亡的焦虑，这在古希腊想法中并不陌生，然而，这种焦虑的悲怆色彩却具有启示性。"人有把握对付一切；但是对于死亡，我们都像那些城堡被攻陷的居民一样。"卢克莱修进一步说："这个广阔世界的物质注定会死亡和毁灭。"那何不及时行乐呢？伊壁鸠鲁说："等待复等待，消耗了生命，我们都将痛苦死去。"所以要享乐，但这是多么诡异的享乐！堵住城堡的墙眼，存好面包和水，在寂静的阴影中苟活。既然死亡威胁我们，那就应当证明死

---

[1] 伊壁鸠鲁（Epicure，公元前341—前270），古希腊时期著名哲学家，享乐主义伦理学代表人物。——译注

[2] 卢克莱修（Lucrèce，公元前99—前55），罗马诗人、哲人，伊壁鸠鲁主义者，反对神创论，认为物质存在是永恒的，整个世界包括神都由原子组成。——译注

亡算不了什么。犹如爱比克泰德和马可·奥勒留[1]，伊壁鸠鲁将死亡排除在生命之外。"在我们眼里，死亡不算什么，因为已消解之物不会有感觉，既无感觉，就什么都不是。"这是虚无吗？不是，因为世界上的一切均为物质，死亡代表的只不过是回归元素。存在，就是石头。伊壁鸠鲁所说的奇特的快乐意指不受痛苦，这是石头的幸福。为了摆脱命运，伊壁鸠鲁采取了一个和之后伟大的古典主义者同样决然的动作，他扼杀感觉。首先是扼杀感觉的第一声呼喊，即希望；这也是这位希腊哲学家对于神的看法，人的一切不幸源于希望，他把人从城堡的寂静中抽离，把他们丢到城墙上等待神的救赎。这些不理智行动唯一的作用，只是打开已仔细包扎的伤口而已。伊壁鸠鲁并不否定神，只是敬而远之，如此之远，以至于灵魂别无其他出路，只能把自己重新封闭起来。"幸福且永生的人没有任何世俗纷争，也不给人制造纷争。"卢克莱修更进一步地说："神祇们因为是神，无疑在最深沉的平静中享受着永生，不识我们尘世的纷扰，彻底超脱。"那就让我们忘掉神吧，永远不要去想，

---

[1] 爱比克泰德（Epictète，50—135）是斯多葛派哲学家，马可·奥勒留（Marc Aurèle，121—180）是罗马皇帝，也是斯多葛派哲人。——译注

那么"无论白天的思绪或是夜里的梦境都不会搅乱心灵"。

我们之后还会谈及这个永恒的反抗主题，但中间会有相当大的差异。反抗者唯一的宗教想象，就是一个赏罚不分、充耳不闻的神。维尼[1]咒骂神明的沉默，伊壁鸠鲁却认为，既然必有一死，人的沉默比神的话语更能为这种命运做好准备。这位想法奇特的思想家努力在人的四周筑起围墙，修砌城堡，无情地窒息人类无法抑制的对希望的呐喊。这个闭关自守的战略完成之后，伊壁鸠鲁像人群中的神那样，高唱胜利凯歌，昭示他反抗中的防卫性："我挫败了你的诡计，喔，命运，我堵截所有你可以侵袭我的道路。我们绝不让你或任何一种恶力战胜我们。当不可避免的死亡来临时，我们对那些徒劳地想攀住生命的人的蔑视，将以这首动人的歌曲表达：啊！我们的一生活得多么有尊严！"

卢克莱修是当时唯一将这种逻辑推至更远，并推演至近似于现代思想的人。从根本上来看，他并没有为伊壁鸠鲁的学说增添任何新东西。他也拒绝一切超出感觉之外的解释原则。原子只不过是人最后的归宿，存在还原成最初的元素，继续维持一种看不见也听不到的永生状态，一

---

[1] 维尼（Alfred de Vigny，1797—1863），法国浪漫主义悲观诗人。——译注

种永生的死亡。这对卢克莱修来说，如同对伊壁鸠鲁，是唯一可能的幸福。然而他必须承认，原子并非自动结合在一起；他不同意有一个更高的规律在掌控，因为这又会引导到命运存在这个结论，而这正是他要否定的，他只承认有一种偶然的运动——偶微偏[1]，原子才能碰撞聚合。请注意这一点，这已提出现代社会的重要问题了，现代智者发现，人否定了命运，却又落入偶然性之手，因此只好竭力重新赋予人一种命运，这次是历史的命运。卢克莱修并不这样看，对命运和死亡的仇恨，使他满足于这块酣醉的土地，原子在这里因偶然创造出生物，生物又偶然地分裂为原子。然而，他的词语表现出一种新的体会。森严自保的城堡成为设防的壁垒，也就是卢克莱修修辞学中的一个关键词"世界之堡垒"（moenia mundi）。当然，在这个堡垒中最重要的事就是让希望销声匿迹。但是在这里，伊壁鸠鲁有条有理的舍弃转变成令人战栗的禁欲，有时还变成对世界的诅咒。对于卢克莱修来说，"虔诚"无疑是"能够以一种不受任何扰乱的精神观看一切"，然而，这种精神却因为

---

[1] 偶微偏（clinamen），卢克莱修创造出的哲学术语，意为原子运动因偶微偏才脱离单调被决定的轨迹，发生碰撞，形成复杂关系，创造新的事物。——译注

人所遭受的不平而被扰乱。愤慨之下，他在阐释物性的伟大诗作中，诠释了罪行、无辜、犯罪和惩罚的新概念。诗中谈到了"宗教最初的罪行"，无辜的伊菲革涅亚[1]被送上祭坛；谈到神"往往让罪人逃过，却以不公的惩罚夺取无辜者的生命"。卢克莱修嘲讽对来世惩罚的恐惧，不同于伊壁鸠鲁防卫性的反抗态度，而做出一种攻击性的推论：既然我们当下看见善并没有获得好报，那么恶为什么要遭到惩罚呢？

在卢克莱修的史诗中，伊壁鸠鲁本人也成为一个杰出的反抗者，尽管他不是。"在所有人眼中，人类在尘世卑屈苟活，被宗教践压，宗教在高高的天上俯视我们，以恐怖的面目威胁众生，一个希腊人，第一个胆敢抬起眼直视它、站立起来反对它……正因此举，宗教被推翻，被踩到脚下，这个胜利让我们飞腾上天。"在此，我们感受到了这种新的亵渎之语与古代咒骂神祇之间的差别。古希腊的英雄会渴望变成神，那是因为神祇们已存在，这是一种升级。相反地，卢克莱修作品中的人进行一场革命，人在否定卑鄙、罪恶的神的同时，取而代之。人走出森严的壁垒，以人类

---

[1] 伊菲革涅亚（Iphigénie），古希腊悲剧中，特洛伊战争首领阿伽门农的长女，为祈求战争胜利被当作祭品。——译注

受苦的名义向神发起最初的攻击。在古代社会中，谋杀是无法解释且无法补偿的。对卢克莱修来说，人的谋杀已然只是回应神的谋杀。卢克莱修的诗以一幅神圣殿堂上横陈着瘟疫致死的尸体的惊人画面做结尾，这绝非偶然。

伊壁鸠鲁和卢克莱修的同代人渐渐意识到神是一个人的概念，若非这种感知，就无法理解卢克莱修这种新的语言。从这个神统治之初，反抗者就以最坚定的决心，做出了断然的拒绝。因为该隐，第一次反抗伴随着第一个罪恶。我们今日所经历的反抗，应该说是该隐子嗣的历史，而非普罗米修斯信徒们的历史。就这个意义而言，激起反抗的是《旧约》中的上帝。反过来说，当人们像帕斯卡[1]一样，完成了智慧质疑的反抗之后，便应该臣服于亚伯拉罕、以撒、雅各的上帝[2]。最具怀疑精神的灵魂最向往冉森主义[3]。

由这个观点来看，《新约》可以被视为预先对世界上所

---

1 帕斯卡（Blaise Pascal，1623—1662），法国科学家、哲学家，反对教条主义，斥责怀疑论与无神论，支持冉森教派。——译注
2 这里所言《旧约》与《新约》的差别，是耶稣诞生。神于是有了一个人的相貌。——译注
3 冉森主义（Jansénisme），罗马天主教在17世纪兴起的教派，教义极端，强调原罪、人类的败坏、宿命论。——译注

有该隐子孙的回答，它使上帝的形象变得温和，并在上帝和人之间提出一个中间人。耶稣来到世上要解决两个主要问题：恶与死亡。这也正是反抗者面对的问题。耶稣的解决办法首先是一肩扛起，这位人神耐心地忍受苦难，无论是恶还是死亡都不能再归咎于他，因为他也忍受痛苦并且死了。各各他山[1]的那一夜，在人的历史上之所以如此重要，就是因为在那个黑夜，神明显地放弃了他传统的特权，尝尽所有生命之苦，包括绝望、面对死亡的焦虑。人们如此理解"Lama sabactani"[2]和耶稣临死之际的难忍的怀疑。若死亡之际他已知会获永生的话，临死的恐惧就会变得轻微。神若要成为人，就必须领受绝望。

诺斯替教派（gnosticisme）是希腊与天主教结合的果实，为了反对犹太思想，在两个世纪的时间里曾试图强调"人神"这个想法。例如瓦伦泰就曾想象出诸多的中间人，这种乡村集会式形而上的始源[3]，与古希腊文化中介于神与人

---

[1] 各各他山（Golgotha），或译为髑髅地，是耶路撒冷的一座山丘，据说是耶稣被钉上十字架的受难地。——译注

[2] 《新约》中，耶稣被钉在十字架上说的句子，意思是"神啊，神啊，为什么离弃我"。——译注

[3] 瓦伦泰（Valentin），诺斯替教派重要人物，创出许多介于神与人之间的低阶神祇，称之为始源。——译注

之间的半神扮演的是相同的角色，旨在减弱悲惨的人面对无情的神时的荒谬性。尤其是马西安[1]提出的次位神的角色，这个"低阶"的神祇残酷尚武，创造了终结的世界和死亡，我们应该憎恨他，同时应该通过禁欲来否定他的创造，直至戒除性欲不再繁殖，以毁灭他的创造，因而这是一种高傲而反抗性的禁欲。只不过呢，马西安将反抗引向一位低阶的神，以便更加歌颂那位高阶的神。诺斯替教派起源于希腊，说法还比较温和，只试图摧毁基督教里所残留的犹太教思想。同时，诺斯替教派也要预先避开奥古斯丁学派[2]，因为这个学派为一切反抗提供论据。譬如，巴西里德[3]认为受难者是有罪的，甚至耶稣也是有罪的——证据就是他们在受苦。这个想法很奇特，它的目的在于抽离苦难的不正义性。针对无所不能又无道理可循的圣宠，诺斯替教派仅仅以古希腊原本的概念来取代，留给人无限的机会。第二代诺斯替教派中的众多派别更全力将古希腊思想发扬光大，使基督教世界更易为人亲近，并清除教义中可能引起反抗

---

1 马西安（Marcion），诺斯替教派中后期新兴的一支别派，主张神分二元，高阶之于低阶，好神之于坏神。——译注

2 奥古斯丁学派驳斥一切怀疑，并坚持《圣经》的真理性。——译注

3 巴西里德（Basilide，公元1世纪至公元2世纪），诺斯替教派主要人物。——译注

的理由，因古希腊文化将反抗视为万恶之首。但是基督教会谴责这种努力[1]，从而引来了更多的反抗。

漫长的世纪之中，该隐的后代们赢得越来越多的胜利，因此可以说，《旧约》中的神有了意料之外的重要性。很矛盾的是，渎神者让基督教想排斥于历史舞台之外的那位"妒忌之神"[2]复活了。亵渎神明者真正大胆的行为，正是把耶稣拉入他们的阵营，使耶稣的历史停留在十字架上和临终的那声苦涩的呼喊中。如此一来，保留了一个充满仇恨的神的形象，符合反抗者的想法。在陀思妥耶夫斯基和尼采之前，反抗针对的只是一个残酷而任性的神——它毫无理由地偏爱亚伯的献祭而不喜该隐的献祭，以至于挑起了第一次杀人。陀思妥耶夫斯基在想象中、尼采在事实上把反抗思想的范围无限扩大，并且直接质疑神的爱。尼采昭示在他同代人的心灵里，上帝已死。他像他的先驱施蒂纳[3]一样，攻击上帝的幻象还披着道德的外衣滞留在当代的精神中。但在陀思妥耶夫斯基和尼采之前，例如放荡思想

---

[1] 当时基督教领袖对诺斯替教派的学说反应激烈，将之斥为异端。——译注
[2] 《旧约》中神自称妒忌之神，这里的妒忌并非寻常意思，请查阅《圣经》。——译注
[3] 施蒂纳（Max Stirner, 1806—1856），德国利己论哲学家。——译注

（Libertin[1]）还只局限于否定耶稣的历史（萨德形容为"乏味的故事"），并且在否定中，维持恐怖的上帝这个形象。

相反地，当西方世界还是基督教世界时，福音书是上天与尘世的媒介，每一声孤独的反抗的呐喊，都伴随耶稣受难的意象。既然耶稣经历了这种痛苦，并且是自愿的，那就没有任何苦难是不公正的，每种痛苦都是必需的。从某种意义上看来，基督教教义里的苦涩和悲观的原因是，其认定世人对于普遍的不公与全然的公正都同样满意，唯有一个神的无辜牺牲，方能合理化所有无辜众生受到的长期折磨；唯有一个神的受难，受到最大的折磨，方能减轻人面临死亡的痛苦。倘若所有——从天上到尘世——无一例外，都注定受苦，就有可能滋生出一种怪异的满足。

然而，基督教脱离全盛时期，必须重新遭受理性的批评，就在耶稣的神性被否定的那一刻，痛苦又再次变为人类注定的命运。受难的耶稣只不过是无辜者之一，亚伯拉罕的上帝所派出的使者们对他施加了残酷

---

[1] Libertin 有两个意思："放荡"与"不信神"。18世纪法国"放荡文学"的首要人物是萨德。——译注

的折磨。主人与奴隶之间的鸿沟重新显现，反抗继续在纹丝不动的妒忌之神面前呐喊。无神论思想家和艺术家们酝酿着这个决裂，谨慎小心地攻击道德观与耶稣的神性。卡洛[1]的画笔相当成功地显现了这难以置信的悲惨世界，原先的窃笑最终和莫里哀[2]笔下唐璜的哈哈大笑一齐抵达天上。18世纪开始酝酿的革命与反神的推翻行动。两个世纪以来，不信神的思想致力于把耶稣变成一个无辜者，或一个无知的傻子，让他加入人的世界，拥有凡人的高尚与卑微。如此一来，准备大举挑战上天的战场就清理出来了。

---

[1] 卡洛（Jacques Callot，1592—1635），法国画家、版画雕刻家。其最出名的是一系列描绘宗教战争的版画。——译注

[2] 莫里哀（Moliére，1622—1673），法国喜剧作家、演员，其笔下的唐璜（Don Juan）公开否定、嘲笑神的存在。——译注

▎既然死亡威胁我们,那就应当证明死亡算不了什么。

存在,就是石头。伊壁鸠鲁所说的奇特的快乐意指不受痛苦,这是石头的幸福。为了摆脱命运,伊壁鸠鲁采取了一个和之后伟大的古典主义者同样决然的动作,他扼杀感觉。首先是扼杀感觉的第一声呼喊,即希望;这也是这位希腊哲学家对于神的看法,人的一切不幸源于希望,他把人从城堡的寂静中抽离,把他们丢到城墙上等待神的救赎。这些不理智行动唯一的作用,只是打开已仔细包扎的伤口而已。

反抗者唯一的宗教想象,就是一个赏罚不分、充耳不闻的神。

古希腊的英雄会渴望变成神,那是因为神祇们已存在,这是一种升级。相反地,卢克莱修作品中的人进行一场革命,人在否定卑鄙、罪恶的神的同时,取而代之。人走出森严的壁垒,以人类受苦的名义向神发起最初的攻击。

神是一个人的概念……从这个神统治之初,反抗者就以最坚定的决心,做出了断然的拒绝。

神若要成为人,就必须领受绝望。

绝对的否定

> 如果一个坚强的人虽身陷囹圄,却不屈服,那在大多数情况下,他必然有主宰他人的意志。

纵观历史,第一次真正条理分明的攻击,来自萨德,他把直指梅斯里耶[1]牧师和伏尔泰[2]的不信神思想的论据,全部组合成一个庞大的战争机器,他的否定自然也是最极端的。萨德对反抗做出的结论,就是一声绝对的"不"字。二十七年的囚禁的确不会制造出一个妥协的智者,长时间的监禁产生的不是奴仆就是杀手,有时两者兼具。如果一个坚强的人虽身陷囹圄,却不屈服,那在大多数情况下,他必然有主宰他人的意志。孤独使人产生力量。社会以残

---

[1] 梅斯里耶(Jean Meslier, 1664—1729),法国牧师,留下著名的长篇遗书,严厉抨击基督教。——译注

[2] 伏尔泰(Voltaire, 1694—1778),法国启蒙时代思想家、文学家,反对宗教迷信。——译注

酷的方式对待一个人，他也以残酷的方式回应，就这一点而言，萨德算是代表人物。他是个二流作家，尽管有几个亮眼的句子。我们当代人对他吹捧过度了，他今日之所以被推崇为充满创造力的人物，原因和文学并不相关。

人们颂扬他是戴着镣铐的哲学家，发扬绝对反抗的理论家，他的确如此。在监狱里，梦想无边无际，没有现实的禁制。身陷牢狱的智者在愤怒中得到的，在意志清明时便会失去。萨德的逻辑只有一个，就是情感的逻辑。他并未创立一种哲学思想，只不过延展了一个受虐者的恐怖梦想，然而这梦想预测了未来。对自由激烈的诉求让萨德陷入樊笼；对已然被禁止的人生的极度渴望，在一波波激愤中，只能借助毁灭世界的梦想来满足。至少在这一点上，萨德是我们同时代的人，让我们追随他连续不断的否定。

一个文人

萨德是无神论者吗？在下狱之前，在《牧师和临终者的对话》(*Dialogue Entre un Prêtre et un Moribond*)里他如此承认，大家也相信了；但是之后，在他火力十足地亵渎神祇时，我们不免对他自称无神论者起了怀疑。他笔下最残酷的一个人物圣封（Saint-Fond），完全没有否定神，只是发展了诺斯替主义里"坏的低阶神"的理论，从中汲取适合自己说法的结果。人们会说，圣封不是萨德。不，当然不是。一个小说人物绝不会是作者本人，然而有的时候，小说作者可能是其笔下创造的所有人物。萨德笔下的无神论者，原则上都认为神不存在，显而易见的理由是，神如果存在，代表的就是冷漠、恶毒或残酷。萨德最重要的一本小说[1]，结尾呈现的是神的愚蠢和仇恨。无辜的茱斯蒂纳在暴风雨中奔跑，坏蛋诺亚克发誓如果她没被雷劈死，他就要改信异教；雷劈死茱斯蒂纳，诺亚克胜利，人的罪恶继续回应神的罪恶。其中有一个不信神的打赌，挑衅帕斯卡的赌注。[2]

萨德眼中的神，是个压迫、否定人类的罪恶之神。根据他的看法，杀人是神的标志，这在宗教历史中屡见不鲜。那为什么人应该善良呢？萨德第一个行动就是跳到极端的结论里。如果神杀害并否定人，那有什么可以禁止人杀害

---

[1] 指的是小说《茱斯蒂纳或美德的不幸》（*Justine ou Les Malheurs du Vertu*）。——译注
[2] 哲学上所称"帕斯卡的赌注"，指帕斯卡的《沉思录》（*Pensées*）中提出的"赌注论证"，即把信仰上帝当作赌博，如果赢了，就赢得一切，如果输了，也没有损失。——译注

和否定同类呢？这一激烈的挑衅语气与他在1782年写的《牧师和临终者的对话》里否定神的平静口吻已经天差地别。那个呐喊着"没有任何属于我，没有任何来自我"，并说"不，不，善良与罪恶，一切都在棺材里混合为一"的他，既不平静，也不快乐。对他而言，"他不能原谅人类"的唯一一件事是人们关于神的理念。原谅这两个字出现在这个酷刑的倡导者笔下已经相当怪异，但其实他不能原谅的，是他自己对神的理念，以他观看世界的绝望眼光、以他被监禁者的身份拼命想要驳斥的理念。这种双重否定引导萨德的推论朝向对世界秩序和对自己的反对。在这个受监禁者翻腾的内心，此两者互相冲突，他的推论时而含混不清，时而可以理解，要看我们是从纯粹逻辑角度还是从同情他的角度而言。

因此他否定人以及人的道德，既然神也否定这两者；但是他在否定神的同时，又引据神为佐证。为什么？为了关在大牢里的人心中比仇恨还强烈的本能：性的本能。这是什么本能呢？一方面是自然的呐喊[1]，另一方面是完全占有甚至毁灭的盲目冲动。萨德以自然的名义否定神——那个时代的物质主义意识形态为他提供了机械论的观点——他

---

[1] 萨德笔下的罪犯都以无法掌控的性欲为借口。——原注

将自然解读为毁灭的力量。自然对他来说，就是性；他的逻辑把他引导到一个没有法治的国度，唯一的主宰就是过度的欲望，那是他流连的王国，在那里他发出最亮丽的呐喊："大地所有的生灵加在一起，也不值我们的一个欲望！"萨德笔下的人物冗长地推论出，自然需要罪恶，要有毁灭才能创造，我们在毁灭的时候就是在帮助自然创造。这些推论都是为了奠定身陷牢狱的萨德心中的绝对自由。他受到极不公正的钳制，自然一心渴望毁灭性的爆炸。就这一点，他与那个时代的思想相违背：他追求的不是原则上的自由，而是本能上的自由。

萨德无疑曾梦想过一个世界共和国，由札美[1]这个改革智者展现的共和国蓝图。他告诉我们，随着反抗行动的加速，它所受到的限制越来越少，因此反抗的方法之一就是解放整个世界。但是他所有的思想都与他这个紧守的梦想相矛盾，他不是人类的朋友，他憎恨博爱者。他偶尔谈及的平等只是个数学概念：人与物品平等，所有受害者之间并无差别。对于一个把欲望推到极点、必须主宰一切的人

---

[1] 札美（Zamé），萨德小说《阿丽娜和瓦尔古》（*Aline et Valcour*）中的人物，一个乌托邦天堂的哲学家国王。——译注

来说，他真正的满足在于仇恨。萨德的共和国并非以自由为原则，而是放荡。这位奇特的民主主义者写道："正义并没有实质的存在，它是所有激情的神祇。"

最能揭露他这种思想的，莫过于多芒榭在《闺房里的哲学》(*La Philosophie dans le boudoir*) 里宣读的那一篇著名的诽谤文章，文章标题很奇特：《法国人，要成为共和党人，再加把劲吧》。皮埃尔·科罗索夫斯基[1]正确地强调，这篇诽谤文章向革命者指出，他们的共和国是建立在谋杀具有神权的国王的基础之上的，1793 年 1 月 21 日将神送上断头台的时候[2]，他们便永远地禁止了自己废除罪恶、消灭作恶本能的权利。紧接着的君主制度，维持着神的概念来制定法律。至于共和体制呢，必须抛弃神而靠自己，它坚持人的德行在体制内不应受到控制。然而，并非如同皮埃尔·科罗索夫斯基所言，其实萨德并没有深沉地亵渎神的意图，也不是因对宗教的厌恶才做出那些结论。他其实是先抓住这些结论，然后才找出适当的论词，来为他向当时的政府所要求的绝对品德辩护。

---

1 《萨德，我的邻居》(*Sade, mon Prochain*)，Seuil 出版社。——原注

* 皮埃尔·科罗索夫斯基（Pierre Klossowski，1905—2001），法国作家、翻译家和艺术家。——译注

2 将法王路易十六送上断头台时，革命者自己已杀人，所以没有权利自称废除罪恶、消灭作恶本能。——译注

激情的逻辑推翻了传统的理性逻辑,他把结论置于前提之前。在这篇文章中,萨德以一连串令人赞叹的诡辩来证明诽谤、盗窃和谋杀是合理的,只消读了就能看出他把结论放在前提之前,并且他要求这些罪行在新城邦中能被人接受、原谅。

然而,从这里可看出他思想最深刻的地方。他以一种当时罕见的真知灼见,拒绝把所谓的自由和美德混为一谈;在一个像他这样被监禁的人的脑海里,自由尤其无法忍受限度,自由就是罪行,否则便不再是自由。这个基本观点,萨德从未改变过。论调总是互相矛盾的萨德,只在死刑这一点上从不矛盾,决然一致。他身为挖空心思发明虐待方式的爱好者、性犯罪的理论家,却无法忍受法律判定的罪行。"国家对我的监禁,眼皮下就是断头台,对我的折磨胜过所有想象中的巴士底监狱。"怀着这种恐惧,在恐怖时期[1],他竭尽勇气在公开场合尽量克制自己,还慷慨地替害他下狱的丈母娘求情。数年之后,诺迪埃[2]或许不自知地清楚概述了萨德顽强捍卫的论点:"在极度狂热的情况下杀人,

---

[1] 指1793—1794年雅各宾党专政法国,其间他们大规模镇压所谓的"反革命分子"。——译注
[2] 诺迪埃(Charles Nodier, 1780—1844),法国早期浪漫派作家,文学界领袖之一。——译注

这是可以理解的行为；经过严肃思考、以令人尊敬的政府部门的名义决定一个人要被杀，是无法理解的。"这个想法像个导火线，萨德将之发扬光大：杀人者必须偿命。我们可以看出，萨德比我们当世人还注重道德。

然而，萨德痛恨死刑，首先来自他痛恨那些自认为很有美德的人，痛恨他们的那些名义，他们胆敢对别人作出决然的处罚，其实他们自己也是杀人犯。我们不能自己犯了罪，却去惩处他人。要不就打开监狱放出所有犯人，要不就证实自己的品德毫无瑕疵，而这是不可能证实的。一旦人们认可了杀人，哪怕仅是一次，就必须认可全部的杀人行为。因为本性犯了罪的人，就不能同时置身于法律那一方。"法国人，要成为共和党人，再加把劲吧。"它要说的是："接受犯罪的自由，这是唯一合理的自由，并像进入恩典里一样永远进入反抗。"对恶的绝对遵从，反而导致了一种可怕的禁欲主义，这让来自启蒙思想、相信良善本性的法兰西共和国感到惊恐。共和国成立后的第一次暴动，就烧毁了《索多玛一百二十天》[1]的手稿，这个意味深长的巧合，当然也揭露了萨德所呼吁的极端怪异的自由。这个会

---

1 《索多玛一百二十天》(*Cent Vingt Journées de Sodome*)，萨德作于1785年。——译注

腐化人心的信奉者再次被丢进了牢狱[1]，同时，这也给了他一次机会，让他把自己可怕的反抗逻辑推得更远。

普世共和或许是萨德的一个梦想，但他从未真正尝试去推动它。在政治方面，他真正的立场是犬儒主义。在"犯罪之友社"[2]里，人们公开声称赞同政府及其法律，然而一心只准备违反法律，因此皮条客们把票投给保守派议员[3]。萨德所构思的计划，前提是要有一个仁慈中立的政权。罪恶的共和国不可能，至少暂时不可能是普世的，所以必须伪装服从于法律。然而，在这个只以犯罪作为规则的世界里，在犯罪的天空下，以本性即犯罪之名，萨德其实只服从于永不倦怠的肉欲。但是无限制的肉欲，反过来也就是无限制地被肉欲所囚禁；允许毁灭，也就意味着允许自己可能被毁灭，因此你必须斗争，必须统治。这个世界的法律就是力量，其动力就是权力意志。

犯罪之友萨德，真正遵循的只有两种权力：一种来自恰好出生于他那个社会的权力世家，另一种来自上位的被

---

[1] 巴士底监狱之后，萨德被关进精神病院。——译注

[2] 萨德在《朱莉耶特》(*Julliette*)一书里虚构的一个社会。——译注

[3] 这里指出犬儒主义的虚伪，表面赞同法律，私下走后门违反，就像皮条客支持保守派议员治法禁娼，因为知道私下可以被包庇不受罚。——译注

压迫者，他们运用卑劣手段终于能和大人物平起平坐，而后者正是萨德书中出身平凡的主角走的路线。这个有权势的小圈子，这些熟知内情的内行人，知道他们拥有一切权力。若有谁怀疑这种令人生畏的特权，哪怕只是一秒钟，就会立刻被排挤出去，变回受害者。如此一来，俨然像布朗基[1]主义者，一小群男女因为拥有怪异的本领，便自居上位者，凌驾于一群奴隶阶级之上。对这些人来说，唯一的问题就是如何组织起来，完全地行使不受羁束的肉欲的权力。

只要世界不接受罪恶的法律，他们便无法被世界接受。萨德甚至从来也未曾相信他的国家会多一点努力，来实现"共和国"。但是罪恶和欲望如果不是全世界的法律，不至少主宰一块界定出的地域，就无法成为众人一致的原则，反而成了冲突的因素。如果罪恶和欲望不再是法律，人又会回到分裂和无秩序的状态，就必须从无到有创造一个完全符合这个新规范的世界。造物主并没有达到的一致性（unité），在这个小小王国里实现了。强权的法律从来没有耐心等到蔓延全世界，它要求必须立刻界定出行使权力的

---

[1] 布朗基（Louis Auguste Blanquis，1805—1881），法国无产阶级革命运动家，空想社会主义者。——译注

地域，尽管这个地域必须以铁丝网和岗哨圈起。

萨德的主张圈起了一块封闭的地域、一座层层包围的城堡，没有人可以逃脱，无情的规则在这个罪恶和欲望的社会里安然横行。最不受羁束的反抗、对自由全然的要求，却导致大多数人被奴役。对萨德来说，人唯有在这些放荡的城堡中才能获得自由，进入这不能回头的欲望地狱的男女众生，由罪恶的政治机构主宰生死。他的作品大量描写这些充满特权的地方，放荡的士绅每一次向集结的受害阶级指明他们休想反抗和绝对的奴性时，都会重复布朗基公爵在《索多玛一百二十天》里对着小老百姓说的那句："你们对世界来说，已经死了。"

萨德住的的确是自由塔，但却是巴士底监狱里的自由塔，绝对的反抗跟着他藏匿在那座肮脏的巴士底堡垒里，受虐者和施虐者都无法逃出。为了确立他的自由，他必须创造出绝对的必然性。欲望的无限自由代表的是对他人的否定和对怜悯之心的磨灭，必须扼杀心灵这个"精神上的弱点"；封闭的地域和规范的目的就是要扼杀心灵。在萨德虚构的城堡里，规范扮演着最重要的角色，它建构出一个不信任的世界，它的角色就是防止任何意料之外的温情或怜悯滋生，以免破坏愉悦享乐的美好蓝图。毫无疑问，这种奇特的享乐，是以命令来实现的："大家每天早上十点钟起床！"必须防止性享乐转变为感情，必须把性享乐抽离出来，使之变得冷硬。同时，性享乐的对象必须从不是人。人是"一种绝对物质化的植物"，只能被视为物体，而且是一种被试验的物体。在他那个铁网重重的共和国里，只有机械和机械师，规范则是机械使用说明，这些规范无远弗届、无所不管。这些龌龊的修道院自有其规范，不怀好意地从宗教团体的规范中抄袭而来，在这里放荡者当众忏悔，但是标准变了："若行为纯善，将受到惩罚。"

和他那个时代的人一样，萨德建构了心目中的理想社会，但是和他那个时代相反，他的理想社会建构在了人性中的恶上面。他身为先驱，精准筹建了一个权力与仇恨的城邦，甚至还把征服的成果化为数据，从这些犯罪数字就可看出他冷血犯罪的哲学观："三月一日前屠杀十人。三月一日以来：二十。逃返家乡的：十六。共计：四十六人。"他是先驱没错，但我们可以看见，他杀的人数比起后继者算是小巫见大巫的。

如果一切只是到此为止，人们就只知道萨德是个默默无闻的先驱者。然而，一旦吊桥拉起，就必须生存在城堡里。规范制定得再精密，终究无法预见一切，它只能破坏，不能创造。这些变态的小团体里的主人找不到他们追求的满足……萨德经常提到"甜美的罪恶习惯",然而,这里没有任何东西是甜美的,有的只是戴着镣铐的人的狂怒而已。的确,萨德的思想摆脱不了性高潮,最大限度的性高潮却伴随着最大限度的破坏。占有被害者,在痛苦中交媾[1],这就是城堡里的一切所寻求的绝对自由。但是,一旦性犯罪消灭了肉欲的对象,也就抹杀了只在消灭那一刻才能感受到的快感,所以必须寻找下一个目标,再杀,然后再下一个,不停地找寻下一个可能的目标。萨德小说里就是这些无趣的情色、犯罪的画面累积,生硬不变,反而让读者留下一个可厌的、和性欢愉相反的印象。

在这样一个世界里,何来性欢愉、肉体和谐所滋生的甜蜜快感呢?只不过是徒劳地想摆脱绝望,却又跌回绝望之中,从奴役回到奴役、从监牢回到监牢的过程。如果唯一真实的只有大自然,如果大自然中只有肉欲和毁灭是合理的,那么,毁灭再毁灭,人的世界已不足以满足嗜血的欲望,必须毁灭一切。按照萨德的说法,人必须成为大自然的刽子手,但是这并不是那么容易达成的。当人数结算完毕,所有的受害者都杀光之后,在孤立的城堡中剩下刽

---

[1] 这是加缪对奸尸、性虐待的含蓄说法。——译注

子手们面对面，他们还未餍足。被蹂躏的躯体瓦解成元素回归大自然，继起为另一个生命。因此杀戮并未完成："谋杀只剥夺了被杀那个人的第一个生命，必须拔除他的第二个生命……"萨德思考的是针对所有造物的谋杀："我厌恶大自然……我要搅乱它的格局，阻挠它的进程，止住星体转动，颠覆宇宙中浮动的星球，摧毁为大自然效劳的一切，保护伤害它的一切，侮辱它创造的所有事物，但我无法成功。"他虽然想象了一个足以粉碎宇宙的机械师，但他知道在星球粉碎的粉末中，生命还在继续。杀害所有造物是不可能的，不可能毁灭一切，一定会有遗留。"我无法成功……"这无情冰冷的宇宙突然在萨德极度的忧郁中缓和了。忧郁中的他不再想摧毁宇宙时，才让我们感动。"我们或许能攻击太阳，让宇宙失去太阳或是让阳光灼烧全世界，这至少是罪行……"是的，这是罪行，但不是最终的罪行。还是必须往前，刽子手们以眼光掂量对方的斤两。

现在只剩下他们了，他们被唯一一条法律支配，那就是权力。既然当他们是主人时接受这条权力法则，那现在它反过来针对他们时，他们就无法回避。所有的权力都试图成为独一无二的、无人能抗衡的。还得继续杀下去：现在轮到他们，主人们互相残杀。萨德看到了这个后果，却不退缩。一种奇特而放荡的坚忍微微揭示了这些反抗的基底。他丝毫不想加入温情和妥协的社会。吊桥不会放下，他甚至接受自己被毁灭。拒绝一切的力量一发不可收，推至极端，直至对一切都无条件地接受，这其实也有崇高的意味。主人接受自己当奴隶，甚至还希望成为奴隶。"断头台对于我，也将是肉体享乐的王位。"

最大的破坏因此和最大的肯定相一致。主人们互相扑向对方，这部以高唱放荡为基础的作品最终却"四散着放荡者的尸身，在他们天赋的最高处"[1]。残存下来的、最强大的那个人，也将是孤独的、独一无二的，萨德开始替自己歌颂荣耀，此时他终于统治全世界，身为主人与上帝。但在他最终胜利的那一刻，梦想也破灭了。独一无二的他返回监狱，夸张无拘的想象力造就了独一无二的那个人，他把自己和那个人混淆了。他的确成了孑然一身，关在血腥的巴士底监狱，他的整个世界建构在尚未平息的性快感上，然而已无对象。他只在梦境中得胜，十多本著作充满暴力与哲学，概括了他被迫不幸的禁欲只是一场虚幻的进程，

---

[1] 莫里斯·布朗肖（Maurice Blanchot），《洛特雷阿蒙和萨德》(*Lautréamont et Sade*)，子夜出版社（Minuit）。——原注

他从"全然的不"走向"绝对的是",甚至到对死亡的接受,将对万物及所有人的谋杀转变为集体自杀。

萨德以刍像被处决[1],他自己也只在想象里杀人,大胆地为人类盗火的普罗米修斯最后成了《圣经》里的自慰者奥南。他在监禁中结束了一生,但这次是在精神病院里,面对一堆精神病患者,在拼凑的舞台上演出。世界秩序无法让他满足,他在梦幻和创作中寻求到一丁点儿慰藉。当然,作家什么都想尝试。至少他已打破所有的限制,让欲望延伸到底,就这一点来说,萨德是个完美的文人。他建构了一个虚幻世界,给自己一个存在的幻觉。他将"通过写作实现的道德犯罪"置于一切之上。他无可置疑的价值,就是在积压的愤怒中洞悉,并立即描绘出,如果反抗逻辑忘却了其根源,可能引发的极端后果。这些后果就是封闭的全体、普遍的罪恶、犬儒主义的贵族思想和对世界末日的期盼。这些后果在他去世多年后一一应现,但是他当时已体验到了这些后果,似乎陷入死胡同,只能在文学中获得解脱。奇怪的是,正是萨德将反抗引到艺术创作的路上,

---

[1] 以刍像代替犯人被处决是中古世纪来就有的事,1772年萨德因在马赛毒害妓女被判死刑,因家境丰厚以钱摆平,仅以稻草刍像被处决。——译注

而浪漫主义则将这种反抗引向了更远的地方。他自己就是这样的作家，他说："他们的堕落如此危险，如此热烈，以至于他们印制其可怕的作品时，唯一的目的就是将其罪恶延伸到他们的生命以外；他们无法行动，但这些被诅咒的作品将代替他们犯下罪行，他们带着这甜美的想法死去，将死亡逼迫他们放弃追求当成慰藉。"他的反抗作品表现出他对生存的渴望，尽管他渴望的永生是该隐的永生[1]，但他至少渴望它，并且不自觉地展现了形而上反抗最真实的一面。

除此之外，他的后继者让他的思想发扬光大，受他思想影响的也并非只有作家。他确实受尽苦难，他所受的苦难与死亡激起了文学咖啡厅中知识分子热切的想象以及高谈阔论。但不仅于此，萨德在我们这个时代这么受欢迎，是因为他的梦想和我们当代人的心灵相通：对完全自由的要求，以及通过智识冷酷地进行的去人性化。将人简化为试验的物体，以规范准确地界定掌权者和被物化的人之间的关系，而恐怖的试验将在封闭的环境中进行，这些论点被后来的掌权者翻出来大做文章，用来为新奴隶时代铺路。

---

[1] 该隐杀了兄弟，是第一个杀人犯，萨德身为一个杀人犯，追求的永生也只能是该隐的永生。——译注

两个世纪以前，萨德就小规模地以狂热自由的名义歌颂集权主义社会。事实上，反抗根本未曾有过这种诉求。当代悲剧的历史随着他真正开始；他相信的只是一个以罪恶为基底的社会，其中道德可以被解放，仿佛奴役会有其界限。而我们这个时代，仅是诡异地将他普世共和国的梦想和他堕落的手段融为一体，却未触及他真正的思想。他最痛恨的合法杀人，摇身一变却取代了他本归因于本能式犯罪的功用。罪恶，在他眼中是一连串的放纵恶行得来的特殊、甘美的果实，今日却成了喊着美德口号的警察系统一成不变的惯用手法。这是文学令人惊讶之处。

浪荡子的反抗

现在还是继续谈文人世界。浪漫主义及其魔王路西法[1]式的反抗只会真正服务于文学想象的冒险。和萨德一样，浪漫主义的重点放在恶和个人上，区别于古代的反抗；在

---

1 本文中的路西法原是天使长，后堕落。《圣经》记载撒旦原是天使中最高位的天使长，后人就拿路西法代表撒旦。——译注

这个阶段，反抗强调挑战与拒绝的力道，忘却了它积极的内容。既然上帝要求人的良善，我们就该把这良善变成可笑，选择恶这一边。就算没有真的付诸行动，浪漫主义对死亡和不正义的怨恨也会导致对恶和杀人的辩护。

在浪漫主义者最喜欢的《失乐园》(*Paradis Perdu*)[1]里，撒旦和死亡的争斗——尤其是当死亡（连同原罪）是撒旦的孩子时——象征了这个悲剧。为了抗拒恶，反抗者自以为无辜，因此全盘否定了善，再次注入了恶，这位浪漫主义的英雄一开始就深刻地混淆了宗教领域的一切，混淆了善恶[2]。这位主角可说是"命定的"[3]，因为命运混淆善与恶，人无力辩说；命运摒除价值判断，以一句"就是如此"为一切的借口，唯有造物主，是这一切不公不义的负责人。浪漫主义的主人公也是"命定的"，因为随着他势力逐渐强大，名声渐高，恶的力量也在他身上增长。一切的权力、一切的过度都以一句"就是如此"为掩护。虽然艺术家——

---

1 17世纪英国诗人弥尔顿以《圣经》为题材写的史诗。——译注
2 《失乐园》叙述撒旦率众反抗天神，被逐出天界，在地狱之门遇到他分别命名为"罪恶"和"死亡"的孩子，这两个孩子也跟随父亲撒旦一起建造连接地狱和人间的桥梁。撒旦之后化身为蛇，引诱亚当夏娃违反神的禁令偷食禁果。——译注
3 这也是威廉·布莱克（William Blake）作品的主题。——原注

尤其是诗人——身上都有恶魔的影子，但这种自古以来的说法在浪漫派身上尤为显露出挑衅的一面。在那个时期，一种恶魔的帝国主义风潮把所有人，甚至正统思潮的大艺术家都归并到其下。布莱克指出"弥尔顿描述天使和上帝时显得缚手缚脚，提到恶魔和地狱时淋漓精彩，那是因为他是个真正的诗人，属于恶魔那一方而不自知"。这位诗人、天才，他的人本身，以最崇高的形象，和撒旦一起大喊："永别了，希望，与希望永别的同时，永别了，恐惧，永别了，悔恨……恶，来当作我的善吧。"这是一个无辜者愤慨的呐喊。

浪漫主义的主人公自认被迫行恶，因为善已经不可能。撒旦起身对抗创造了他的上帝，因为上帝想运用暴力除掉他。弥尔顿的撒旦说："按理来说我们是平等的，他却以暴力凌驾于与他平等的人之上。"神的暴力如此明白地受到谴责。反抗者远离这个爱攻击又不够格的上帝[1]，"离他越远越好"，并统领着所有与神的秩序敌对的力量。恶的王子之所以选择了恶，只因善这个概念被上帝利用于不正义的计划。

---

[1] "弥尔顿笔下的撒旦道德比上帝高出很多，就像一个维护敌手处境的人，比起一个为确保胜利不惜对敌手发动恐怖报复的人，高尚很多。"赫尔曼·梅尔维尔（Herman Melville）。——原注

甚至纯真也会激怒反抗者,因为纯真也代表虚伪的盲目,这种"被纯真激起的黑暗念头"引起了人性的不正义,它和神的不正义其实异曲同工:既然创造的始源是暴力,那就以更强烈的暴力回应。过度的绝望加在绝望之上,就像恶性循环,让反抗处于充满怨恨的萎靡状态,历经长期不正义的试炼,善与恶的分野终至完全消失。维尼的撒旦:

> ……再也感受不到恶或善
> 他甚至对自己制造的不幸毫无欢欣。

这替虚无主义下了定义,也允许了杀人。

的确,杀人成了一件可亲的事。只消比较中世纪雕刻家创作的路西法和浪漫主义创作的撒旦,就可看出:一个"年轻、忧郁、迷人的"少年(维尼)取代了头上长着角的怪物。"俊美无比的美男子"(莱蒙托夫[1]),孤独而有力,痛苦而不屑,肆意欺压众人。然而他有痛苦作为借口,弥尔顿的撒旦说:"有谁敢说羡慕曾在最高位,继而受到永无止境的最大处罚的那个人呢?"遭受如此多不正义的折磨,承

---

[1] 莱蒙托夫(Mikhail Lermontov, 1814—1841),俄国浪漫派诗人。——译注

受如此不断的痛苦，因此他过度的行为有了借口。于是，反抗者也从中获得了一些优势。诚然，反抗者并不煽动杀人，但是杀人已写进浪漫派至高无上的特质里，这特质就是狂热。狂热是厌倦、无聊的反面：罗伦札齐奥向往冰岛凶汉[1]，纤细敏感心仪野兽式的狂暴本质。好比拜伦[2]笔下的人物，没能力去爱，或是只遇见不可能的爱情，他孤独、颓丧，现实令他筋疲力尽，想要感受自己活着，就必须借由短暂而毁灭性的行动带来兴奋的刺激。爱上此生不会再看见的东西，如同爱上转瞬而逝的火焰和呐喊，与之俱焚，他只活在这一瞬间，只为了感受：

这短暂但充满生气的结合
一颗受苦难的心和苦难合而为一。（莱蒙托夫）

死亡的威胁笼罩着我们的生存状态，使一切凋萎，唯有呐喊让人觉得活着，兴奋的刺激取代了真实的生存。到

---

[1] 罗伦札齐奥（Lorenzaccio）是缪塞（Alfred de Musset）同名剧中的主角，《冰岛凶汉》（*Han d'Island*）是雨果早期小说。这句话是比喻忧郁君子向往热血猛汉。——译注
[2] 拜伦（George Gordon Byron, 1788—1824），英国浪漫主义诗人。——译注

了这种地步时,世界末日的思想便成了一种价值观,爱与死、意识与罪恶感都混在一起。世界没了方向,生存只是深渊,据阿斐德·勒博德范[1]的形容,深渊里"人们愤怒地战栗,珍爱着他们的罪行",诅咒着造物主。这种狂乱的迷醉,甚至可称为美丽的罪恶,一瞬间就耗尽生命的意义。浪漫主义并未真正宣扬罪恶,而是借由改变传统里的无法无天之徒、受尽折磨的人、劫富济贫的绿林大盗的形象,进行一场含义深刻的诉求。血腥的悲喜剧和黑色小说受到大众欢迎,大众借着皮克塞黑古尔[2]的作品纾解身心,另一些人则更省事,借杀人的集中营满足这些心灵上的渴求。这些作品当然也对当时的社会提出了挑战,但是浪漫主义兴起时,首先挑战的是道德和神性的规范;因此它最原始的面目并非革命者,而是——从逻辑上来说——浪荡子。

为什么"从逻辑上来说"呢?因为这种对撒旦思想的执着,只能通过对不正义的无休止的肯定以及一定程度上的强化,来为自己辩护。到了这个阶段,痛苦必须在无法

---

[1] 阿斐德·勒博德范(Alfred Le Poittevin,1816—1848),法国诗人。——译注
[2] 皮克塞黑古尔(René Charles Guilbert de Pixérécourt,1773—1844),法国剧作家,其写出的大众剧扣人心弦,在当时很受欢迎。——译注

治愈时才能被接受。反抗者选择了形而上意义里最糟糕的一个——借文学阐释自己被诅咒的无法逃离的命运——直到今日我们还摆脱不掉。"我感受到我的力量,也感受到我的镣铐"(彼得吕斯·伯雷尔[1]),但是镣铐是珍贵的,如果没有它作为借口,该如何证明、发挥其实他们根本就没有的力量呢?拿伯雷尔来说吧,他成了阿尔及利亚的一介公务员,这位盗火天神沦落到一个殖民地村子里,取缔歌舞酒馆和整顿民风。尽管如此,所有诗人若要让人欣赏,无论如何都得是受诅咒的。[2] 夏尔·拉赛伊[3],就是打算写《罗伯斯庇尔[4]和耶稣基督》(*Robespierre et Jésus Christ*)那本哲学小说的作家,每晚睡前一定会大声朗诵几句亵渎上帝的诗句以激励自己。反抗者穿着黑色丧服,在舞台上装腔作势。浪漫主义在个人崇拜之上走得更远,创造出了对作品角色的崇拜,这也是合乎逻辑的。对上帝代表的规范

---

[1] 彼得吕斯·伯雷尔(Petrus Borel,1809—1859),法国"狂热浪漫派"诗人,曾在阿尔及利亚当视察员。——译注

[2] 今日文学中还是能感受到这一点。马尔罗(André Malraux)说:"再也没有受诅咒的诗人了。"不对,是比较少了,但成功的作家很多都担心自己是受诅咒的。——原注

[3] 夏尔·拉赛伊(Charle Lassailly,1806—1843),法国"狂热浪漫派"作家。——译注

[4] 罗伯斯庇尔(Maximilien François Marie Isidore de Robespierre,1758—1794),法国大革命时期政治人物,是雅各宾党实际首脑及独裁者。——译注

和统合不再抱有希望，固执地想集结起来对抗敌对的命运，急切地想维持在被死亡环伺的世界上还能保有的一切，浪漫主义的反抗寻找态度上的对策，以美学一致性的态度，聚合所有被偶然牵着走、被神的暴力毁灭的人，让注定要死的人在消失之前至少发光发热，让这光热证实人曾经存在过。这种态度是一个不变的支点，是唯一能让人面对上帝仇恨、僵化的脸的支点，让并无行动的反抗者能勇敢地迎战上帝的目光。弥尔顿说："没有任何东西可以动摇这不变的精神，这被触怒的心灵滋生出的傲气。"一切都在骚动不已，朝着虚无奔去。雷蒙·格诺[1]挖掘出的一位怪异的浪漫主义作家，声称人一生智慧的努力只是为了成为上帝，老实说这位浪漫主义者有点超前于时代了；当时的浪漫主义的目的不是与上帝较量，而是维持和他一样的高度；不是要毁掉他，而是通过不断努力不顺从于他。浪荡主义（dandysme）只是低阶一点的禁锢形式。

浪荡子通过美学方式创造了自己的单一性，但这是个

---

[1] 雷蒙·格诺（Raymond Queneau，1903—1976），法国超现实小说家，被视为后现代主义先驱。此处所说他挖掘的浪漫主义作家到底是谁，未有定论。——译注

标新立异、以否定为中心的美学。"在镜子之前生存与死亡",波德莱尔[1]认为这是浪荡子的箴言,的确如此,浪荡子就其功用而言是反对派,只在挑战中存活。直到那之前,人一直是接受造物主的天地和谐秩序的。人一旦与造物主断绝,就必须独自面对此刻,面对流逝的时光,面对分散扰乱的情绪,必须重新靠自己来掌握一切。浪荡子们靠着拒绝的力量凝聚成自己的单一性。身为个体,已经没有规范可循,必须化身作品角色才能圆满;然而角色需要观众,浪荡子唯有相对才存在,从别人的脸上看到的自己才是存在。别人是那面镜子,但是镜子很快变得模糊黯淡,因为人的注意力是有限的。必须不断唤醒观众,以耸动刺激观众。浪荡子不得不出新招吸引人,标新立异,不断哄抬效果。他永远与一切切割,无法融入,他一边否定世人的价值观,一边却强迫世人来塑造他自己。他无法真正活着,只是表演自己的生命,除了独自一人、没了镜子的时刻,他会一直表演到死。对浪荡子来说,孤独一人就成了什么也不是;浪漫主义谈论孤独如此精彩出色,正是因为孤独

---

[1] 波德莱尔(Charles Pierre Beaudelaire,1821—1867),法国象征主义先驱诗人,但创作仍保留着浪漫主义的主题。——译注

是他们真正的痛苦，难以忍受。他们的反抗扎根很深，但从裴沃的《克里夫兰》[1]到达达主义，中间历经1830年的狂热浪漫派、波德莱尔和1880年的颓废派，一个世纪的反抗仅局限于廉价的大胆的"怪诞"。浪漫主义者把痛苦挂在嘴边，是因为他们绝望地发现除了哗众取宠之外，永远无法超越痛苦，他们本能地察觉到，痛苦是他们唯一的借口和真正的高贵之处。

因此，浪漫主义并未被法国大文豪雨果传承，而是由波德莱尔和拉斯奈尔[2]两位罪恶诗人延续。波德莱尔说："这世界的一切都散发着罪恶气息，报纸、墙壁和人的脸孔。"那至少让罪恶这一世界法则有个高贵的形象吧。拉斯奈尔这风度翩翩的杀人犯身体力行，身染罪行；波德莱尔没那么一丝不苟，但他有天分，他创造了恶之花园，罪行是里面较为罕见的品种，恐怖本身成了细腻的情绪和稀罕之物。"我不仅会很高兴成为受害者，而且不厌恶成为刽子手，以

---

[1] 裴沃（Antoine François Prévost d'Exiles，通称为 Abbé Prévost，1697—1763），法国启蒙时代文学家，所著的《克里夫兰》(*Cleveland*)这本小说以英国哲学家克里夫兰为主角，集浪漫主义所有元素于一身。——译注

[2] 拉斯奈尔（Pierre François Lacenaire，1803—1836），法国诗人、杀人犯，被送上断头台。——译注

便用两种方式感受革命。"波德莱尔就算因循潮流,依旧带着罪恶的味道;他将德梅斯特[1]视为思想导师,正是因为这位保守派追根究底,并将学说集中在死亡和刽子手身上。"真正的圣人,"波德莱尔似乎这么想,"他鞭打和杀害人民,只是为了人民好。"历史将让他如愿,一整个真正的圣人族群开始在世界扩散,印证了反抗这些怪异的结论。波德莱尔虽然作品里撒旦满天飞舞,加上对萨德的欣赏,满嘴亵渎字语,但他还是太执着于神学,称不上一个真正的反抗者。他真正的悲哀,也是他成为那个时代最伟大诗人的原因,并不在于此。在这里提到波德莱尔,只因为他是浪荡主义最深刻的理论家,并为浪漫主义反抗的结论给出了明确的表述。

浪漫主义揭示了它的反抗与浪荡主义确实有关联,方向之一就是"表现"。浪荡主义以它的传统表现形式,承认它缅怀某种道德观,这只不过是将荣誉降格为单挑决斗时的小格局[2],但是它同时开创了一种直到今日还盛行的美学:

---

[1] 德梅斯特(Joseph de Maistre,1753—1821),法国政治家、哲学作家,"反法国大革命哲学"之父。——译注

[2] 法文中 honneur 和 point d'honneur 是双关语,前者是荣耀,后者是决斗时的规则之一,表示由大方面的荣耀缩减到小鼻子小眼睛的私人决斗。——译注

孤独的艺术家对抗他们所谴责的上帝。从浪漫主义开始，艺术家的使命不再是创造一个世界，也不再是单纯颂扬美，还必须表现出一种态度。艺术家成为模范，让自己身为表率：艺术就是他的道德精神，因此开启了一个艺术家引领大众意识的时代。浪荡子们在不互相残杀或是不发疯的时候，致力于引领后世的大业。他们呐喊着说自己将沉默，如维尼[1]，而沉默在耳边轰然。

但在浪漫主义内部，一些反抗者认为这种态度不会有什么结果，所以在怪诞（无法置信）与冒险的革命者之间扮演过渡角色；从《拉摩的侄儿》到20世纪的《胜利者》[2]，拜伦与雪莱[3]已公开大声疾呼为自由而战，他们也暴露自己，但和表演是不同的方式。反抗渐渐离开"表现"的世界，进入它将完全投入的行动世界。1830年法国的大学生运动和俄国的十二月党人是反抗最纯粹的体现，这场旅途刚开始是孤独的，之后试着经由牺牲妥协，聚结伙伴同行。

---

1 维尼的诗作中多次提到，面对上帝的沉默，人发出呐喊，但呐喊无效，终究沉默下来。——译注
2 《拉摩的侄儿》(*Le Neveu de Rameau*)，狄德罗写的一本与大作曲家拉摩的侄儿的对谈录。《胜利者》(*Les Conquérants*)，20世纪作家马尔罗的一本小说。——译注
3 雪莱（Percy Bysshe Schelley，1792—1822），英国浪漫主义诗人。——译注

然而，对世界末日、激进狂乱生活的余味还存留在今日革命人士的嘴里；一场一场的诉讼、预审法官和被告之间的戏码、审问公开化，让人窥见其向旧日伎俩看齐的迹象，这伎俩就是浪漫主义反抗者拒绝现状，以昙花一现的"表现"，希望寻求到表象之下生存意义的手法。

> 一旦吊桥拉起,就必须生存在城堡里。规范制定得再精密,终究无法预见一切,它只能破坏,不能创造。

萨德在我们这个时代这么受欢迎,是因为他的梦想和我们当代人的心灵相通:对完全自由的要求,以及通过智识冷酷地进行的去人性化。

浪漫主义并未真正宣扬罪恶,而是借由改变传统里的无法无天之徒、受尽折磨的人、劫富济贫的绿林大盗的形象,进行一场含义深刻的诉求……这些作品当然也对当时的社会提出了挑战,但是浪漫主义兴起时,首先挑战的是道德和神性的规范;因此它最原始的面目并非革命者,而是——从逻辑上来说——浪荡子。

所有诗人若要让人欣赏,无论如何都得是受诅咒的。

对上帝代表的规范和统合不再抱有希望,固执地想集结起来对抗敌对的命运,急切地想维持被死亡环伺的世界上还能保有的一切,浪漫主义的反抗寻找态度上的对策,以美学一致性的态度,聚合所有被偶然牵着走、被神的暴力毁灭的人,让注定要死的人在消失之前至少发光发热,让这光热证实人曾经存在过。这种态度是一个不变的支点。

他无法真正活着,只是表演自己的生命,除了独自一人、没了镜子的时刻,他会一直表演到死。对浪荡子来说,孤独一人就成了什么也不是；浪漫主义谈论孤独如此精彩出色，正是因为孤独是他们真正的痛苦，难以忍受。

浪漫主义者把痛苦挂在嘴边，是因为他们绝望地发现除了哗众取宠之外，永远无法超越痛苦，他们本能地察觉到，痛苦是他们唯一的借口和真正的高贵之处。

浪漫主义反抗者拒绝现状，以昙花一现的"表现"，希望寻求到表象之下生存意义的手法。

拒绝救赎

> 若拒绝永生,他还剩下什么呢?生命剩下最基本的。生命的意义磨灭了,还剩下生命本身。

浪漫主义的反抗者颂扬个人与恶,他并不是为大众发言,而只是自我表态。浪荡主义,不管怎么说,都是相对于上帝的浪荡主义。个体既然身为被创造者,对抗的就只能是他的创造者,需要和上帝进行一种若即若离的游戏。阿蒙·胡格的作品[1]虽带着尼采的影子,但他明确指出,在他的作品中上帝尚未死去。大叫大嚷地宣称上帝已死,只能算是和上帝开个玩笑。相反地,陀思妥耶夫斯基对反抗的勾勒往前迈了一步。伊凡·卡拉马佐夫站在人这边,强调人是无辜的,宣称压在人身上的死亡命运是不正义的。

---

[1] 《小浪漫主义者》(*Les Petits Romantiques*),《南方手册》(*Cahier du Sud*)。——原注
* 阿蒙·胡格(Armand Hoog, 1912—1999),法国文学评论家,曾在《南方手册》上撰文。——译注

至少他的第一个行动绝非为恶辩护,而是为置于神之上的正义辩护;他完全没有否定上帝的存在,只是以道德观来驳斥上帝。浪漫主义反抗者的企图是和上帝平等交谈,因此以恶之道还施恶之身,以傲慢治残酷。例如维尼认为最理想的,是以沉默回答沉默。诚然,将人提升到神的高度,已经算是亵渎,但若没有想到要质疑神的权力和地位,这样的亵渎还算是对神的崇敬,因为所有的亵渎其实都是对神圣的参与。

但是借由伊凡,人面对上帝的态度变了,轮到上帝被审判,人位于更高处来评断他,倘若恶对于神的创造是必需的,那如此的创造就令人无法接受。伊凡不再相信这个神秘的上帝,只相信比上帝更高的原则,就是正义。他创新了反抗的根本行动,那就是以正义取代恩宠的王国。同时对基督教世界的抨击也开始了。浪漫主义反抗者以恨为原则和上帝决裂,伊凡以爱为原则明确拒绝神秘无解的命运,也就是上帝。唯有爱才能让我们对玛尔蒂[1]、一天工作十个小时的工人所受的不正义将心比心,更甚者,让大家承

---

[1] 玛尔蒂(Marthe),《卡拉马佐夫兄弟》里的人物,在此应是代表当时所有受苦的乡下女人。——译注

认孩子们的死亡是不正义的。伊凡说:"如果孩子受苦是获得真理所必需的代价,我此刻便宣称,这个真理不值得以此为代价。"伊凡不接受基督教教义中受苦与真实之间分不开的关系,他最深沉的呐喊,那句在反抗者脚下划开了最触目惊心的深渊的呐喊,就是:"即使我错了,我的愤慨依旧持续。"也就是说,即使上帝存在,即使神秘之下是真理,即使佐西马长老[1]说得有理,伊凡也无法接受这个将恶、苦难、死亡强加在无辜者身上的真理。这是伊凡拒绝救赎的体现。忠诚于信仰让人获得永生,但忠诚于信仰也意味着接受神秘、罪恶,屈服于不正义。由于孩子们受苦而拒绝忠贞信仰的人,无法得到永生;在这种情况下,就算永生存在,伊凡也要拒绝。他不接受这种交易,只接受无条件的恩宠,因此他提出条件。反抗要么全有,否则就全无。"整个世界的道理都比不上孩子的泪水。"伊凡并不是说真理不存在,而是说如果有真理,它也是令人无法接受的。为什么呢?因为它是不公正的。由此第一次展开了正义与真理的对抗,这种对抗将持续下去。伊凡孤单一人,像个

---

[1] 佐西马长老(Zosime),《卡拉马佐夫兄弟》里的人物,修道院长老,他驳斥了伊凡的无神论。——译注

道德家般宣扬思想，以形而上的堂吉诃德式的姿态孤军奋战。然而，二三十年之后，一场巨大的政治运动却把正义当作真理。

此外，伊凡也拒绝独自获得救赎，他与受难的人连成一体，因为他们而拒绝了天国。诚然，他若忠诚于信仰，将得到救赎，但是其他人将受难，痛苦将依旧持续。对一个真正有同情心的人来说，救赎是不可能的。伊凡将继续否定上帝，加倍拒绝信仰，就像拒绝不正义和特权一样。往前踏一步，我们就从"全有，否则就全无"，来到了"每个人得救，否则无一人得救"。

对浪漫主义者来说，这种极端的决心以及由这种决心表现出来的态度就已足够。但对伊凡[1]来说，虽然他身上也不乏浪荡主义的影子，他却真正体验着自己的这些问题，在"是"与"否"之间挣扎。从这一刻开始，他就考虑到后果；若拒绝永生，他还剩下什么呢？生命剩下最基本的。生命的意义磨灭了，还剩下生命本身。伊凡说："我活着，不管逻辑。"又说："如果我对生命失去信仰，怀疑我心爱

---

[1] 不须提醒大家，伊凡就某方面来说，代表陀思妥耶夫斯基自己，作者融入伊凡这个角色的程度，胜过另一人物阿辽沙（Aliocha）。——原注

的女人、宇宙的秩序,反而认定一切都是地狱般的、被诅咒的混乱——即使如此,我还是要活着。"伊凡于是"不知道为什么"地活着、爱着。然而,活着就是行动,要以什么依据行动呢?如果没有永生,也就没有了奖赏和惩罚,没有了善与恶。"我想没有永生的话,就没有真理",并且"我只知道痛苦是存在的,找不出罪人,因为一切都牵连在一起,一切都因此混沌一片,相互平衡"。但是如果没了真理,就更不会有法规:"一切都是许可的。"

这个"一切都是许可的"真正开启了当代虚无主义的历史。浪漫主义的反抗没有走到这么远,它大致上只是说,并非一切都是许可的,但它出于无羁放肆而允许自己做被禁止的事。卡拉马佐夫的表现可就相反了,愤慨的逻辑让反抗回过头指向自己,将反抗变成绝望的矛盾。最基本的差别是,浪漫主义者权宜行事而允许自己作恶,伊凡却为了和思想一致强迫自己作恶,不允许自己做个善良的人。虚无主义不仅是绝望和否定,而且是绝望和否定的意愿。伊凡如此热切地为无辜者发言,因为孩子受苦而颤抖,想"亲眼"看见小鹿睡在狮子身边,受害者拥抱施害者,但一旦拒绝神的一致性,试着找出他自己的规则,他就反而肯定了犯罪的正当性。伊凡反抗一个杀人的上帝,但当他推演自己的反抗时，得出的法律却是杀人。如果一切都是许可的，他就可以杀死父亲，或忍痛让父亲被杀。在他对我们注定要死的命运一番深思之后，结果仅是为杀人辩护。伊凡其实痛恨死刑（谈到一场处决时，他愤怒地说："以神的恩宠为名，他的人头落地"），却在原则上认同杀人。对杀人者施与宽容，对执行死刑者却无法饶恕。这个矛盾，萨德优游其中，却紧紧掐着伊凡·卡拉马佐夫的喉咙。

既然永生不存在，他便佯装推论[1]，说即使永生存在，他也会拒绝。为了抗议罪恶和死亡，他断然宣称真理和永生都不存在，任凭自己父亲被杀死。他有意识地接受这个两难，要么做个良善但违背逻辑的人，要么顺着逻辑成为罪犯。他的分身——恶魔——在他耳边说："你要去做一件善良的事，然而你并不相信良善，这样会激怒你，让你困扰。"没错，伊凡自问的问题，也就是陀思妥耶夫斯基针对反抗所贡献的真正进步，也是我们在此唯一关注的问题：人们可以在持续的反抗中活着吗？

我们能猜出伊凡的答案：唯有将反抗进行到底，才可能在反抗中活着。将形而上的反抗进行到底的又是什么

---

[1] 佯装推论：因为永生不存在，又何必继续衍生"即使它存在"呢？——译注

呢？是形而上的革命。既然这个世界的主人的正当性受到质疑，那他就必须被推翻，由人来取代他。"既然上帝和永生都不存在，崭新的人将成为上帝。"但是成为上帝意味着什么呢？意味着承认一切都是许可的，驳斥自己确立的法规之外的一切法规。在不必铺陈中间推论的情况下，我们观察到，成为上帝就是接受罪恶（这也是陀思妥耶夫斯基笔下的知识分子最喜欢的想法）。伊凡的个人问题是弄清楚是否要忠于自己的逻辑，是否从一开始就为无辜受苦愤慨疾呼，最后却以"人-上帝"的冷漠接受父亲被谋杀。我们知道他的结论：任父亲被杀。他的思想太过深沉无法以"表现"自足，又太过脆弱无法行动，只好任父被杀，但他也因此发疯了。他不理解为什么要爱父亲，也无法理解为什么要杀他；他夹在无法为之辩解的良善和无法接受的罪行之间，满心怜悯又无法爱人，孤独一人又没有虚伪当掩护，这个矛盾折磨着这个高超的聪明脑袋。"我的思想是尘世的，为什么要去理解不属于这个世界的事呢？"然而他仅仅是为了不属于这世界的东西而活，正是这种不屈从于上帝的傲慢将他从这他什么都不再爱的尘世带走。

问题一旦提出，后果就会随之而来，这个失败并不能阻止这样一个事实：自此反抗走向行动。陀思妥耶夫斯基已在"宗教大法官"[1]的故事中带着准确的预言性指出了这个趋势。伊凡终究没有把世界与他的造物主分开："我拒绝的不是上帝，而是他创造的世界。"换句话说，上帝是父，与他所创造的万物不可分。[2]他僭越的计划因此是纯粹精神上的，他并没有想改革任何创造，只是面对这样的万物现状，认为自己有权在精神上摆脱，其他人和他一起也有权获得解放。相反地，一旦反抗精神接受"一切都是许可的"和"每个人得救，否则无一人得救"，就是试图重新创造，以维护人的崇高和神性。一旦形而上的革命从道德扩展到政治，就开始了一个新的层面，其范围无法估量。必须特别指出，形而上的反抗也同时诞生于虚无主义。陀思妥耶夫斯基预见到了这个新的趋势，并宣告："倘若阿辽沙得出结论说没有上帝也没有永生，他会立刻成为无神论者和社会主义者。因为社会主义不只是工人的问题，更是无神论者的问题，其当代的面貌就如同巴别塔，它是背着上帝兴建的，不是为了上通天际，而是为了让天降至地。"[3]

---

[1] "宗教大法官"是伊凡为了说明自己的宗教想法编造的一个故事，叙述宗教大法官与上帝的一段对话。——译注

[2] 伊凡任父亲被杀，选择了对自然和繁衍的侵害。他这个父亲卑鄙可耻。介于伊凡和阿辽沙的上帝之间，卡拉马佐夫的父亲令人不齿的形象经常出现。——原注

[3] 这些问题（上帝与永生）与社会主义的问题是相同的，只是以不同角度切入。——原注

阿辽沙的确可以温柔地把伊凡看作"初出茅庐的小伙子"，后者只尝试做自己的主人，但做不到。其他人，更严格认真的人，将继他而起，从同样绝望的否定出发，直到要求掌握全世界。他们是"宗教大法官"，把耶稣监禁起来，并前来告诉他，他的方法不当，世界的幸福不会通过在善与恶之间立即做出选择的自由来实现，而是要靠世界的统治与统合来实现。第一步必须是统治与征服。天上的王国的确下到人世，但是是由人来统治，刚开始是由一些像凯撒这样的最早明白状况的人来统治，之后随着时间的推移陆续出现其他后继者。既然一切都是许可的，任何方法就都可以用来统一世界。"宗教大法官"又老又累，因为他的思想苦涩，他知道人懦弱且懒惰，宁可选择和平和死亡，也不要分辨善恶的自由。"宗教大法官"对这个被历史不停拆穿的、沉默的犯人耶稣心存怜悯，一种冷漠的怜悯；他催促他说话，承认错误，同时认可宗教大法官们和凯撒们的行动是正当合理的。但犯人沉默不语。因此行动继续进行，犯人被杀，当人的王国确定建立时，其合理性终会来到。"现在只是开始，离结束还早得很，尘世还有很多要忍受，但我们会达到目标，我们会成为凯撒，那时我们会考虑世界的幸福。"

犯人被处决了，世界由倾听"深沉的思想、毁灭与死亡的思想"的宗教大法官们统治，他们骄傲地拒绝上天的面包和自由，带给世人的，只有面包，但没有自由。"从十字架上下来，我们就信仰你"，宗教大法官的警察们在各各他山上对着耶稣这样喊。但是他没有下来，甚至在临死前最痛苦的时刻抱怨上帝遗弃了他。所以没有任何证据了，只剩下反抗者排斥的、宗教大法官讥笑的信仰与神秘。一切都是允许的，在这混乱的一刻，继之而来的几个世纪的罪恶已准备妥当。历任教宗们已铺好路，让那些只选择自己的凯撒们[1]放手去做。之前和上帝一起却未完成的世界统一，将尝试以对抗上帝的方式来完成。

但我们现在还没谈到那里。目前，我们只看见坠入深渊的反抗者伊凡颓丧的脸，他无力行动，在自己是无辜的想法和杀人的意愿之间被撕扯着。他憎恨死刑，因为死刑是人类现状的写照，同时他又走向罪恶。为了和世人站在一边，他得到的却是孤独。与此同时，理性的反抗以疯狂作为结束。

---

[1] 这里的凯撒指的是掌握政治权力者。——译注

| 浪漫主义反抗者的企图是和上帝平等交谈,因此以恶之道还施恶之身,以傲慢治残酷。

伊凡不接受基督教教义中受苦与真实之间分不开的关系,他最深沉的呐喊,那句在反抗者脚下划开了最触目惊心的深渊的呐喊,就是:"即使我错了,我的愤慨依旧持续。"也就是说,即使上帝存在,即使神秘之下是真理,即使佐西马长老说得有理,伊凡也无法接受这个将恶、苦难、死亡强加在无辜者身上的真理。这是伊凡拒绝救赎的体现。

"整个世界的道理都比不上孩子的泪水。"伊凡并不是说真理不存在,而是说如果有真理,它也是令人无法接受的。为什么呢?因为它是不公正的。由此第一次展开了正义与真理的对抗。

虚无主义不仅是绝望和否定,而且是绝望和否定的意愿。

唯有将反抗进行到底,才可能在反抗中活着。

绝对的肯定

> 接受一切，同时接受极度的矛盾和痛苦，就能主宰一切。

人一旦开始对上帝进行道德审判，就会将上帝杀死。但是道德的基础是什么呢？人们以正义为名否定上帝，但是若没有上帝这个概念，正义能被了解吗？我们不是陷入荒谬了吗？尼采直接探讨的就是这个荒谬。为了超越荒谬，他把它推到极端：在重建道德之前，道德是上帝最后一张必须毁灭的脸孔。上帝已不复存在，不再保障人的存在，人为了存在，必须下决心行动。

唯一者

施蒂纳在打倒上帝之后，想消除人身上一切关于上帝的思想。但是和尼采相反，他的虚无主义（nililisme）志得意满，施蒂纳在死胡同里大笑，尼采则往墙上撞。1845年，他的《唯一者及其所有物》(*L'Unique et sa Propiété*) 出版，从那年起，施蒂纳就开始清算。他和一些黑格尔派年轻人（马克思也在其中）经常参加"解放协会"，面对的不只是上帝的问题，还有费尔巴哈关于"人"的观念、黑格尔的"精神理念"以及精神的历史体验——国家观。对他来说，这些偶像都是相信永恒理念的"先天愚型"痴呆，他还写道："我的理论未建立在任何基础上。"原罪当然是一个"蒙古症浩劫"，而法律也是让我们受苦受难的东西。上帝是敌人：施蒂纳竭尽所能地亵渎上帝（"消化完圣体饼，你就轻松了"）。但上帝只不过是"我"的变形，或更准确地说，是我个人存在的变形。苏格拉底、耶稣、笛卡尔、黑格尔，所有这些先知与哲学家唯一发明的，只是"我"这个存在不同的变形方式，施蒂纳特别把这个"我"和费希特的"绝对自我"区分开来，把"我"降低到最独特也最不可捉摸的地位。"没有名字可以命名"，这个"我"是唯一的。

施蒂纳认为，耶稣之前的世界历史不过是一种将现实理想化的漫长努力，这种努力体现在古代人宗教净化的思想和仪式中。从耶稣开始，这个目的已达到，相反地，另一种努力开始了，即努力将理想现实化。对现实化的热衷取代了宗教净化，随着耶稣的继承者——社会主义——扩张其帝国，它日益席卷世界。然而，世界历史只不过是对"唯一的我"这个原则的长时间侵犯，人们把鲜活、具体、胜利的这个原则压在一连串抽象的枷锁下：上帝、国家、社会、人类全体。对施蒂纳来说，博爱无私是故弄玄虚的欺骗，歌颂国家和人类的无神论哲学只不过是"神学上的造反"。他说："我们的无神论者是不折不扣的虔诚信徒。"整个历史之中只有一种信仰，即对永恒的信仰。这个信仰是个谎言，唯一真实的是"唯一者"，它是永恒的敌人，也是一切无助于他统治欲望的事物的敌人。

施蒂纳的全面否定所带动的反抗，必然也会摧毁所有肯定的事物，他一并扬弃了充斥着道德意识的种种神的替代品。"外在的天国已被扫除，"他说，"但是内在的天国又成了一个新的天国。"甚至是革命——尤其是革命，让这位反抗者极为反感；作一个革命者，必须有某种信仰，尽管明明已经没有任何可信仰的了。"（法国）大革命最后成了一种反动，这让我们看清了革命的真正面目。"受人类奴役，也不比服侍上帝来得好，何况，友爱只不过是他们在星期天的态度,而在工作日,这些兄弟都是奴隶。对施蒂纳来说,自由只有一种——"我的权力",真理只有一个——"像星子一样灿烂的自我主义"。

在这一片沙漠中,繁花重新盛开。"只要思想和信仰的漫漫长夜还持续着,人们便不能领会一声单纯欢呼的巨大意义。"漫漫长夜即将到头,黎明将起,这不是革命的黎明,而是造反的黎明。造反本身是一种苦行,拒绝所有安逸,造反者只有在其他人的利益与自身利益刚好符合时,才会短暂地和对方相配合,他其实活在孤独中,酣畅享受自己是唯一者。

个人主义因此到达顶峰,它推翻一切否定个人的东西,赞颂一切使个人高兴和对其有用的东西。根据施蒂纳的看法,什么是善呢?"所有我能够利用的。"什么是我合理可做的呢?"一切我有办法做到的。"反抗又一次成了对罪行的辩护。施蒂纳不仅尝试为此辩护(从这个观点来看,他直接的因袭者以无政府主义恐怖分子的形式出现),而且明显陶醉于自己开创的前景。"与神的世界决裂,或最好打破神的世界,会变得普遍。即将来临的不是又一场新的革命,而是一场强劲、傲气、没有包袱、无畏、无所顾忌的罪恶,它岂不是正随着地平线上的雷声壮大吗,你没看见天际满怀预感地阴郁沉默下来了吗？"我们嗅到在陋室一角经营世界末日的人所感受到的阴沉快感。任何事物都无法抑止这种苦涩而专横的逻辑，一切只是一个"我"对抗所有抽象的概念，这个"我"如此封闭，切根断连，乃至变得抽象而无以名之。再没有罪恶或错误，因此也再没有罪人，人人都完美。既然每个"我"对国家和人民来说都是彻底的罪人，我们就得知道，活着就必须反抗，要成为唯一者，就必须杀人，"你们若什么都不亵渎，便无法像罪人般伟大"。他并没有推到极致，而是谨慎提醒道："是杀掉他们，而不是让他们成为殉道者。"

然而，宣布杀人是正当的，也就是宣告动员所有的"唯一者"发动战争，如此一来，杀人就等于集体自杀。施蒂纳不承认或不愿正视这点，面对任何毁灭毫不退缩。反抗精神终于在混乱毁灭中找到了最苦涩的满足。"你（德意志民族）将被打倒在地，你的各民族姊妹们也将跟随你的路，当所有民族顺着你的路时，人类总体将被埋葬，在你的坟墓上，我终于成为自己的主人，我，人类唯一的主人，将开怀大笑。"因此，在世界的废墟之上，"个人-国王"的苍凉笑声体现了反抗精神的最后胜利。但在这种极端的结局下，除了死亡或反抗，没有任何其他可能性。施蒂纳和所有虚无主义反抗者朝着世界的边缘冲去，陶醉于毁灭之中。沙漠出现了，必须学着在那里生存，于是尼采筋疲力尽的探索紧接着开始了。

尼采与虚无主义

"我们否定上帝、否定上帝的责任，唯有如此才能解放世界。"根据尼采所言，虚无主义似乎成了预言；但如果把他看作先知而非临床医生的话，除了得知他痛恨低贱卑鄙的残酷，我们无法从他的作品中得到什么收获。毋庸置疑，他的思考具有预知性和条理性，简而言之就是具有策略性。在他身上，虚无主义头一次成为一种意识。外科医生和先知的共同点，就是他们都以未来为指标去思考、运作。尼采的思想以将会来到的世界末日为着眼点，不是为了赞美——他猜测到这个世界末日将会有一副可鄙的、算计的面目——而是为了规避它，将之转化为重生。他承认虚无主义，像面对一个病例般研究；他自称是欧洲第一个最彻底的虚无主义者，不是出于喜好，而是不得不如此，因为他太伟大，以至于无法拒绝其时代的遗产。他在自己和其他人身上诊断出无法产生信仰的征兆，甚至拒绝所有信仰的根本基础，也就是说连生命都不相信了。"人可以活在反抗中吗？"对于他，则变成："人可以活在什么都不相信之中吗？"他的回答是肯定的。是的，如果把拒绝信仰化为一种方法，如果把虚无主义推到最后，如果进到沙漠中但对即将到来的一切有信心，那我们就能体验最原始的痛苦和喜悦。

他的做法是用有条理的否定取代有条理的怀疑，摧毁一切虚无主义还用以自欺欺人的那部分，摧毁所有掩盖上帝已死的替代偶像。"要搭建一个新的圣坛，就必须毁掉一个圣坛，这是法则。"他认为，想在善与恶之中成为创造者，就必须先摧毁、打破旧有价值观。"如此一来，至恶成为至善的一部分，只不过至善是创造者而已。"他以自己的方式写出了他那个时代的《谈谈方法》[1]，缺乏他如此赞赏的17世纪法国的那种挥洒和精准，但带着他认为是天才世纪的20世纪的洞悉清晰的特点。我们现在来研究他这种反抗

---

[1] 《谈谈方法》(*Discours de la Méthode*)，17世纪法国哲学家笛卡尔《谈谈正确运用自己的理性在各门学问里寻求真理的方法》的简称，此书树立了理性主义认识论的基础，被认为是近代哲学的宣言书。——译注

的方法。[1]

尼采的第一步骤是赞同他所知道的。无神论对他来说是不言而喻的，是"有建设性的、断然的"；根据尼采所言，他崇高的使命就是要激起一种危机，完全阻断无神论这个问题。世界如探险般前行，没有什么目的性，既然上帝什么都不要，因此它不存在，它如果要什么的话——这里我们又看见讨论邪恶时传统的推理模式——就必须承担"人世的痛苦和缺乏逻辑，而且降低生成流变（Le devenir[2]）的整体价值"。我们知道尼采公开忌妒司汤达[3]说了那句名言："上帝唯一可做的辩白，就是说他并不存在。"扬弃了神的意志，世界也同时扬弃了一致性和目的性，所以世界不能被审判评断，一切对它做的价值评断都成为对生命的诬蔑。评断目前存在的，一定是相对于它应该是怎样的，即依照天国、永恒的想法、道德这些标准；然而这"应该

---

[1] 我们讨论的自然是尼采最后一阶段——1880年到他崩溃发疯之前——的哲学。本章节也可作为对他所著《权力意志》(*La Volonté de Puissance*) 一书的评论。——原注

[2] Le devenir 是尼采哲学中重要的一个词汇，表示一切都在变化，"存在"不是一个状态，而是"流变"的过程。上帝不会要什么，因为一切都美好，如果还要什么，就是下到凡间，必须经历种种痛苦，面临不合理、不合逻辑的情况。——译注

[3] 司汤达（Stendhal），马里-亨利·贝尔（Marie-Henri Beyle，1783—1843）的笔名，法国作家。——译注

是怎样的"已不存在，世界已不能被评断了。"这个时代的好处就是，没有什么是真实的，因此一切都是被许可的。"这个说法已经千百次被运用，不管是用于虚张声势还是讽刺，反正足以表明尼采完全接受虚无主义和反抗的包袱。在他那一篇有点幼稚的《训练与筛选》(*Le Dressage et la Sélection*)的论述里，他甚至提出虚无主义推理的极端逻辑："问题：有什么方法能够达到一个具传染性的高尚的虚无主义形式，让我们能够以科学精神来教导和实践自愿的死亡？"[1]

尼采把传统上虚无主义价值的绊脚石逆转成虚无主义的利器：首要就是道德。苏格拉底所宣扬的、基督教教义所规定的道德操守，自身就是堕落的表征，想要把活生生的、有血有肉的人化成人的影像，以纯粹想象的和谐世界的名义，遏止一切狂热的呐喊。若说虚无主义无法相信上帝，它最明显的征兆不是无神论，而是无法相信某个事物"存在"、无法看到"现有的"、无法活在"目前的现况"。这个缺憾也正是唯心主义的基石。道德不相信世界，对尼

---

[1] 尼采在著作《查拉图斯特拉如是说》(*Also sprach Zarathustra*)里写，有的人太晚死，有的人太早死，应该教导人"死得是时候"，自愿的死对尼采来说是件快乐的事。——译注

采来说，真正的道德与清晰的思维是不可分的，他严厉批判以道德为名的"世界的诬蔑者"[1]，因为他们的诬蔑显露了逃避的可耻倾向。对他而言，传统道德只不过是针对"不朽"这个特殊情况的空言。他说，"善需要说明其正当性"，以及"人们将会因为道德而停止行善"。

尼采的哲学绕着反抗问题运转；确切来说，它正是以反抗为开端的。但是我们察觉尼采移转了反抗的起点：对他来说，反抗的出发点是"上帝已死"，这是既成的事实，因此反抗的目标转而针对所有意图代替消失的神的理论，它们玷污了失了上帝无疑就没有方向的世界，让这世界成为众神百出的熔炉。和某些基督徒批评的相反，尼采并未构思杀死上帝的计划，只是上帝在同时代人的心中已然死亡。他是第一个了解到这一事件巨大意义的人，断定人类的反抗若未被引导，将无法走向新生。所有其他对反抗抱持的态度，不论是反对还是默许，都将导致世界末日。如此说来，尼采并未发展出一套反抗哲学，而是针对反抗奠定了一种哲学思想。

尼采尤其攻击基督教，但仅限于基督教的道德思想。

---

[1] 这是尼采在《查拉图斯特拉如是说》里用的字眼。——译注

一方面，他从未攻击耶稣这个人，另一方面，他未谈及教会虚伪的那些面目。我们知道，博学如他，很景仰耶稣会教士们的学识。他写道："其实受到驳斥的只是道德层面的上帝。"[1] 对尼采而言，如同对托尔斯泰来说，耶稣不是个反抗者，耶稣的学说基本上就是全然同意对恶不采取抵抗；不应杀人，就算是为了阻止杀人而去杀人也不应该；必须接受世界的现况，不去增加它的苦难，愿意为了世界上的恶而让自己受苦，那样天国之门就会为我们开启；唯有内心的意愿能让我们的行动符合这些原则，因而立即赐予我们喜乐。重要的不是信仰，而是行为，尼采认为这就是耶稣要传达的启示。基督教的历史只不过是对这个启示的一段漫长的背叛。《新约》已经变质，从保罗到主教会议制定的教规，都偏重信仰乃至于忘了行为。

基督教在主人耶稣的启示上强加了什么根本的变质说法呢？一是审判，这是耶稣从未提及的，二是惩罚和奖赏相互关联的概念。由此开始，自然成了历史，充满人的意义的历史，人类整体的观念因而诞生。从福音到最后的审

---

[1] "你们会说没有道德层面，上帝会立即瓦解，然而这只是一个蜕变；脱去道德这个表层，你们会看见他重新出现，超越善与恶。"——原注

判，人类整体唯一要做的，就是按照已经写好的《圣经》里的道德规范去做，唯一的差别只是在最后审判时，人类会被分为好人和坏人。然而，耶稣提到的唯一的判定是说本性的罪并不重要，但历史上的基督教教义却将本性化为罪恶的来源。"耶稣否定的是什么呢？就是目前冠以基督之名的一切。"基督教自认与虚无主义对抗，因为它指引一个方向，但它自身才是虚无主义，强行赋予生命一个想象的意义，反而阻碍人去发现生命真正的意义："整个教会是一颗滚压在那个'人-神'坟墓上的石头，以暴力阻止他复活。"尼采下的结论看起来矛盾，但意味深长：上帝之死是因为基督教，基督教使神圣世俗化。这里所说的是历史的[1]基督教和它"深层的、可鄙的表里不一"。

尼采也以这个论点对抗社会主义和所有形式的人道主义。社会主义不过是基督教的变质，它确实维持相信历史的目的性，这完全违背生命和自然，以理想的目的取代真实的目的，削弱了意志与想象力。根据尼采授予虚无主义的定义，社会主义也是虚无主义。虚无主义不是什么都不相信，而是不相信现实的状况。就这个意义来说，所有形

---

[1] "历史的"，相对于"自然的"，意即人的行为串连成的结果。——译注

式的社会主义比没落的基督教还更低下；基督教教义中的赏与罚意味着一段历史，那么按照逻辑推演下去，整个人类的历史将不可避免地意味着赏与罚：集体的救世主因而诞生。加之，上帝已死，人在上帝面前的平等就变成人人平等。尼采在此还是以道德学说的角度批评社会主义的道德学说。虚无主义不论是出现在宗教上还是在社会主义教条上，其逻辑推到最后都是人们所谓的高超道德价值。自由的思想就是要摧毁这些价值，戳破它们的假象，扬弃它们的交易，攻击它们的罪恶，因为它们阻碍清晰的聪明头脑完成自己的使命：将消极的虚无主义转化为积极的虚无主义。

在这个摆脱了上帝和道德谬论的世界，人现在孤独了，没有了主人。没有人相信这样的自由是容易的，尼采更不相信，这是他和浪漫主义者的区别之处。这骤然的解放让他置身于他所说的，为新的苦恼和新的幸福而受苦的人们之中。然而，在一开始，是苦恼让他呐喊："罢了，那就让我发疯吧……除非超脱于法则，否则我是被排斥的人之中最被弃绝的一个。"对一个不能超脱于一般既定法则的人来说，必须找到另一个法则，否则他只能发疯。一旦不再相信上帝和永生，他就要"对所有生灵，对所有生来受苦、被生活折磨的一切负责",是他,且只能是靠他自己找出秩序和法则。因此放逐的时期开始了,人们筋疲力尽地寻找行为的理由,陷入了无目的的怀旧忧伤:"最痛苦最揪心的一个问题,是心灵在问:何处我能感觉安宁?"

尼采有自由的精神,他知道拥有自由精神并不意味着安逸,而意味着必须去一步步要求、历经一连串挣扎才能获得的崇高。他很清楚,若想维持在一般法则之上,就会有落在这法则之下的风险,因此精神要获得真正的解放,就必须接受新的责任。他这个领悟基本上就是表明,倘若永恒法则不是自由,没有法则更不是自由;倘若真实不存在,世上没有规则,那就没有任何东西是被禁止的;要禁止一个行为,就必须要有价值与目的。在此同时,也没有任何东西是被许可的,因为要许可一个行为,也需要价值和目的。在法则的绝对控制之下没有自由可言,但全然不约束也不是自由。所有的可能性加在一起不会创造自由,但没有可能性就成了奴隶。混乱本身也是一种强制的奴役。唯有在一个清楚界定什么可以什么不可以的世界,才会有自由。没有法则,就不会有自由。倘若没有一种高超的价值来引导人的命运,倘若一切都付之偶然,那人就是在黑暗中前行,是盲目可怖的自由。为了追求最大的自由,尼采选择了最大的限制。"倘若不把上帝的死看作一个极大的放弃与对自己不断挑战的胜利，那我们将要为此损失付出代价。"换句话说，尼采认为反抗是苦行。于是，一个更深沉的逻辑取代了卡拉马佐夫的"既然没有什么是真实的，那么一切都是被许可的"，那就是"既然没有什么是真实的，那么没有任何东西是被许可的"。只消否定一件被禁止的事，就等于否定一切其他被许可的事。在没有人能分辨黑或白的地方，光明已泯灭，自由变成人自愿进入的监狱。

尼采有系统地把虚无主义往死胡同里推，甚至可以说他以一种狂乱的激情冲到了死胡同里。他要的就是让同时代人无法忍受下去，这似乎是他将矛盾推到极致之后看到的唯一希望；人如果不想在使人窒息的死结中死亡，就必须一剑斩断死结，另创自己的价值。上帝之死并未完成什么，唯有在它可能重生的条件下才能被接受。尼采说："人们若在上帝身上找不到伟大，在别处也不会找到；要么否定这个伟大，要么就创造它。"否定这种伟大存在，是那个时代他周遭的人做的事，他明白这是没有建设性的自杀行为；创造伟大，是"超人"的任务，他可以为此付出生命。他知道唯有在极端孤独中才有可能创造，人唯有在极端的精神困苦之中，也就是不这么做就会死的时候，才会做出这么大的努力。尼采对人呐喊，大地是他唯一的真实，必须对之忠诚，必须活在大地之上，礼赞它。但是他同时也告诉人，活在没有法则的大地上是不可能的，因为活着，意味着必须有一个法则。如何能没有法则而自由地活着呢？这是人必须回答的谜团，否则只有一死。

至少尼采没有逃避，而是作出了回答，而他的答案有很大风险，达摩克利斯在剑下才舞得最好[1]：必须接受无法接受的，承受无法承受的。尼采认为，我们一旦认定世界没有任何目的，就要接受世界的原样，世界不必接受评断，因为我们根本没有任何企图能对它加以评断，反而应该以响亮的"是"取代价值评断，热切地全心地投入世界。这么一来，全然的绝望中涌出无限的喜悦，盲目的奴役蜕变为无止境的自由。所谓自由，就是要废除目的，而明白生成流变的自然之理，就是最大的自由。自由精神喜欢必然性（nécessaire）。尼采最深刻的思想，就是如果某些现象的必然性如此明显，如此坚固，不得不然，那就不构成任何

---

1 典故出自古希腊传奇，意思是在随时可能发生的潜在危机之下更能发挥能量。——译注

强制。完全投入一个完全的必然性，这就是他对自由矛盾的定义。"什么样的自由"（libre de quoi），变成"为了什么而自由"（libre pour quoi）。自由和英雄主义相碰撞，自由是伟人的苦行，"拉得最满的一张弓"。

对于必然性的同意，来自丰盈和饱满的意志力，是无限制地肯定世界上存在错误和痛苦、罪恶和谋杀，以及一切生命中引起争议的诡异事情；来自一种坚定的意志，决意在这样的世界上以这样的状况生存着："把自己视为命定，除了自己不想成为其他……"命定这个字眼出现了。尼采的苦行就是以接受命定为出发点，结果把命定神圣化了。命运越是因其不可改变，越显得令人赞赏；道德的上帝、悲悯、爱，这些想补偿命运的东西，都是命运的敌人；尼采不要补偿和收买。生成流变的喜悦就是消灭了的喜悦，其中只有个人消亡了，人以自己的个体为诉求的反抗行动才会消失，而全然臣服于生成流变的过程中的个体将会出现。对命运的爱（amor fati）取代了愤世嫉命（odium fati）。"所有个人都与宇宙合而为一，不论我们是否自知，不论我们愿意与否。"个体因而消失在整体命运与世界的永恒运转之中，"所有曾经存在的都是永恒的，大海将之冲回岸边"。

尼采于是回到思想的起源，回到前苏格拉底学派[1]的论点。前苏格拉底学派去除了万物最终会怎样的议题，保持他们想象的永恒性原则。唯有无目的之力才是永恒的，如同赫拉克利特[2]所称的"游戏"（jeu）。尼采所有的努力就是要呈现生成流变里有法则，必然性里有"游戏"："儿童就是纯真和遗忘，就是重新初始，就是游戏、自转的轮子、最初的动作，就是说'是'的神圣天赋。"世界就是因为没有目的而神圣，这也是为什么只有同样无目的性的艺术才能够体会它。没有任何判定能代表世界，但艺术能教我们重现它，如同世界在永恒回归中不断重复自己。在同一片海滩的卵石上，最初的海洋不知疲倦地重复着相同的话语，将惊奇于自己活着的人冲上岸。至少对赞同这种流转、万物再循环、发出不断的快乐回音思想的人来说，他参与了世界的神圣。

由这个流转的方式，人的神圣性终于出现。反抗者首先否定上帝，接着想自己取代上帝，但是尼采的见解是，

---

[1] 前苏格拉底哲学认为宇宙万物生成有一个本源。——译注

[2] 赫拉克利特（Héraclite，公元前535—前475），古希腊哲学家，属于前苏格拉底学派，认为事物是永恒的运动，一切都在流动、不断变化。他将人类思想称为"小孩的游戏"。——译注

反抗者只有在放弃一切反抗，甚至是放弃想制造神祇来纠正世界的这种反抗时，才能成为上帝。"倘若有个上帝，他如何能忍受自己不是上帝呢？"的确有个上帝，那就是世界本身，想要参与他的神性，只消说"是"就可以。"不须再祈祷，要赞美"，大地上将充满"人-神"。对世界说"是"，一再重复地说"是"，那就是重新创造世界与自身，就是成为伟大的艺术家、创造者。尼采的见解总和在"创造"一词里，带着这个词的模棱两可性。尼采颂扬的只是创造者特有的自我中心和坚忍，价值的转换仅仅是以创造者的价值取代审判的价值：那就是尊重与热爱现存的。所谓创造者的自由，就是具有神性，但不是永生的。狄奥尼索斯，大地之神，因被肢解[1]而永恒地大喊，他代表了与痛苦结合的美的形象。尼采认为对大地和狄奥尼索斯说"是"，就是对他的痛苦说"是"，接受一切，同时接受极度的矛盾和痛苦，就能主宰一切，尼采接受为这付出代价。唯一真实的，是"庄重而受苦的"大地，它是唯一的神。就像恩培多克勒[2]投

---

1 古希腊神话中，狄奥尼索斯被泰坦神肢解成块。——译注
2 恩培多克勒（Empédocle），公元前5世纪意大利哲学家，属于前苏格拉底学派，传说中他投身于埃特纳火山中。——译注

身于埃特纳火山,到大地的内部去寻找真理,尼采建议人投身于宇宙中去重新寻回他的神性,将自己变为狄奥尼索斯。《权力意志》如同经常让人相提并论的帕斯卡的《沉思录》一样,以一场赌注作为结尾。人还未获得确信,只获得确信的意志,这是两回事。尼采也在这个极端之前犹豫:"这就是你最无法让人原谅的一点。你拥有权力却拒绝签名。"然而他还是必须签名,尽管以狄奥尼索斯之名永生的,只是他在发疯后写给阿丽亚娜的信件。[1]

某种意义上,尼采的反抗还是导致了对恶的歌颂;差别只是恶不再是一种报复,而被视为善的一种可能面相,更被视为一种命定,因此它是必须被超越的东西,甚至可说是一剂药方。在尼采的思想中,恶只是人面对无法逃避的事物时,傲然接受的一个东西。然而,我们很清楚他的思想继承者,以尼采(他自称"最后一个反政治的德国人")的思想为基础发展出什么样的政治[2]。他曾创造出暴君

---

[1] 尼采最后发疯时,写了许多封信给朋友阿丽亚娜,署名狄奥尼索斯。——译注
[2] 希特勒将尼采视为偶像,以他的思想作为政治指标,事实上尼采完全不反犹太。以下一段都是指纳粹假借尼采之名,行迫害犹太人之实。——译注

艺术家的形象，但对平庸的人而言，残暴比艺术来得容易。他呐喊："宁可要凯撒·博吉亚，而非帕西法尔。"[1] 不管是凯撒还是博吉亚，他要的都有了[2]，只不过缺少了他认为的文艺复兴时期那些贵族的高贵情操；他要求人尊崇人种的永恒性，投身于时间的大循环之中，他们却把某个种族视为一个特殊人种，让人屈从于这个卑劣的说法。他带着敬仰和恐惧谈论的生命，却因为他们的滥用手段沦为被豢养的家畜。一群不懂权力意志为何物的粗野掌权者，以他思想的名义从事"丑陋的仇视犹太人运动"，而这是他一向蔑视的想法。

他相信的是勇气和智慧结合，也就是他所称的"力"（force）。人们却借用他的名，反过来让愚勇扼杀智慧，让他真正的思想逆转成全然相反的：触目惊心的暴力。根据他孤傲的思想，他将自由和孤独混在一起。然而他那"正午与子夜[3]深沉的孤独"却迷失在席卷欧洲的群众机械化里。捍卫古典风格、讽刺、节制、不拘礼、具有贵族风范的他

---

[1] 凯撒·博吉亚（César Borgia）是15世纪文艺复兴时代的王子，西班牙博吉亚家族的一员，为政治权力不择手段，帕西法尔（Parsifal）是亚瑟王传奇中寻找圣杯的英雄人物，经由考验最终获得慈悲，成为圣人。——译注

[2] 此处凯撒指古罗马皇帝，博吉亚指贵族姓氏，意为帝王和贵族特质都有了。——译注

[3] 正午与子夜常出现在尼采的论述里，意思是时间并非静止的一刻，而是循环的，如同正午与子夜，是结束也是开始，以呼应他"永恒回归"的论点。——译注

曾说，贵族特质是不问为什么就去奉行美德，一个人若需要诸多原因才正直做人，那就值得怀疑；他狂热地推崇正直（"这正直成为本能与激情"），对"视偏激为死敌的高超智慧的超然平等"全心付出。他自己的国家，却在他去世三十三年后，将他视为谎言与暴力的鼓吹者，使他不惜牺牲所赞扬的思想与品德变得可憎。在智慧的长河里，尼采的遭遇几乎无人能比，他遭受的不公评断直到现在仍未洗清。我们知道历史上有些哲学思想曾被扭曲，但直到尼采与国家社会主义之前，一个全然高贵、无与伦比的灵魂苦心创出的哲学思想，在世人眼里竟是一堆谎言和集中营里恐怖的成堆死尸，这是史无前例的。对超人精神的倡导竟导致有步骤地制造人下人，这是必须揭露的事实，却也必须被探究原因。倘若19世纪与20世纪巨大的反抗运动的最终结果是这样无情的奴役，那不就应该背弃反抗，重新发出尼采对他的时代绝望的呐喊："我的意识和你们的意识已经不是同一个了？"

首先必须澄清，我们当然不可能把尼采和罗森堡[1]混为

---

[1] 罗森堡（Alfred Rosenberg，1893—1946），德国纳粹党内的思想领袖，对纳粹杀害战俘和种族屠杀负有重大责任。——译注

一谈，我们应当作为尼采的辩护律师。他本人也预先揭露了可能玷污他思想的继承者："解放了精神的人，还必须净化自己的心灵。"不过问题是我们至少要知道，他所构想的精神解放，是不是排除净化了。使尼采背负恶名的运动，有其法则与逻辑，通过这法则与逻辑或许能看出他的哲学之所以被血腥掩盖的端倪。他作品里难道没有可能会被利用于残杀的东西吗？只看字面不看内容，甚至那些看字面也懂内容的杀人者，能否在他的思想里找到借口？回答是肯定的。一旦人们忽视尼采思想中的条理（何况他自己的论证也不见得一直很有条理），他反抗的逻辑就再无限制。

我们也注意到，杀人者不是在尼采拒绝偶像的思想里，而是在他作品里热切赞同大地的论点里找到狡辩论据的：对一切说"是"，也就意味对杀人说"是"。同意杀人的方式有两种：若奴隶对一切说"是"，他就是对主人的存在和自身的受苦说"是"，耶稣教导人不要抵抗；若主人对一切说"是"，他就是对奴隶制度和其他人的受苦说"是"，这便是暴君和颂赞罪恶。"生命是一个无休止的谎言、无休止的谋杀，去相信一个神圣法则，叫你不能说谎不能杀人，这岂不可笑？"的确如此，因此形而上反抗的最初行动仅仅是抗议生存的谎言和罪恶。尼采的"是"忘却了最初的"不",否认了反抗本身,同时否认了拒绝世界现状的道德。尼采全心召唤一个具有耶稣精神的罗马凯撒,在他的想法里,这就是同时对奴隶和主人说"是",但对两者都说"是",其实是神圣化两方之中的强者,也就是主人。凯撒最终只能放弃精神统治,选择主宰现实。尼采这个忠实于自己方法的导师自问:"如何利用罪恶呢?"凯撒的回答是:让罪恶成倍滋生。尼采不幸地曾写下这样的话:"若目的宏大的话,人类将运用另一种度量法,罪恶不一定被当作罪恶看,纵使采取了更可怕的手段。"他死于1900年,正是他这个思想即将造成那么多死亡的世纪之交。他在神志还清楚时,徒然地呐喊:"谈论种种不道德的行止很简单,但是我们可有力量承担?譬如我无法承受自己食言或去杀人,我会郁郁寡欢一阵子,但终究会因此而死,这是我的命运。"然而,一旦对人类整体经验下达了同意,其他人会跟着出现,那些人才不会郁郁寡欢,反而会在谎言和谋杀中茁壮。尼采必须负的责任是,为了推论方法的高超性,他肯定了——哪怕只是一时,在正午的思潮中——可耻的权力,陀思妥耶夫斯基早就说过,如果给人这个权力,人必定会争相使用。但是他无心之下所该负的责任还远不止如此。

尼采承认自己是最有意识的虚无主义者。他使反抗精神跃出决定性的一步，让它从否定理想典型跃到将理想典型世俗化。既然人的救赎不由上帝，那就由大地来完成；既然世界没有方向，人一旦接受这个事实，就该为世界定一个方向，导致更高超的人性。尼采诉求人类未来的方向："统治大地的任务落到我们身上。"以及："为统治大地而斗争的时刻已迫近，这场斗争应以哲学原则来进行。"他这几句话同时也昭示了20世纪将发生的状况。倘若他如此昭示，那是因为他熟知虚无主义内在的逻辑，知道这逻辑推到底将是统治权。也因为这一点，他为这个统治权做了准备。

摆脱上帝的人拥有自由，犹如尼采想象的，而这意味着孤独。当世界之轮停止转动，人对现存的一切说"是"时，人也会拥有正午的自由。但是现存的一切会流转，必须对流转说"是"，光线会消失，日头将尽，历史重新开始，在历史里必须寻找自由，对历史，必须说"是"。尼采主义就是个体权力意志的理论，注定属于一个绝对的权力，如果不统治世界，它就什么也不是。尼采无疑痛恨自由思想家与人道主义者，他将"自由精神"这个词的意义推到极端：个体精神的神化。但是他不能阻止自由思想家从上帝已死这个同样的历史观出发，也获得了同样的推论。在尼采眼中，人道主义不过是缺少了崇高主宰的基督教，只排除了第一因而维持了目的因。[1]但是他没察觉，按照虚无主义无可避免的逻辑，社会主义解放的学说将取代他所梦想的超人学说。

哲学将理想典型世俗化，然而接下来的暴君们很快又将赋予他们权力的哲学世俗化。针对黑格尔的例子，尼采早已猜测到这种侵害，幸而黑格尔的独到之处就是发明了泛神论，恶、错误和痛苦不能再成为对抗上帝的论据，"但是国家和已立足的权力立刻就利用起这个伟大的论点"。尼采自己就构想出一个思想体系，其中罪恶不能再作为反抗任何东西的论据，其唯一的价值就是人的神性。这个宏大的发明需要实践来证明，就这一点来看，国家社会主义只不过是过渡的承继者，只是虚无主义激烈而惊人的结果。接下来持其他逻辑说法的野心者，引用马克思学说纠正尼采，选择只对历史而非对整个大地说"是"，尼采曾经要反抗者跪在宇宙之前，而此后反抗者将跪在历史之前。这有

---

[1] "第一因"指的是上帝，"目的因"指事物存在、改变的原因，请参考亚里士多德哲学理论。——译注

什么好惊讶的呢？因为尼采和马克思两人——至少在尼采的超人理论里,以及在尼采之前马克思的无阶级社会论点里——都是用"未来"取代"天堂";就这一点而言,尼采背弃了古希腊人和耶稣以"当下"取代神的说法。马克思同尼采一样,思考具策略性,也同尼采一样痛恨制式的美德。他们两人的反抗都以对现实某个层面的赞同为终点,随后被马克思列宁主义吸收,由一个尼采曾经描述过的阶层来体现,一个应该"取代牧师、教育者、医师"的阶层。最大的不同点在于,尼采在期待超人出现之前,建议对现有的一切说"是",马克思则主张对将到来的一切说"是";对马克思来说,人们要控制自然以便于臣服历史,而尼采则是臣服自然以便于控制历史。这也是基督徒与古希腊人的相异点。至少,尼采预告了将会发生的状况:"现代社会主义试图创造一种世俗的耶稣派形象,把所有人当成工具。"他还说:"人们所追求的,是活得安逸……于是走向前所未见的精神奴役状态……思想专制笼罩商人与哲学家的一切活动。"在尼采对自由疯狂向往的哲学大熔炉里,反抗反而导致了生物的或历史的专制。绝对的"不"促使施蒂纳神化个体,同时也神化了罪恶;而绝对的"是"则导致谋杀的普遍化和个人本身的集体化。于是,巨大的反抗因而亲手创立了以历史必要性为名义的冷酷专制,将自己封闭其中。逃离了上帝的监牢,它首先想到的是建造一座历史和理智的监牢,让尼采想要克服的虚无主义有了伪装和落实,这是尼采以其"超人"所未能做到的。

他的做法是用有条理的否定取代有条理的怀疑，摧毁一切虚无主义还用以自欺欺人的那部分，摧毁所有掩盖上帝已死的替代偶像。

想在善与恶之中成为创造者，就必须先摧毁、打破旧有价值观。

若说虚无主义无法相信上帝，它最明显的征兆不是无神论，而是无法相信某个事物"存在"、无法看到"现有的"、无法活在"目前的现况"。这个缺憾也正是唯心主义的基石。

虚无主义不是什么都不相信，而是不相信现实的状况。

人如果不想在使人窒息的死结中死亡，就必须一剑斩断死结，另创自己的价值。

因为活着，意味着必须有一个法则。如何能没有法则而自由地活着呢？这是人必须回答的谜团，否则只有一死。

所谓自由，就是要废除目的，而明白生成流变的自然之理，就是最大的自由。

世界就是因为没有目的而神圣，这也是为什么只有同样无目的性的艺术才能够体会它。

尼采的见解总和在"创造"一词里，带着这个词的模棱两可性。

尼采颂扬的只是创造者特有的自我中心和坚忍，价值的转换仅仅是以创造者的价值取代审判的价值：那就是尊重与热爱现存的。

贵族特质是不问为什么就去奉行美德，一个人若需要诸多原因才正直做人，那就值得怀疑。

反抗的诗歌

> 超现实主义最早期的意图可定位为反对一切,永不妥协。

倘若形而上反抗者拒绝"是",只局限于全然否定,他就只能追求"表现"[1];倘若他罔顾一部分的真实,忙不迭地赞美一切,他就迟早必须参与"行动"。介于这两者之间的是伊凡·卡拉马佐夫,他代表了痛苦地听任由之。19世纪末和20世纪初的反抗诗歌,不停摇摆在两个极端之间:文学和权力意志、无理性和理性、绝望的梦想和无情的行动。最后一次,这些诗人,尤其是超现实主义诗人,抄了一条惊人的近路,带我们走了一趟从"表现"到"行动"的路。

---

[1] "表现"这个动词含着贬义,指的是不甘心缺席,却又不参与,有点像观众,也像站上舞台却不参加演出,露脸的意味比实质作用来得强。——译注

霍桑曾说梅尔维尔虽不信神，但并不满足于此[1]。同样地，对那些冲往天上的诗人，也可以说他们想推翻一切，同时却又彰显了对秩序的绝望怀念。以一种极端的矛盾，他们想从不合理中寻求道理，从不理性中寻找一种法则。这些浪漫主义重要的继承者声称要让诗成为典范，在诗最悲惨壮烈处找到真正的生命。他们神化了亵渎，将诗转化成经验和行动方式。的确，在他们之前，声称针对某个事件或人采取行动的人，都是以理性规则的名义，至少在西方世界是如此；继兰波之后，超现实主义则相反，想在疯狂和错乱之中找到一个建设的规则。兰波以他的作品，而且仅仅是以他的作品，指出了一条道路，但也只是一闪而逝，如暴风雨前的闪电般让人窥见道路的边缘。超现实主义随后开辟出这条道路，设定了路标。以其极端，也以其和现实特意拉开的距离，超现实主义对非理性反抗的实践理论做了最后也最华丽辉煌的表现；同时，在另一条道路上，反抗思潮奠立了对绝对理性的膜拜。总之，超现实主

---

[1] 霍桑（Nathaniel Hawthorne，1804—1864），梅尔维尔（Herman Melville 1819—1891），两位皆为美国小说家，也是好友。霍桑曾写道梅尔维尔虽不信神，但作品描绘的总是人和大自然中一股冥冥的力量抗争，《白鲸记》(*Moby-Dick*) 是最好的例子。——译注

义的启发者,洛特雷阿蒙[1]和兰波指点了我们,不管以何种方式,无理性"表现"的欲望能把反抗者带到最侵害自由形式的行动。

洛特雷阿蒙与平庸

洛特雷阿蒙让我们看见,"表现"的欲望也隐藏在反抗者身上,隐藏在平庸的意志后面。无论是自我膨胀还是刻意压低,反抗者虽然以真实身份站出来想让人认识,但总是想成为另一个人。洛特雷阿蒙的亵渎和顺从主流同样表现了这个不幸的矛盾,变成了四不像的反抗。和大家以为的相反,他并非否定自己先前的风格[2],马尔多罗在最初黑夜里的呐喊,以及之后所著《诗集》(*Poésies*)中苦心经营的平庸,两者同样表达了想消灭一切的狂暴。

---

[1] 洛特雷阿蒙(Comte de Lautréamont,1846—1870),法国超现实主义先驱诗人。其著名的《马尔多罗之歌》(*Les Chants de Maldoror*)长篇散文诗以恶为主题,嗜血的文字极具颠覆性。——译注

[2] 洛特雷阿蒙在《诗集》第一卷就写道他要以勇气、爱、光明来取代前一著作的呐喊与黑暗。——译注

我们明白洛特雷阿蒙的反抗是青少年式的，那些使用炸弹和诗的伟大的恐怖分子才刚刚步出童年期。《马尔多罗之歌》像优秀的天才学生写的书，书中悲怆感人之处，正是源于一个孩子矛盾的心，它对抗万物，也对抗他自己。就像《彩画集》里的兰波，纵身反抗世界的限制，诗人首先选择的是世界末日和毁灭，而非接受以这样的规则塑造的自己活在这样的世界里。

"我的出现是为了捍卫人类"，洛特雷阿蒙矫情地说。那么，马尔多罗就是慈悲天使吗？某方面来说确实是，是对他自己慈悲。为什么呢？这点还需要大家去深究。但是这失望的、被侮辱的、无法承认也未被承认的慈悲使他走向乖僻的极端。根据马尔多罗自己的用语，他接受生命如一个伤口，为了伤口结痂、愈合而禁止自杀（原文如此）。如同兰波，他是那种饱受痛苦而反抗的人，但他很奇怪地退却了，不明言是为了自身而反抗，而是抬出造反者永恒不变的借口：对人类的爱。

只不过，这位以捍卫人类自居的诗人却又写道："指出一个好人给我看看。"虚无主义的反抗就是这种不断循环的过程：起身反抗加诸自己以及全人类的不正义，但在神志清醒的时刻，窥见到这反抗的正当性与自身的无力感，于是否定的冲动便蔓延到曾声称要捍卫的一切；既然无力以建立正义来纠正不正义，就把正义也淹没在更广泛更巨大的不正义之中，乃至于消泯一切。"你们对我的伤害太大，我对你们的伤害也太大，因此不可能是有意的。"[1]为了不憎恨自己，必须宣称自己的无辜，但只要对自己稍有认识，没有人胆敢宣称自己是纯真无辜的，那我们至少可以宣称被当作有罪的万物生灵都是无辜的。因此，罪魁祸首是上帝。

从浪漫主义者到洛特雷阿蒙，并没有真正的进步，只是语调不同罢了；洛特雷阿蒙只是再一次重现亚伯拉罕的上帝和魔鬼的反抗影像，加上了一些修润而已。他把上帝置于"人的粪便和黄金构成的宝座上"，上面坐着"带着愚蠢的骄傲，以脏布裹尸的一具身躯，他自封为造物主"。这恐怖的永恒之神"一副毒蛇的面目"，是"狡猾的强盗"，眼见他"引燃火灾烧死老人和小孩"，醉醺醺地翻滚在溪流里，在妓院里寻求低级的享乐。上帝不是死亡了，而是堕落了。面对堕落的上帝，马尔多罗被塑造成身披黑袍的传统恶骑士，是"被诅咒者"。"不应该有眼睛目睹至高无上的神，带着微笑和强烈的仇恨，加诸我身上的丑陋。"他

---

[1] 出自《马尔多罗之歌》，诗中的"你们"是孩童，下一辈，意即继起的人类。——译注

全盘推翻"父亲、母亲、天神、爱、理想，完全只想到自己"。这位主人公备受傲气折磨，完全显现为形而上浪荡子的形象："超凡的脸孔，如宇宙般忧郁，如自杀般美丽。"如同浪漫主义反抗者，马尔多罗对神的正义绝望，转向恶，制造痛苦，也同时让自己痛苦，这就是纲领。《马尔多罗之歌》正是一本絮絮叨叨地颂赞恶的诗集。

到了这个阶段，他连万物都已经不再捍卫，甚至相反，"以所有手段攻击人这个野兽，以及造物主……"。这就是《马尔多罗之歌》宣称的计划。马尔多罗因想到以神作为敌手而慌乱，因身为大恶人的巨大孤独而迷醉（"我只身一人对抗整个人类"），对抗整个世界和造物主。《马尔多罗之歌》颂赞"罪恶的神圣"，提出一连串越来越多的"光荣的罪行"，诗歌第二部第二十节甚至开始教导人如何行恶和运用暴力。

这样昂然的热情在那个时代稀松平常，没什么难的，洛特雷阿蒙真正独特的地方并不在此。[1]浪漫主义者精心维持着人的孤独与神的漠视之间必然的对立，文学都是以孤

---

[1] 诗集第一部在别处出版，很普通的拜伦式风格，接下来的几部却充满怪异畸形的词汇。莫里斯·布朗肖清楚地看出了其间差别的重要性。——原注

立的城堡或是浪荡子的形象来呈现这种孤独的。但洛特雷阿蒙的作品描绘的是更深沉的悲剧，十足地表现出这孤独令他难以忍受，于是起身反抗万物，他要毁灭所有界限。与其试图以建筑雉堞的高塔来巩固人的世界，不如混淆所有的规范，将整个世界带回原始的海洋状态，道德与所有问题在这里都丧失了意义，连同他认为最恐怖的灵魂不死的问题。他不想树立反抗者或浪荡子对抗世界的光辉形象，而是把人和世界混同毁灭，甚至打破人和宇宙的界限。绝对的自由，尤其是犯罪的自由，代表人性界限的毁灭。憎恶所有人类和他自己依然不够，还必须将人性的水平拉低到本能的水平。在洛特雷阿蒙的身上，我们看到对理性意识的拒绝、原始的回归，这是文明反抗文明本身的特征之一；问题不再是如何透过意识的顽强努力来"表现"，而是不再存有意识。

《马尔多罗之歌》里所有的生物都是两栖动物，因为马尔多罗拒绝大地及其界限，植物都是海草和藻类，马尔多罗的城堡建在水上，他的祖国就是远古之海。海洋具有双重象征，既是毁灭又是融合之地，它以自己的方式平息那些蔑视自己与其他人灵魂的强烈渴望，也就是不再存在的渴望。因此，《马尔多罗之歌》是我们的《变形记》[1]，只不过古代的微笑换成了一个被剃刀划开、像笑一样的咧嘴，一个狂怒且刺眼的表情。这本动物寓言集并未涵盖所有人们想找到的意义，但它至少透露出一种毁灭的意志，来自反抗最黑暗的核心，回应了帕斯卡所说的"把自己变得像动物般愚蠢"[2]字面上的意思。洛特雷阿蒙似乎无法忍受活着就必须忍受的冷酷冰冰的光："我的主观意识和造物主，一个脑子容不下两者。"他因而选择将生命和他的作品降低，像墨鱼一样在黑色墨汁云朵中急速游过。马尔多罗在大海里与雌鲨交媾的长长一段，描述了"冗长、缺乏欲望、可憎的交媾"。此外，另一段意味特别深长的描述，是马尔多罗化为章鱼攻击造物主。两者明显表明了要越过人的边界，强烈攻击自然界的法则。

对那些被排除在正义与热情均衡的和谐国度之外的人来说，相比孤独，他们更喜欢痛苦的王国。在那里，字句失去意义，盲目的人以暴力和本能主宰统治。这个挑战同时也是个腐化的过程，《马尔多罗之歌》第二部就是以天使

---

1 《变形记》(*Métamorphoses*)，奥维德（Ovide）著作的拉丁文长篇史诗，以人变成动物、植物、石头等变形概念贯穿全书，来记载希腊罗马文明的起始。——译注
2 帕斯卡批评宗教，曾说"如果您要信神，就让自己变得像动物般愚蠢吧"。——译注

失败并腐烂作为结尾,天和地都混沌在原始生命的液体深渊里。因此,《马尔多罗之歌》中的人-鲨"只有在赎偿某个不知名的罪时,才能拥有新的手和脚"。的确,在洛特雷阿蒙不为人所知的生命里隐藏着一个罪,或是一个罪的幻觉(是他的同性恋倾向吗?),所有《马尔多罗之歌》的读者都会忍不住想,这本书缺少了"斯塔夫罗金的告白"(Confession de Stavroguine)[1]。

少了告白,我们在《诗集》里重又看见这个神秘隐晦的赎罪意愿。我们将看到,某些反抗形式的特定行动是以非理性的尝试来重整理性的,以混乱到极端来重新寻回秩序,自愿套上比人们想挣脱的枷锁更沉重的枷锁,它们在这部作品中被作者以如此简化而带着犬儒意味的意图描述,这个转变必定深具意义。《马尔多罗之歌》里,绝对的"不"紧接着绝对的"是"的理论,狂野的反抗紧接着对现实的全面接受,而且这一切都清楚明白地表现出来。《诗集》为我们提供了关于《马尔多罗之歌》最好的诠释:"对这些幻

---

[1] 陀思妥耶夫斯基的《群魔》于1871年出版时,其中的"斯塔夫罗金的告白"这一章节被出版社删掉,直到1922年才加入。这本书有了"斯塔夫罗金的告白",人物才完整有深度。——译注

景的执着使绝望更巨大，无可避免地导致文人一举废除神的和社会的法律，引向理论的和实际的恶。"《诗集》还揭露了"一个作家的罪恶感，他在虚无的坡上滚落，发出快乐的叫喊，蔑视自己"。然而，针对这个恶，他给的药方却只是形而上的因循守旧："既然质疑一切的诗歌也一样是到达阴郁的绝望和理论上的恶，那就表示它是彻底虚假的。人们以诗歌抨击原则，其实是不应该的。"（致达哈谢的信）

这些冠冕堂皇的理由，大致上就像给唱诗班孩童的教义和军事教育手册里的理论。但是因循顺应很可能太过狂烈极端，因而转为怪异，原先他颂赞邪恶老鹰压垮希望之龙，却又改口说自己只崇尚希望[1]，并写下："光荣的希望啊，以我的声音和肃穆庄严，我从荒芜的家园呼唤你！"但是自己改变成顺应一切并不够，还必须说服所有人才行。安慰世人，视世人如兄弟，回头宣扬孔子、佛陀、苏格拉底、耶稣基督，"这些风餐露宿濒于饿死、行脚于村庄的道德家

---

[1] 邪恶老鹰压垮希望之龙，是《马尔多罗之歌》里的片段。洛特雷阿蒙由原先的颂赞罪恶、描绘黑暗，突然转变为顺应一切的因循守旧。扬弃一切、反对一切之后，他才发现无秩序是不可能的，秩序是必需的，所以从极端变到另一个极端，一切都是它应该的样子，什么都接受，什么都顺应。这里姑且翻译为"因循守旧"或"顺应"，法文本意是"接受事物如此的状态""本来就应当是这样的情况"。——译注

们"（考证历史，洛特雷阿蒙这句话并不确实），但这依旧是一个绝望的计划，不能成功。因而，在罪恶的核心，美德和规矩的人生都散发着怀旧气息。洛特雷阿蒙拒绝祈祷和耶稣，认为耶稣只是个说教者；他为世人提出的方法——不如说他对自己提出的——是不可知论和完成应尽的义务。如此美好的计划意味着抛弃多余、甜美的夜晚、不含苦涩的心灵、从容的思考，可惜他做不到。洛特雷阿蒙突然动情地写道："诞生于世是我所知的最大恩泽。"但我们可以想象他咬紧牙加了下一句："一个不偏不倚的心灵，会觉得这个恩泽已完整足够。"面对生死，没有不偏不倚的心灵。像洛特雷阿蒙这样的反抗者，逃往荒漠，但这因循顺应的荒漠和兰波的哈拉尔沙漠同样凄凉，对极端的偏好和想消灭一切的狂暴，使他更加贫乏。如同马尔多罗想要全然地反抗，洛特雷阿蒙却为同样的原因宣告绝对的平庸。他曾试着把意识的呐喊窒息在原始海洋之中，混同着野兽的嘶吼，也试着以崇尚数学来排解[1]，现在却将这呐喊窒息在沉闷的因循守旧里。于是，反抗者对发自反抗本源深处的呐喊充耳不闻。这么一来，存在的问题已然不存在，要么什么

---

[1] 马尔多罗酷爱数学。——译注

都不是，要么随便变成谁都可以[1]，这两种情况都是不切实际的因循守旧。平庸也是一种姿态。

因循守旧是虚无主义的反抗的诱惑之一，并支配了我们思想史的一大部分；无论如何，这告诉我们，反抗者若是在行动中忘了反抗的本源，就会落入全面的因循顺应，这也解释了20世纪的情况。一向被颂赞为纯粹反抗的宣扬者的洛特雷阿蒙，却相反地彰显了正在我们世界蔓延的思想奴役的趋势。《诗集》只不过是一本"未来的书"的序言；所有人都在期待这本未来的书，它将是文学反抗的完美成果。然而这本书今日正在书写，却违抗了洛特雷阿蒙的意愿，以政治宣传为目的，印行了几百万本[2]。毫无疑问，天才与平庸是不可分的，但是这不干涉其他人的平庸，也不是让大家都沦为一致，同时自视为造物主，必要时运用警察机制，让所有人都成为自己的造物。对创造者来说，必须从自身的平庸出发创造一切。每个天才都同时是古怪和平庸的，如果只有其中之一，就什么都算不上，我们不可忘

---

1 如同范大希欧想变成随便哪个经过眼前的人。——原注
  * 范大希欧（Fantasio），缪塞同名剧本中的主角，为了躲债化身乔装，变成眼前经过的随便哪个人。——译注
2 意指大量发行、人手一本的政治宣传语录小册子。——译注

记反抗的这两个内涵。反抗有它的浪荡子和仆役,却不承认它的合法儿子。

超现实主义与革命

这里几乎不再涉及兰波,关于兰波,所有该说的都说了,而且不幸地说得太多了,但我们还是要说明——因为这关系到我们讨论的主题——兰波只在作品中是个反抗诗人。他的真实人生不但无法印证他激起的神话,反而只显示他接受了一种最糟糕的虚无主义形式,这一点只需客观地读一下他从哈拉尔写的信就可看出。兰波因放弃自己的天分被世人奉为神明,好像这个放弃是一种超乎人性的美德。尽管这样说会推翻我们同时代人的借口,我还是必须说唯有天分是一种优点,放弃天分并不是美德。兰波的伟大之处不在于夏尔维尔[1]的初试啼声,也不是在哈拉尔的经商,而是在于他赋予反抗从未有过的最奇特而准确的语言,同时说出了反抗的胜利与担忧、远离世界的生活与无可避

---

[1] 兰波青少年时期住在夏尔维尔(Charleville),那时已显露文学天分。——译注

免的世界、面对不可能的呐喊与必须接受的艰辛现实、对道德的扬弃与对义务不可抑制的怀念。这个时刻，他集领悟与地狱于一身[1]，既侮辱又颂赞美，将无可克服的矛盾化为一首二重唱与轮唱的诗歌，成为反抗诗人，而且是最伟大的反抗诗人。他的两部伟大作品完成的先后次序并不重要，总之，两部作品完成的时间相距很短，任何有人生经历的艺术家都会断定，兰波是在同时酝酿《地狱的一季》和《彩画集》，虽然完成的时间有先后次序，却是同时构思撰写的。这折磨他致死的矛盾冲突，才是他真正的天才所在。

但是，一个躲避矛盾冲突、尚未淋漓尽致运用就背叛自己天才的诗人，何来美德之言？兰波的沉默并不是他另一种形式的反抗——至少，自从他在哈拉尔写的那些信发表之后，我们就无法再肯定这一点。他如此丕变的原因令人不解，然而，那些聪颖伶俐的年轻女子被婚姻转变为只注重钱和针织活儿的平庸机器，也同样令人不解。人们围绕兰波编织的神话，意味着继《地狱的一季》之后，肯定再不可能有更完美的作品了。但是，对一

---

[1] 这句是牵涉兰波作品的双关语，领悟是《彩画集》的直译，地狱则是《地狱的一季》。——译注

个充满天分的诗人，对一个永不枯竭的创作者来说，有什么是不可能的呢？继《白鲸记》《审判》《查拉图斯特拉如是说》《群魔》之后，还能想象出什么作品？然而，继这些作品之后，伟大的作品仍源源不断地问世，指导、修正、见证人类身上最引以为自豪的一部分，并且它们不断延伸，只随着作者过世才完成。谁不遗憾那部应该比《地狱的一季》更伟大的作品呢？作者停笔放弃岂不令我们沮丧？

难道阿比西尼亚[1]是个修道院吗，难道是耶稣封了兰波的嘴吗？耶稣想必是今日高坐银行柜台的那个人，因为这个"被诅咒诗人"的信中谈来谈去都是钱，他想"好好投资"，能够"不断有收益"[2]。在痛苦中高歌的诗人，曾经咒骂上帝与美，曾经对抗正义与希望，曾经傲然暴露在罪恶的气息里，现在却只想找个"有前途"的人结婚。这个饱受煎熬的魔法师、先知、不屈服的苦役犯，这个没有神祇的王国的国王，一天到晚腰缠着八公斤黄金，抱怨这腰

---

1 埃塞俄比亚的旧称，兰波曾在那儿做过多年生意。——译注
2 当然有些信件会因写信的对象多少改变内容。但是在他这些信中我们并未感觉他故意扯谎，没有一个字可资怀疑兰波在说谎。——原注

带害他患了痢疾；难道这就是我们要推荐给年轻人的神话英雄吗？这些年轻人不唾弃世界，但想到那条腰带便会羞愧致死。要维持神话，就必须漠视他那些具有决定意义的信，所以我们明白他那些信件很少受到评论的原因，那些信是亵渎，如同有时候真实会打破神话。伟大而令人赞赏的诗人、那个时代最伟大的诗人、光彩夺目的预言者，这就是兰波，但他并不是大家想让我们相信的人中之神、桀骜的榜样、诗歌的苦修者。唯有在病床上，他才重新显现恢宏——人之将死，甚至庸碌的心灵都能让人感动："我多么不幸，我真是不幸啊……我身上有钱，却连守护它都不能了！"在这悲惨的时刻，痛苦的嘶喊使兰波不自觉地返回了他的伟大："不，不，现在我要反抗死亡！"在深渊之前，年轻的兰波复活了，但这种时刻的反抗，对生命的诅咒只不过是面对死亡的绝望而已。此时，这个资产阶级的掮客才又和我们如此真爱的那个心灵撕裂的少年合而为一，他在恐惧与痛苦煎熬中与之合而为一，这是不知珍惜幸福的人最终会面对的恐惧与痛苦。唯有此刻，才开始显现兰波的热情和真实。

此外，他在作品中的确曾提到哈拉尔，但是是以放弃写作的形式。"最美好的，是醺醺然沉睡在卵石沙滩上。"

所有反抗者想歼灭一切的狂烈，现在却采取了最普通的形式。罪恶的世界末日，犹如兰波描述的不断屠杀子民的王子，一连串失序异常，都是超现实主义者重新拿出来采用的反抗议题。但到最后，还是虚无主义占了上风，抗争，甚至罪恶都让已疲惫不堪的心更加疲惫。这位真知灼见的诗人，且让我们大逆不讳地说，为了不遗忘而喝酒，醉到麻木不仁，这是我们当代人很熟知的状况。沉睡吧，在卵石沙滩上，或是在亚丁[1]。人们不是积极地，而是被动地接受世界的秩序，尽管这秩序日渐沉沦。兰波的沉默已然为帝国的沉默做了准备，这沉默钳制着一切逆来顺受而不肯起而反抗的灵魂。兰波这突然受金钱所控的伟大的灵魂，开始产生了许多无节制的欲望，并开始间接地为警察系统服务，成为"全无"，这是他疲惫于自身的反抗而发出的呐喊，所以，他的这种精神自杀，比超现实主义的精神自杀还不值得尊敬，且后遗症更大。超现实主义的巨大潮流，在反抗层面的唯一意义，是试图延续我们所钟爱的那个年轻兰波的精神。从他的著作《通灵者书信》(*La Lettre sur le Voyant*)中汲取精神，运用其提供的方法，遵

---

[1] 亚丁（Aden），兰波晚年住的地方。——译注

守苦行的反抗，超现实主义的反抗阐明了介于生存的意志与毁灭的欲望、"不"与"是"之间的挣扎，这在反抗的各个阶段都可看出。所以，与其围绕兰波的作品没完没了地评论，不如在他的传承者中重新找到兰波，追随他当初的精神。

绝对地反抗、全然不屈服、打破所有规范、崇尚荒谬，超现实主义最早期的意图可定位为反对一切，永不妥协。它对一切确定的事物的否定态度是明确的、断然的、挑衅的。"我们是反抗的专家。"根据阿拉贡[1]所言，超现实主义是颠覆思想的机器，刚开始是在"达达主义"的内部——我们不可忘记达达主义的根源来自浪漫主义和已失血贫瘠的浪荡主义[2]——无意义和矛盾冲突就早已培育形成："真正的达达主义者是反对达达主义的。所有人都是指引达达主义方向的人。"以及："什么是善？什么是丑？什么是伟大、强壮、脆弱……我不知道！不知道！"这些在沙龙里作态

---

1 阿拉贡（Louis Aragon，1897—1982），法国诗人，早年参加达达主义和超现实主义运动，后加入法国共产党。——译注
2 达达主义大师之一的雅里（Aifred Jarry，1873—1907）是最后一位代表形而上浪荡主义的作家，但怪异多于新颖。——原注

的虚无主义者自然很容易变成接受、顺应公认教条的奴隶；然而，超现实主义里有一种比这虚张声势地说不服从不守旧更深刻的东西，这也是兰波遗留的精神，布勒东[1]概括地说："我们该放弃一切希望吗？"

对身处世界的全然拒绝，加强了对这不完整生命的大声呐喊，布勒东说得好："无法接受加之于我的命运，意识清晰地挑战正义，我要避免让自己的生存适应尘世一切可笑的状况。"根据布勒东所言，心灵既不能安定于生命，也不能只在意彼世，超现实主义就是要回应这无休止的摇摆担忧，它是"心灵对抗自身的呐喊，绝望地下定决心粉碎一切桎梏"，这呐喊不只反对死亡，也反对"短暂可笑的"不确定的生存状况。因此超现实主义焦躁不耐，如同处在受伤而激愤的状态，同时也以刻苦、不妥协的骄傲自许，以代表一种道德。超现实主义的起源是传诵无秩序，后来却被迫创造出一个秩序；它刚开始只想到摧毁，先是以诗的诅咒，之后以真实的破坏颠覆。对现实世界的指控却合乎逻辑地变成对万物的指控。

---

[1] 布勒东（André Breton, 1896—1966），法国文学家，他发起"超现实主义宣言"，确立了超现实主义的意义。——译注

超现实主义的"反一神论"是有理论基础且有系统的，它坚定地指出人是绝对无罪的，必须将"以往上帝一词概括的力量还诸于人"。如同所有反抗历史中可见到的，在绝望中产生的这个"人绝对无罪"的想法，终究慢慢转变为疯狂无序的惩罚。超现实主义者在颂赞人类无辜的同时，却又颂赞杀人和自杀，将自杀视为一种解决办法，克雷费尔[1]认为这显然是"最公正且最决断"的解决办法，所以他自杀了，如同希格和瓦谢。阿拉贡虽然之后抨击这种鼓吹自杀的言论，但是他在颂扬毁灭的同时，自己却躲在一旁远观，对谁来说这都不是光彩的事。超现实主义对待"文学"也是同样的手法，颠覆咒骂却不建设，这是最轻松简单的事，希格震撼的呐喊确实没错："你们都是诗人，而我却站在死亡这一边。"

超现实主义还不止这样，它选择了维奥莱特·诺齐埃尔[2]或犯法的无名人士作为英雄，以此在罪恶面前重申人

---

[1] 克雷费尔（René Crevel, 1900—1935）和下一行的希格（Jacques Rigaut, 1898—1929）、瓦谢（Jacques Vaché, 1895—1919）都是法国超现实主义作家，三人皆自杀身亡。——译注

[2] 维奥莱特·诺齐埃尔（Violette Nozière, 1915—1966），法国女子，因谋杀父亲成为轰动社会的人物，超现实主义视她为反抗传统社会的象征人物。——译注

的无辜,甚至还说——这是布勒东自1933年来[1]应该感到相当遗憾的说法——超现实主义最简单的行动,就是持着枪走上街头,随意朝人群开枪。除了个人决定和欲望之外拒绝一切其他决定的人,只遵循无意识而拒绝一切最高原则的人,是反社会反理性的。无目的行为的理论以绝对自由作为冠冕,尽管到最后,这个自由只能以雅里描述的孤独为总结:"当我得到一切时,我要杀死所有人,然后一死了之。"重要的只是桎梏被否定,非理性战胜一切,否则,在一个无意义无荣誉的世界里,颂扬杀人若不是只为了替不管以什么形式存在的欲望争取合法性,还能有什么其他解释呢?生命的冲劲、无意识的冲动、非理性的呼喊,这些是唯一应该放任由之的真实,所有和个人欲望相左的——主要来自社会——都应该毫不留情地摧毁。如此一来,我们便能理解布勒东针对萨德的评论:"诚然,人与自然便只能在罪恶中合为一体,接下来该了解的是,这是不是最疯狂、最无可争议的爱的表现方式之一。"我们清楚地感受到这里说的爱是一种没有对象的爱,被撕裂的灵魂所怀有的爱,但是这种空虚而贪婪的爱,这种疯狂的

---

[1] 布勒东于1933年被法国共产党开除党籍。——译注

占有欲，毋庸置疑正是社会要遏制的。这也是为什么还背负着之前不妥言论包袱的布勒东还颂扬背叛，宣称暴力是唯一适当的表达方式（这也是超现实主义者试着证实的）。

但是社会不仅是由个人组成，它还是一个机构团体。超现实主义者出身太良好，无法横下心杀死所有人，依他们的逻辑得出的结论是，要解放欲望，就必须先推翻社会，因此他们决定成为他们时代革命的喉舌。就本书论述的一致性来看，超现实主义者可说是从沃波尔[1]和萨德转向了爱尔维修[2]和马克思，但我们能清楚感受到，促使他们走向革命的并非对马克思主义的研究，相反地，超现实主义不懈地努力，就是为了和马克思主义——它不可避免地走向革命——相协调。我们可以不带矛盾地说，当初让超现实主义者和马克思主义走到一起的，正是他们今日最痛恨的。我们深知安德烈·布勒东诉求的崇高本质，也对超现

---

[1] 沃波尔（Horace Walpole, 1717—1797），英国牛津伯爵，哥特风格小说潮流始祖。——译注

[2] 爱尔维修（Claude Adrien Helvétius, 1715—1771），法国启蒙思想哲学家、唯物论者。——译注

实主义撕裂的痛苦[1]感同身受，因此不忍点醒以他为首的超现实活动其实为建立"一个残酷的政体"和专制奠立了原则：煽动政治狂热、钳制自由辩论、认为死刑是必须的。当时使用的奇怪词汇也让我们讶异（"破坏""告密者"等），听起来如同一场警察掌控的革命。但这些狂热者要的是"不管什么样的革命"，只要能让他们脱离被迫生活在其中的充满小商人与妥协的世界就好。既然得不到最好的，那宁可选择最坏的。就这一个观点来说，他们是虚无主义者。超现实主义者固执地想要达到的语言颠覆，并不在于"文字的不协调"或是"直觉书写"，真正破坏语言的是口号。阿拉贡徒然地率先揭露"这种可耻的实用主义做法"，正是这种做法最终让他寻得道德的全然解放。对这个问题洞悉最深刻的超现实主义者皮耶·纳维尔[2]，思考了革命行动与超现实主义之间的共同点，深沉地认为二者的共同点就是悲观思想，也就是"想要陪伴人走向失败之途，并记取教训，使这失败成为有用的"。这种奥古斯丁学说（Augustinisme）

---

[1] 法国超现实主义分裂为两大阵营，一方认为应涉入政治积极参与政治活动，另一方则认为应与政治拉开距离，两方发生了激烈的冲突论战。——译注

[2] 皮耶·纳维尔（Pierre Naville，1904—1993），法国超现实主义作家、社会学家、政治家。——译注

和马基亚维利主义（Machiavélisme）的混合[1]，的确是20世纪革命的特点，它大胆地描述了当时的虚无主义。超现实主义的叛徒们在大部分原则上曾忠于虚无主义，也可以说，他们寻求的是死亡；安德烈·布勒东和其他几个超现实主义者最终和马克思主义划清界限，那是因为他们身上有比虚无主义更多一点的东西，即忠于反抗的最纯粹的原因：他们不想寻死。

当然，超现实主义者也曾想宣扬唯物主义，"我们必须承认，波坦金战舰上的反抗起因于那块腐烂的肉"[2]。但是超现实主义者不像马克思主义者，就算从理智上来说，他们对这块腐肉也不存一点好感。这块腐肉代表着现实世界，它引起反抗，继而对抗它自身；这块腐肉使所有行为成为合理，但并未对这些行为提出任何解释。对超现实主义者来说，革命不是一个日复一日以行动达成的目的，而是一个绝对的神话，用来安慰人心。革命是"真实的生命，如

---

[1] 奥古斯丁学说可诠释为悲观思想，认为人永远无法洗清原罪，马基亚维利主义则主张现实主义的强权政治，以粗暴高压手段治国；这一句可以解释为悲观思想与粗暴手段的混合。——译注

[2] 波坦金战舰（Potemkine）的故事，出现在1925年苏联电影巨匠艾森斯坦导演的同名电影里，是俄国蒙太奇派的经典作品。它描述了苏联海军波坦金战舰上的士兵不堪长期遭受压迫，在一次吃饭时吃到腐败的肉，终于愤而起义，引发革命暴动。——译注

同爱情",艾吕雅[1]如是说,但他没想象到自己的朋友卡兰德拉[2]会因这样的生命而死。超现实主义者要的是"天才的共产主义"而非马克思的共产主义,这些特殊的马克思主义者声称反抗历史,崇尚个人英雄主义,因为"历史是由懦弱的个体制定的法律支配的"。安德烈·布勒东想要革命与爱兼得,然而这两者是不兼容的,革命就是想爱一个还不存在的人,就爱一个人来说,若真爱他,就只能接受为他而不为其他人而死。事实上,革命对安德烈·布勒东而言仅是反抗中的一个特例,对马克思主义者以及广泛的政治思想来说,却正好相反。布勒东并不想以行动实现一个幸福的城邦来加冕历史,超现实主义的基础论点之一,就是救赎不存在;布勒东认为革命的目的并非带给人们幸福,这是"尘世可鄙的舒适",相反地,它应该澄清、照亮人的悲惨境遇。世界性的革命与其造成的巨大牺牲相比,带来的唯一好处是:"避免让表面的社会情况的不稳定,掩盖了真实的生存情况的不确定。"只不过,对布勒东而言,这个

---

[1] 艾吕雅(Paul Eluard, 1895—1952),法国超现实主义诗人。——译注
[2] 卡兰德拉(Záviš Kalandra, 1902—1950),捷克超现实主义作家,1950年以煽动罪被判绞刑,布勒东请艾吕雅以法国共产党党员身份为卡兰德拉请命遭拒,卡兰德拉受绞刑而死。——译注

进步遥不可及，也就是说，革命应该有助于内心的苦行，以便让人能借由"丰富的想象力"将真实幻化为美妙。美妙之于布勒东，犹如理性之于黑格尔，可说与马克思主义的政治哲学南辕北辙，安托南·阿尔托[1]口中的那些光说不练的革命者如此犹豫，迟迟不敢行动，其原因也就不难理解了。超现实主义者与马克思的差异，甚至比例如约瑟夫·德梅斯特[2]的反革命分子们与马克思的分歧来得更大。反革命者利用生存的悲剧拒绝革命，也就是要维持历史现况；马克思主义者利用生存的悲剧鼓动革命，要创造另一个历史局势；两者都利用人类的悲剧为他们的实用主义目的效劳。至于布勒东呢，他利用革命来完成这个悲剧，虽然他创办的杂志称为《文学》(Littérature)，但他其实是用革命为超现实主义运动服务。

超现实主义和马克思主义的决裂很容易理解，后者要求非理性服从，前者却坚决捍卫非理性；马克思主义意欲达到全体性（totalité），超现实主义则和所有的精神活动一

---

[1] 安托南·阿尔托（Antonin Artaud，1896—1948），法国剧作家、剧场理论家、诗人、导演，曾短暂加入超现实主义运动，后与之决裂。——译注

[2] 约瑟夫·德梅斯特（Joseph de Maistre，1753—1821），法国政治人物、法官、历史学家，传统保守派，认为动荡时代人民更需要国王，而非革命。——译注

样，寻求一致性（unité）。倘若理性足以征服世界帝国，全体性可以要求非理性的服从，但是一致性的要求更多，一切都合理并不够，还要理性与非理性在同样水平上达成协调。一致性不容许残缺。

对布勒东来说，在通往一致性的道路上，全体性或许是必需的一个阶段，然而绝对不够，这里我们又看到"全有"否则"全无"的论点。超现实主义倾向于放诸宇宙，布勒东对马克思一个奇怪但深刻的批评，就是指责他未能放诸宇宙。超现实主义者想要融合马克思的"改造世界"与兰波的"改变人生"两种模式，然而前者导向征服世界的全体性，后者却导向生命的一致性。吊诡的是，任何的全体性都同时具有限制性。最终，"改造世界"与"改变人生"这两种模式分隔了这个团体。布勒东选择了兰波的"改变人生"，也就表示超现实主义不是行动，而是精神领域的苦修，他将超现实主义深沉的特殊精神摆在第一位，也因此他针对反抗的思考，针对重新彰显神圣、争取一致性的思考才显得如此珍贵。他越突显这种特殊的精神，就越和政治伙伴疏远，也和他最初发表的几份超现实主义宣言里的精神渐行渐远。

安德烈·布勒东对超现实的探索始终如一，即实现梦境与现实的融合、理想与现实这一古老冲突的升华。我们熟知超现实主义所提出的：具体的非理性、客观的偶然性。诗的创作是对至高点（point suprême）的征服，这也是唯一可能的征服。"那是精神上生与死、真实与想象、过往与未来……不再互相矛盾的所在。"那个标示着"黑格尔思想系统彻底瓦解"的至高点到底是什么呢？就是类似神秘主义者寻求的"高峰-深渊"，其实就是一种缺乏上帝的神秘主义，既安抚又体现反抗者绝对的渴求。超现实主义的主要敌人是理性主义，布勒东的思想同时彰显了西方思想中特殊的面向，那就是崇尚类比原则，牺牲了同一性和对立性原则，就是要把对立熔解在欲望和爱的烈火中，使死亡之墙坍塌。在走向统一的路途上，如同在通往魔法石（la pierre philosophale）[1]的途中，逐一经过魔法、原始或初期文明、炼丹术或运用火焰之花和白夜等词汇的美妙阶段。超现实主义者虽未改变世界，但至少提供了几个奇特的神话，部分验证了尼采所宣称的希腊文明的回归。但仅仅是部分，因为这里牵涉的是阴郁的希腊，充满神秘和邪恶的神明。而且尼采的经验崇尚拥抱正午，超现实主义则颂扬子夜，

---

[1] 炼丹术士指出魔法石这种宝物可点石成金、治愈百病，让人长生不老。——译注

崇尚暴风雨的顽固与焦虑。按布勒东自己的话说，无论如何他懂得了生命是被赋予的，但是他对生命的投入不是人们所需要的一片光明，他说："我身上有太多北方的因子[1]，无法成为一个完全投入的人。"

然而，他经常违反自己的性格，降低否定的部分，强调反抗的积极诉求。他选择艰苦的反抗而非沉默，仅仅接受"道德秩序"（sommation morale）[2]。根据巴塔耶[3]的说法，这"道德秩序"推动着初期的超现实主义："以一个新的道德秩序取代现有导致人们一切痛苦的道德观。"这种奠定新的道德秩序的企图当然没有成功，直到今天也没有人成功过，但布勒东一直相信这是可以做到的。他想使人崇高，但人却恰恰因超现实主义捍卫的某些原则而不断堕落，面对当代的沉沦，他不得不主张暂时回归传统的道德观。这或许是个停顿，但这虚无主义的停顿，却是反抗的真正进步。总之，布勒东无法找到他觉得迫切需要的道德与价值观，于是选择了爱。我们不可忘记，在那沉沦的时代，他

---

[1] 北方代表阴郁、缺乏阳光、寒冷、悲观。——译注
[2] 超现实主义者批判传统的中产道德观，主张建立新的道德秩序。——译注
[3] 巴塔耶（Georges Bataille，1897—1962），法国哲学家，被视为解构主义、后结构主义、后现代主义先驱。——译注

是唯一深刻谈论爱这个议题的人。爱是道德的升华,足以作为这个流放者[1]的祖国。诚然,这里还缺少一个方针。超现实主义既不是一种政治也不是一种宗教,或许只是一种不可能实践的智慧,但这也证明了世界上没有可轻易达成的智慧。布勒东令人赞赏地呼喊:"我们要、我们也会拥有有限生命之外的东西。"当理性开始行动、大军席卷世界时,他沉浸于美丽的夜晚,这夜晚或许昭示尚未发出的曙光,以及我们的文艺复兴诗人勒内·夏尔[2]的黎明。

---

[1] 布勒东与超现实主义中的许多同伴决裂之后,受贝当政府的文禁所牵连,远走墨西哥、纽约、海地等地。——译注

[2] 勒内·夏尔(René Char,1907—1988),被加缪喻为"20世纪最伟大的法国诗人",曾参与超现实主义运动。——译注

▌ 对那些冲往天上的诗人，也可以说他们想推翻一切，同时却又彰显了对秩序的绝望怀念。以一种极端的矛盾，他们想从不合理中寻求道理，从不理性中寻找一种法则。这些浪漫主义重要的继承者声称要让诗成为典范，在诗最悲惨壮烈处找到真正的生命。

浪漫主义者精心维持着人的孤独与神的漠视之间必然的对立，文学都是以孤立的城堡或是浪荡子的形象来呈现这种孤独的。

洛特雷阿蒙似乎无法忍受活着就必须忍受的冷酷冰冷的光："我的主观意识和造物主，一个脑子容不下两者。"他因而选择将生命和他的作品降低，像墨鱼一样在黑色墨汁云朵中急速游过。马尔多罗在大海里与雌鲨交媾的长长一段，描述了"冗长、缺乏欲望、可憎的交媾"。此外，另一段意味特别深长的描述，是马尔多罗化为章鱼攻击造物主。两者明显表明了要越过人的边界，强烈攻击自然界的法则。

面对生死，没有不偏不倚的心灵。

每个天才都同时是古怪和平庸的，如果只有其中之一，就什么都算不上。

对身处世界的全然拒绝，加强了对这不完整生命的大声呐喊……心灵既不能安定于生命，也不能只在意彼世，超现实主义就是要回应这无休止的摇摆担忧，它是"心灵对抗自身的呐喊，绝望地下定决心粉碎一切桎梏",这呐喊不只反对死亡,也反对"短暂可笑的"不确定的生存状况。

爱是道德的升华,足以作为这个流放者的祖国。

虚无主义与历史

> 反抗者要的不是苟活,而是活着的理由,拒绝死亡代表的意义。

一百五十年来形而上的反抗和虚无主义,见证了同样一张破碎的脸孔戴着不同的面具不断卷土重来,那脸孔就是人类的抗议。大家起而反抗生存及其创造者,确认人的孤独和一切道德的虚无,却又同时试图建立一个完全不存神祇的王国,以他们所选择的规则来治理。他们与造物主对立,自然而然地想以他们的规则来重塑世界。在他们刚刚草创出来的世界中,那些除了欲望与权力之外拒绝任何其他规则的人,迟早会高唱着世界末日,走上自杀或疯狂一途。而其他人呢,他们想借由自己的力量创造自己的规则,选择的是无聊的高调、装腔作势的"表现"、平庸,或是杀人与破坏。不管是萨德、浪漫主义者、卡拉马佐夫,还是尼采,他们进入死亡的世界,是因为想要真正的生活,然而这向往真正生活的呐喊是如此激烈,以致造成了反效果，在这疯狂的世界里回荡成对规则、秩序、道德的殷切期待。一旦他们决定抛下反抗这个包袱，逃避反抗造成的紧张情况，选择专制或奴役这种简易的解决办法，他们主张的、铺陈的结论就会是有害的、破坏自由的。

人的反抗，以它超然和悲壮的形式，只是也只能是对死亡的长期抗争，对生存状态被普遍死刑所支配的激烈控诉。就我们所知的状况而言，每一次的抗议都是针对生命里不和谐、不透明、不连贯的一切，因此，基本上说，是不断要求着一致性。这些疯狂反抗的动力来自拒绝死亡、祈求长久和透明化，不管这些希望是崇高还是幼稚的。拒绝死亡难道只是因为个人的懦弱吗？不是的，因为许多反抗人士为了达到他们的要求，付出了相应的代价。反抗者要的不是苟活，而是活着的理由，拒绝死亡代表的意义。倘若没有什么是长久的，没有什么是有意义的，死亡也当然就毫无意义。与死亡抗争，也就是诉求生存的意义，为了规则和一致性而战。

形而上反抗的核心就是对抗恶，这一点意味深长。令人愤慨的不是孩童受苦这件事本身，而是这种受苦没有理由。想想看，苦痛、流放、幽禁有时能被接受，例如医生或自己的良知告诉我们这是不得已的。在反抗者的眼中，世界上的痛苦与幸福，都缺乏一个解释其缘由的原则。对恶的反抗，首先是要求一致性。人生在世，注定要死，生存情况又晦暗不清，面对这个现况，反抗者不断要求真正的生命及死亡的因由；他不自知，他其实在找寻一种道德或是神性。反抗是苦行，虽然是盲目的；反抗者之所以亵渎神明，是希望找到一个新的神，他从最原始最深沉的宗教运动出发，但这到底是个失落的宗教运动。高尚的不是反抗本身，而是它所诉求的，尽管诉求得到的成果到目前为止都是可耻的。

至少，我们必须看清反抗所获得的是什么可耻的成果。每一次，它崇尚全面拒绝一切、全然否定时，就会杀人；它盲目接受一切、高喊绝对的"是"时，也会杀人。对造物主的怨恨很可能转变为对苍生的恨，或是转变为对现存的一切独占性的、挑衅性的爱。以上两种情况，反抗都走向杀人，而这也就丧失了被称为反抗的权利。成为虚无主义者，走的也是这两种极端的方式。显然，有的反抗者想要死，有的却要让人死，但这两者是一样的，都是焦灼地寻求真正的人生，对生存失望气馁，以至于宁可要全面的不公也不要片面的正义，愤慨到了这个程度，理性转化为狂怒。人类内心发出的本能式的反抗经过多少漫长的世纪，的确是一步步地走向充满自觉的反抗，但我们看到，它也越来越激烈地盲目、无法控制，乃至于决定以形而上的谋杀来回应世界上的杀戮。

我们知道，标示形而上反抗的关键时刻的"即使"，最后淹没在绝对的毁灭中。今日在世界上发扬光大的，不是反抗也不是反抗的崇高精神，而是虚无主义。我们必须由虚无主义造成的后果往前推，同时不忘记它真实的根源。即使上帝存在，因为人所承受的不正义，伊凡也不会皈依于上帝；再深思一下这不正义，一股更苦涩的怒气便会涌起，将"即使你存在"转化成"你不值得存在"，再到"你不存在"。没做错任何事的人们，在自己最后的判决里找到力量和理智，知道自己是无辜的，绝望于自己必死的命运，知道自己已被判决死亡，决定杀掉上帝。说当代人类的悲剧起始于此，是错误的，但说人类的悲剧因此结束，也是错的。相反地，杀死上帝标示了自从古代世界结束[1]以来所开始的悲剧的最重要的时刻，而古代世界的余音尚未结束。

---

1 西方历史中，公元476年罗马帝国灭亡，古代结束，中古世纪开始。——译注

从这个时刻起，人决定抛开圣宠，靠自己而活。从萨德到今日，所谓的进步就是日益扩张这一封闭的领域，排除上帝，人以自己的规则粗暴地统治这一封闭的领域。面对上帝，人逐渐把壁垒壕沟的边界往外推，直到把整个世界变成一座堡垒，对抗那被拉下台、被放逐的上帝。人对抗到最后，反而封闭了自己，他最大的自由——从萨德悲伤的城堡到集中营——就是建造自己的监牢。戒严状态开始普遍起来，想把对自由的要求延伸到每个人身上，就必须建造一个唯一的王国以兹对抗圣宠，也就是正义的王国，它将整个人类在众神残骸之上集合起来。杀死上帝与创建教会，这是反抗永远矛盾的运动。绝对的自由最终成为一个绝对义务的监牢，一次集体的苦行，一段要完结的历史。19世纪是反抗的世纪，因而20世纪是正义与道德、人人自觉有罪的世纪。研究反抗的道德家尚福尔[1]已为此定了调："首先要公正，这样才谈得上慷慨分享，就像要先有衬衫才谈得上蕾丝花边。"人们于是放弃了奢侈的道德，仅仅保持创建者基本的伦理。

---

[1] 尚福尔（Chamfort，1741—1794），原名 Sébastien-Roch Nicolas，法国诗人、道德评论家。——译注

我们现在必须谈到为了世界帝国与普世规则所做的痉挛式的努力。反抗到了此时，反对任何奴役的形式，意图聚集所有人类，但是在每一次失败之后，解决办法都是政治和征服；自此，反抗在所得到的成果里，除了道德上的虚无主义之外，只记得这一项，那就是运用权力。原则上，反抗者只是想做自己的主人，让自己取代原先上帝的面目，但是他忘记了反抗的根源，却顺着精神帝国主义的脚步，通过越来越多数不清的杀人走向世界帝国。的确，他驱离了上帝，但形而上反抗的精神却和革命运动走到了一起，对自由的非理性的诉求到最后却矛盾地以理性为武器，因为他认为这是人性可战胜神性的唯一理由。上帝已死，人还在，意即历史还需要人去理解、去建造。在反抗运动中，虚无主义吞没了万物的力量，只提出可以用所有方法来重建这个力量。人到了非理性的顶端，知道自己在世上从此孤独时，就会走向所谓"人的帝国"的理性的罪恶。深思反抗将带来的死亡蓝图后，人在"我反抗，故我们存在"后面，加上了"我们是孤独的"。

人的反抗，以它超然和悲壮的形式，只是也只能是对死亡的长期抗争，对生存状态被普遍死刑所支配的激烈控诉。就我们所知的状况而言，每一次的抗议都是针对生命里不和谐、不透明、不连贯的一切，因此，基本上说，是不断要求着一致性。

倘若没有什么是长久的，没有什么是有意义的，死亡也当然就毫无意义。与死亡抗争，也就是诉求生存的意义，为了规则和一致性而战。

形而上反抗的核心就是对抗恶，这一点意味深长。令人愤慨的不是孩童受苦这件事本身，而是这种受苦没有理由。

人生在世，注定要死，生存情况又晦暗不清，面对这个现况，反抗者不断要求真正的生命及死亡的因由；他不自知，他其实在找寻一种道德或是神性。

高尚的不是反抗本身，而是它所诉求的。

绝对的自由最终成为一个绝对义务的监牢，一次集体的苦行，一段要完结的历史。

III. 历史性的反抗

自由，"写在暴风战车上的这个恐怖的名字"[1]，是所有革命的原则。没有自由，就不可能有正义，然而，正义要求暂缓自由的时代来临了，种种大的小的恐怖手段都随着革命出现。每一次反抗都缅怀无辜、对生存发出呼唤，但这个缅怀却有一天拿起了武器，犯下绝对的罪行，即谋杀和暴力。奴隶的反抗、处死国王的革命、20世纪的革命，它们为了建立越来越全面的自由，就有意识地认可了越来越大的罪行。这个矛盾越来越明显，使得幸福与希望不再显现在革命者的脸上，也不再出现在制宪议员的演说中。这矛盾无法避免吗？它是代表了还是背叛了反抗的价值呢？这是针对革命必须认清的问题，也是针对形而上反抗必须提出的问题。事实上，革命是形而上反抗逻辑的延续，我们在分析革命运动时，同样发现了人在面对否定自己的一切时，为了肯定自己所做的绝望、血淋淋的努力。革命精

---

[1] 菲洛塞·奥内迪（Philothée O'Neddy）所言。——原注

神捍卫着不肯屈服的人，想让人来主宰他的时代。拒绝了上帝，按照似乎无可避免的逻辑，它选择了历史。

就理论上说，革命这个词保留了它在天文学上的含义[1]，代表一个周而复始的环形运动，一个政体完全移转到另一个政体。财政制度改变但政体不变，这不是革命而是政策改革；任何经济革命，不管是通过激烈方式还是和平方式，必然也是政治革命。从这点来看，革命已经有别于反抗，"不，陛下，这不是反抗，这是革命。"[2] 这句名言强调了二者基本上的不同，确切的意思就是"必然会有一个新的政体"。从根源上说，反抗运动不会长久，它只是对不协调的见证，革命则相反，它开始于思想。确切地说，革命是将思想注入历史经验中的运动，而反抗只是由个人经验出发走向思想的运动。反抗运动的历史，即便是集体的，实际上也是没有结果和承诺的历史，一种不清不楚的抗议，并不牵涉任何系统或原因；革命则是试着以思想引领行动，以理论塑造世界。这也是为什么反抗会杀人，而革命会同

---

[1] 革命原是天文学上一个术语，最早出现在哥白尼的著作中，指有规律、周而复始的天体周期运动。——译注

[2] 1789年7月14日，里昂古公爵告知国王路易十六巴士底被群众攻陷，国王问："是反抗行动吗？"公爵回答："不，陛下，这不是反抗，这是革命。"——译注

时摧毁人与原则。出于相同的原因，我们可以说历史上尚未有革命，只能有一次，那也将是最终的革命。就像是结束一个循环的运动，在成立政府的那一刻，就已经开始了下一个循环。以瓦尔莱[1]为首的无政府主义者看得很清楚，政府和革命从直接意义上来说是不兼容的；普鲁东[2]说："政府可以有革命性质这个说法本身就是矛盾的，就因它是政府。"历史上的经验也的确如此，必须补充的是，一个政府只有在对抗其他政府时，才可能是革命的。在大部分情况下，革命的政府势必也是一个战争的政府，革命的范围越大，战争的影响也就更大。

在这个目标达成之前——如果会达成的话——就某种意义上来说，人类历史就是一连串反抗的总和。换句话说，政体转移虽然在空间上看很明显，但放到时间上来看却很相近。19世纪人们虔诚地称之为人类逐渐解放的行动，退一步看就像一连串无休止的反抗行动，这些反抗一次比一次强，试着在思想中找到它们的表述，但它们都尚未达到

---

1 瓦尔莱（Jean-François Varlet，1764—1837），法国无政府主义者。——译注
2 普鲁东（Pierre-Joseph Proudhon，1809—1865），法国政论家、经济学家，无政府主义创始人之一。——译注

那奠定天地一切的最终革命。粗浅的研究结论指出，它们与其说是真正的解放，不如说是人对自身的肯定，这肯定的范围越来越大，但一直都没达成。倘若真有一次真正的革命，那么历史会就此告终，只会有圆满的统一和快乐的牺牲。这也是为什么所有的革命者最终都追求世界统一，好似他们相信历史会就此完结。20世纪革命的不同之处是，它首次公开地想实现阿纳卡西斯·克洛茨[1]当年人类统一的梦想，同时以此光荣圆满地完结历史。由于反抗运动的结果要么是"全有"要么是"全无"，由于形而上的反抗诉求世界统一，当20世纪的革命运动达到它逻辑上最清楚的结果后，它便手持武器，要求历史的整体性。反抗若不想变成毫无价值或过时的，便不得不成为革命。对反抗者来说，不再是像施蒂纳那样挑战和超越自己，或是用自己的方式自救而已，而是要像尼采一样将整个人类神化，致力于"超人"的理想，乃至于达到如伊凡·卡拉马佐夫所愿的拯救全世界。群魔首次登上舞台[2]，揭示了这个时代的

---

[1] 阿纳卡西斯·克洛茨（Anacharsis Cloots，1755—1794），普鲁士男爵，无政府主义者，激进支持法国大革命，1794年被控为普鲁士间谍，送上断头台。——译注

[2] 陀思妥耶夫斯基的小说《群魔》描写亚历山大二世时代，俄国弥漫着无神论论调，高喊理性的"群魔"大举发展左翼革命。——译注

一个秘密：理性与权力意志的真正面目。上帝已死，必须以人的力量改变世界、重组世界。光是诅咒上帝是不够的，必须以武器征服一切。革命，尤其是自称唯物主义的革命，只不过是过度的形而上十字军东征而已。然而，征服全世界就是统一吗？这是本书将试着回答的问题。现在我们只能看到这番分析的目的并非在重复已描述过上百次的革命现象，也不是再一次总结历次大革命历史或经济上的原因，而是要在革命事件中找出形而上反抗的逻辑推演、诠释和一再反复出现的议题。

大部分的革命都以杀人作为形式和特点，几乎所有的革命都杀过人，其中一些甚至弑君、弑神。既然形而上反抗的历史始于萨德，我们真正的主题就仅仅是从弑君开始，他同时代的人攻击神的化身，还不敢推翻神性永恒的原则。但在此之前，人类历史早已呈现最早的反抗行动，就是奴隶反抗运动。

奴隶反抗主人，是一个人起身对抗另一个人，脚踏着残酷的大地，与神性和原则无关，其结果只是一个人被杀死了。奴隶暴动、农民起义、乞丐的战争、贫户的反抗，首先要求的是平等，以命抵命，不管它们多么激烈，加上了多少神秘的色彩，我们都可在其最纯粹的形式中找到革命的精神，1905年的俄国革命[1]就是一例。

就这方面来说，在远古的最后阶段，也就是公元前数十年发生的斯巴达克斯[2]的反抗，是一个典型。首先要说明的是，这是一场古罗马角斗士的反抗，也就是那些被迫与人搏斗的奴隶的反抗，他们为了娱乐主人注定去杀人或被杀。那次反抗开始时只有七十个人，最后却是七万起义者打垮了最精良的罗马军团，朝意大利挺进，踏向永恒之都罗马。然而，如同安德烈·普鲁多莫所言[3]，那次反抗并未为罗马社会带来任何新的原则，斯巴达克斯提出的要求只局限于让奴隶有"平等的权利"。我们已经分析过初期的反抗行动，在这种阶段的反抗中，从事实变为权利的过程是唯一在逻辑上可以得到的收获。不服从的人推翻奴隶身份，

---

1 指1905年俄国境内一连串因对沙皇统治不满而兴起的抗争、攻击、恐怖行动，直接导火线可视为俄国在日俄战争中的失败，前述波坦金战舰起义，亦在此系列革命当中。——译注

2 斯巴达克斯（Spartacus，约公元前120—前71），色雷斯角斗士，参与领导了反抗罗马共和国统治的斯巴达克斯起义。——译注

3 出自《斯巴达克斯的悲剧》（*La Tragédie de Spartacus*）中的"斯巴达克斯笔记"（Cahiers Spartacus）一篇。——原注

　*安德烈·普鲁多莫（André Prudhommeaux，1905—1968），法国无政府主义书店的老板，两份无政府主义报刊的编辑，他还是作家、记者。——译注

要和主人平等，之后想换自己当主人。

斯巴达克斯的反抗是这种原则的鲜明例证，奴隶大军解放了奴隶，让主人立刻沦为他们的奴隶。传闻，根据某个传统，他们甚至会抓好几百个罗马市民组织搏斗，让奴隶们坐在看台上兴奋地观赏。但是杀人除了会继续杀更多人之外，不会带来其他，一个罗马士兵要胜利，必须打倒另一个士兵。斯巴达克斯梦想的太阳城必须建立在永恒罗马的废墟、它的神祇和机构之上。斯巴达克斯的军队的确朝着罗马城前进，整个罗马因想到要为之前的罪行付出代价而惊恐。然而，在这决定性时刻，望见这神圣的城墙，整个军队却停下、撤退，仿佛是在这众神、众多士兵与机构的城市面前退缩了。这个城市若被摧毁了，用什么来取代呢？除了对正义的粗糙渴望，除了因自尊心受损而激起的反抗之外，还能拿什么来取代呢？[1] 无论如何，军队不战而屈，诡异地决定退回原来被奴役的地方，他们转过身去，循着胜利的漫漫长路返回反抗开始之地西西里岛。仿佛这些原先孤独而手无寸铁的可怜人，面对想进攻的上天，又

---

[1] 斯巴达克斯的反抗重拾之前奴隶反抗的诉求，这诉求只局限于土地重新分配和废除奴隶制度，和罗马城的神祇宗教并无直接关系。——原注

回到他们最纯粹最悲惨的历史里，回到他们最初发出怒吼的土地上，在那里，人命如蝼蚁，死亡如此轻易。

接着溃败和殉难便开始了，最后一役之前，斯巴达克斯命人把一个罗马市民绑捆在十字木架上，向全体市民昭示他们将受到的命运。在战场上，斯巴达克斯有一刻气愤难耐，不断试着扑到罗马军团的统帅卡苏斯[1]身上，从这个举动我们不难看出一个象征：斯巴达克斯想寻死，但是要一对一地挑战具有象征性的那个人，那个代表所有罗马主人的人，他愿意死，但要在最高的平等原则上。他未能接近卡苏斯，因为兵士对决的地方离统帅远远的。斯巴达克斯如同他所愿地死了，但死在和他一样为奴的佣兵剑下，他们如同扼杀了斯巴达克斯的自由一样也扼杀了自己的自由。为了报一个罗马市民被吊死在十字木架上的仇，卡苏斯杀了几千名奴隶。经过那么多理由正当的反抗之后，六千名奴隶被吊死在十字木架上，从卡布到罗马的一路上[2]，昭示着奴隶们在权力世界中没有对等可言，主人流的血会加倍

---

[1] 卡苏斯（Marcus Licinius Crassus，公元前115—公元前53），罗马将军和政治家，在战胜斯巴达克斯领导的奴隶起义后在政治上声名鹊起。——译注
[2] 卡布（Capoue），斯巴达克斯当初被奴役的地方。——译注

讨回。

十字架也是耶稣的苦难。我们可以想象,耶稣在几年之后选择这种奴隶受的折磨,就是想拉近之前屈辱的人类和无情的主人之间如此遥远的距离。他为世人求情,忍受最大的不正义,为的是使反抗不再将世界分成两边,让上天也承受苦痛,让苦痛不再是人类逃脱不开的诅咒。因此之后的革命精神致力于分隔上天与尘世,开始杀掉神在尘世的代表,又有谁会觉得惊讶呢?从某种方式来说,1793年结束反抗时代,开启革命时代,是在一座断头台上开始的。[1]

---

[1] 本书并不探讨基督教内部的反抗精神,宗教改革或是诸多改革之前教会内的反抗行动都不在讨论之内。但我们至少可以说宗教改革为宗教的激进主义铺了路,某种意义上说,由宗教改革开始的,将由1789年的革命来完成。——原注

弑君者

> 权力不再来源于任意的神授,而需要人民普遍的认可,换句话说,权力不再是"理所当然就这样",而是要"成为理所当然"。

在 19 世纪之前,在 1793 年 1 月 21 日之前,早就有弑君的事发生。然而,拉瓦亚克、达米安[1]和他们的追随者,想要消灭的是国王这个人,而非原则,他们期望的不外乎是换一个国王,王位永远空缺是绝对无法想象的。1789 年是进入现代世界的枢纽,因为当时人们想要推翻君权神授的原则,将几个世纪以来思想上的斗争落实在否决与反抗的历史上。在传统的弑杀暴君之外,他们又在理智上做出了弑神的决定,即所谓的自由主义思想,也即哲学家和法

---

[1] 拉瓦亚克(François Ravaillac,1577—1610)于 1610 年刺杀亨利四世。达米安(Robert-François Danien,1715—1757)于 1757 年刺杀路易十五。——译注

学家的思想，它们成为这场革命的杠杆。[1] 使得神权被推翻成为可能且具有合法性的，首先在于教会自身，它利用宗教大法官审判异端的手段，与当权政治同声共气，站在主人这一边，一起压榨痛苦的百姓。米什莱[2]在革命史诗当中，看见的主要人物只有两方：基督教会和法国大革命。1789年的大革命正是圣宠与正义的斗争。尽管米什莱同他当时的放纵时代一样，喜欢夸谈大议题，但是他在这里却看出革命危机中一个深刻的原因。

虽然旧制度的君主制治理国家时并不一定都专横，但是无可争辩的是它的原则就是专横独断。君权既是神授，它的合法性也就不容置疑。但是这种合法性却经常受到质疑，尤其是来自议会的质疑。历代君王都视君权神授的合法性为一个不须言明的公理。众所周知，路易十四对这个原则坚信不疑[3]，波舒埃[4]更是对国王们说："你们就是神。"国王的面目

---

[1] 历代国王也推波助澜，政治权力逐渐压过宗教力量，削减了自身君权神授原则的正当性。——原注

[2] 米什莱（Jules Michelet，1798—1874），法国著名历史学家。——译注

[3] 查理一世对此原则更是深信不疑，甚至认为否定此原则的人不必受到公正与平等的对待。——原注

[4] 波舒埃（Jacques-Bénigne Bossuet，1627—1704），法国天主教捍卫者，当时最有声望的主教之一。——译注

之一，就是代替上帝来处理当下尘世间之事，也就是代表正义。他如同上帝，是遭受苦难与不正义的人最后的救援者。受欺压的百姓，原则上可以向国王求助。"要是国王知道就好了，要是沙皇知道就好了……"这确实是法国和俄国百姓在苦难时代表达出的感受，而且的确——至少在法国——君主在明了状况之后，往往都会保护平民阶级，对抗达官显贵和士绅的压迫。但这就是正义吗？以当时作家们绝对的观点来看，这不是正义。百姓可以求救于国王，却不能反对他，这就是原则；救助帮援是在国王愿意、想这么做的时候，而随心所欲是圣宠的特性，神授的君权是将圣宠置于正义之上的政体，国王永远握有最后决定权。相反地，"一个萨瓦牧师的信仰自白"[1]唯一特殊的地方，就是让上帝服从于正义，因此带着当时略微天真的庄严姿态开启了我们的当代历史。

从自由主义思想质疑上帝存在的那一刻起，它就将正义问题摆在第一位。只不过当时所谈的正义与平等尚未区分。上帝已摇摇欲坠，正义为了维护自身的平等，必须给上帝最后一击，直接攻击他在尘世的代表人。1789年到1792年这三年之间，自由主义思想以自然权利对抗神权，

---

[1] 此篇包含在卢梭《爱弥儿》一书第四卷之中，内容为批评教会机构和教条主义。——译注

迫使它与之妥协，就已然摧毁了神权。但是圣宠终究不会妥协，它可能在某些地方让步，但到最后却绝不会妥协。甚至，这还不够，根据米什莱所言，路易十六在监狱里都还想当国王，在建立新原则的法国国土上，被推翻的原则还在某处，可能在监狱的四堵墙之内，仅仅靠着生存和信仰的力量坚持着。正义和圣宠有一点是相同的，但仅止于这一点，即两者要求的都是一切、绝对的统治，一旦这两者发生冲突，就是殊死之战。"我们不是要判国王的罪，"丹东[1]的说法不似法学家般迂回，"而是要杀死他。"的确，否定上帝，就必须杀死国王。让路易十六被处死的似乎是圣茹斯特[2]，但当他呐喊"确立被告可能将被处死所依照的原则，就是确立审判他的社会赖以生存的原则"时，他表明是哲学家们处死了国王：以社会契约论之名[3]，国王应当死。然而这一点还有待阐明。

---

1 丹东（Georges Jacques Danton，1759—1794），法国大革命领袖之一，雅各宾党人，后采取温和路线，而被罗伯斯庇尔逮捕处死。——译注
2 圣茹斯特（Louis Antoine de Saint-Just，1767—1794），法国大革命雅各宾专政时期领袖，1794年7月28日被送上断头台。圣茹斯特口才极佳，发表了诸多精彩演说，最有名的是1792年8月10日要求将路易十六处死的演说。——译注
3 当然，这并非卢梭的原意。在分析之前要先把界限厘清，卢梭坚定宣称："尘世间没有任何东西值得人用鲜血去换。"——原注

新福音书

《社会契约论》(*Contrat Social*)是一本探讨权力合法性的书,但论述的是权力,而不是事实[1],所以它从来不是一本观察社会的文集。这本书触及原则,因为触及原则,就必然会引起争论。它提出传统的合理权力——也就是神授的权力——并不是被认可的;所以提出了其他的合理权力和原则。《社会契约论》也是一本充满教条语言的教义书,如同1789年法国一举完成了之前英国和美国革命般的壮举,卢梭把霍布斯[2]的契约理论的逻辑推到极限。《社会契约论》将一种新宗教的范围大大扩张,并以教条式的方法阐述,这个新宗教的上帝是和大自然相混淆的理性[3],它在尘世的代表不再是国王,而是人民的全体意志。

卢梭对传统秩序的抨击是如此明显,《社会契约论》的第一章就强烈表明公民契约远超过人民与国王之间的契约,

---

[1] 参考《对于不平等的论述》(*le Discours sur l'Inégalité*)。"就让我们先抛开所有的事实,因为它们和这里的问题无关。"——原注

[2] 托马斯·霍布斯(Thomas Hobbes, 1588—1679),英国唯物主义政治哲学家。——译注

[3] 不再是创世主创造世界与人类,人是大自然演变的产物。此外,卢梭认为人和自然界的关系密不可分,人的理性陶铸必定与大自然有关。——译注

前者确立人民的地位，后者则奠立王权。在卢梭之前，是上帝支配国王、国王支配人民；从《社会契约论》往后，是人民先支配自己、再支配国王。至于上帝呢，暂且已不再是问题了。从政治层面来说，这相当于牛顿理论所引起的科学革命，权力不再来源于任意的神授，而需要人民普遍的认可，换句话说，权力不再是"理所当然就这样"，而是要"成为理所当然"。卢梭认为，幸好"理所当然就这样"的实然和"成为理所当然"的应然是不可分的，人民就是主人，因为"唯一理由就是：人民就是理所当然"。面对这种未经证实的预设原则，我们可以说他的这本书并没有详细探讨当时无处不在的理性。很显然，随着《社会契约论》的出现，诞生了一种新的神秘主义，共同意志（volonté générale）如同上帝成了预设原则，卢梭说："我们每个人都将自己和所有力量投入共同意志的最高方针之下，组成整体的每个部位，融合为整体中不可分的一部分。"

这个政治整体成为最高统领，也被界定为像神的一个实体，具有神的一切特性。它不会犯错，不会滥用权力进行统治，"在理智的律法下，任何行动都是有其原因的"。倘若绝对的自由就是对自己放任自流，那这个政治实体便是绝对的自由，卢梭以此宣称，统治者为自己加上一条不可触犯的法律是违反政治实体的本质的。这个政治实体不可转让、不可分，它甚至旨在解决神学上的一大问题——神既是全能的又是无辜的这一个矛盾。共同意志的确具有强迫性，它的权力无边无际，对拒绝服从的人，它的惩罚方式就是"迫使他必须自由"。卢梭将统治权抽离于它的起源，将共同意志与所有人的意志（volonté de tous）分开来看，如此一来共同意志便完全被神化了。从这里可以合理地推断卢梭所设定的前提：如果人生来自然良善，如果他的天性与理性符合一致[1]，那么他就能完全表达出理性，当然前提是他能够自由且自然地表达。一旦表达，就不能反悔自己做的决定，因为这个决定已经超越个人之上了。共同意志首先是普遍理性的表现，这是无可商榷的。新的上帝因此诞生。

这就是为什么在《社会契约论》里经常可以看到"绝对""神圣""不可违反"这类字眼，这样被定义的政体，它的法律就是神圣的命令，它只不过是现存基督教国家神秘体制的替代品而已。况且，正是《社会契约论》的结尾对一种世俗宗教的描绘，使卢梭成为当代社会的先驱，当代

---

[1] 所有的意识形态都与心理学相反。——原注

社会不但剔除了反对派,连中立派也一并消去。的确,卢梭是现代第一个宣扬世俗信仰的人,是第一个为世俗社会里的死刑辩护、认为人民必须对统治权力绝对服从的人。"就是因为不想成为杀人犯的受害者,如果自己真成为杀人者,我们便接受死亡。"多么怪异的辩解,但坚定地表明了倘若当权者下令就必须接受死亡,必要时还必须赞成他有理由来驳斥自己。这个神秘的观念说明了圣茹斯特何以在被捕、送上断头台时一直保持沉默。如果再将这个观念适当地推演一下,也就很能解释斯大林时代受审判的被告何以如此狂热欢喜了。

一个宗教创始时,有它的殉道者、苦修者、圣徒。谁若想明了这本福音书造成的影响,只需想想1789年那些受这本书影响的种种宣言,福榭[1]面对巴士底狱挖出的骨骸呐喊道:"启示的日子来到了……面向法国自由,连骨骸都应声而起;它们见证了几世纪以来的压迫和死亡,预告了人性和所有国家生命的新生。"他还预言道:"现在到了时代的转折点,暴君们都该被收拾了。"那是信仰被唤起的慷慨

---

[1] 福榭(Claude Fauchet, 1744—1793),法国大革命时期的主教,是攻打巴士底狱的领导人之一。——译注

激昂的时刻，了不起的人民在凡尔赛宫推翻了断头台和轮刑台。断头台就像宗教和不正义的祭坛，为这个新的信仰所不容。但这个信仰一旦变成教条，就会搭起自己的祭坛，要求无条件地盲目膜拜它，于是断头台又重新出现，尽管人们还举办着祭坛、自由、宣誓、膜拜理性的庆典[1]，新的信仰的弥撒依旧会在血泊中举行。无论如何，为了让1789年标示"神圣人性"[2]"我们的主——人类"[3]统治开始，首先必须让下台的统治者消失。处死"教士国王"将开启一个新的时代，这个时代至今仍延续着。

处死国王

圣茹斯特将卢梭的思想带入历史实践，审判国王时，

---

[1] 1793年举办的盛大的仿古庆典，由穿着古典罗马长袍的年轻女子带领，膜拜理性女神。——译注
[2] 韦尼奥所言。——原注
  * 韦尼奥（Pierre Victurnien Vergniaud, 1753—1793），律师与政治家，法国大革命的重要参与者。——译注
[3] 克洛茨所言。——原注

他所陈述的要点就是，国王并非不可侵犯，应该由"议会"而非法庭来审判。他这个论点来自卢梭，认为法庭不能做国王与掌权者之间的仲裁，普通的法官不能代表共同意志。共同意志超越一切，这等于是宣告它不可违背也不必经过历史的验证。我们知道那次审判中的一大议题正好是皇室成员是否不可侵犯。圣宠与正义之间的争斗在1789年体现得最为尖锐，这两种超验性概念的对立事关生死存亡。此外，圣茹斯特清楚地看出这场争斗的重要性："我们审判国王所持的精神，就是将来奠立共和国的精神。"

圣茹斯特在审判国王时那场著名的演说，充满神学研究的调调，"路易与我们已成陌路"，这就是当时这位年轻的控告者的论点。倘若有一份契约——不管是自然法还是民法契约——连结了国王与人民的话，那这两者之间还存在对彼此的义务，人民的意志就不能自称为绝对法官，就不能下绝对裁决，因此必须阐明没有任何关系连结民众和国王。为了表明民众本身就是永恒的真理，必须证明王权本身就是永恒的罪恶，圣茹斯特提出了一个定理：谁一旦成为国王，谁就是叛变者和篡权者，就是背叛人民篡夺人民的绝对统治权。君主专制不是国王，"它是罪恶"，圣茹斯特说，它不只是一个罪恶，而是最大的罪恶，是绝对的辱没。圣茹斯特还说："没有人能清白无辜地统治。"这句话准确的也最极致的含义就在此，这含义甚至被过度演绎[1]。每一个国王都有罪，一个凡人若想成为国王，就是自寻死路。圣茹斯特接下来说的也是同样的意思，人民的主权是"神圣事物"，公民是不可侵犯、神圣的，只被代表他们公共意志（volonté commune）的法律约束。只有路易一人不能享有这特殊的不可侵犯性，也不能受到法律的援助，因为他被排除在公民契约之外，不但完全不属于共同意志，而且相反，他的存在本身就亵渎了这个无所不能的意志。他不是"公民"，而参与这新兴神权唯一的方式就是身为公民。"在一个法国公民面前，国王算什么？"因此路易必须接受审判，如此而已。

然而由谁来诠释这个意志并下裁决呢？由国民议会。成立国民议会就是要代表这个意志，如同主教会议一样，代表这个新的"神权"。裁决之后需要人民批准吗？国民议会里的保王派曾提出这一点，这样一来，国王的命至少

---

[1] 或说人们预料到它的含义，圣茹斯特说这句话的时候，并未意识到说的也是他自己。——原注

能从资产阶级法学家的手中转到人民自发的热情和同情之下，他或许还能留下一命。但是圣茹斯特将他的逻辑贯彻到底，他引用了卢梭所创的"共同意志"和"所有人的意志"相对的论点：就算所有人都原谅国王，共同意志也不能原谅，人民本身不能勾销暴政之恶。从法律上来说，受害者难道不能撤销诉讼吗？但我们不是在法律层面，而是在神学层面行事。国王之罪同时也是违反最高秩序的罪。犯下一桩罪行，之后可能被原谅、可能被惩处，之后就被遗忘，然而王权之罪是恒常的，和国王这个人、他的存在密不可分。耶稣可以原谅罪人，但不能宽恕假的神明，假神若不能战胜就只能消失。人民倘若今日能够原谅，就算国王在监狱里乖乖坐牢，明日还是会发现原来的罪恶原封不动，办法只有一个："处死国王，为被残杀的百姓报仇。"

圣茹斯特这场演说，目的是要将国王除了通向断头台之外的所有出路一条一条地堵死。倘若《社会契约论》的前提被大家接受，那这个例子从逻辑上来说是无可避免的，从这个例子之后，"国王们都将逃到沙漠中，由自然界重新掌权"。国民议会虽表决了保留法案，表示不能确定是要审判路易十六，还是宣布一条安全法案，但它这样是在逃避自己的成立原则，虚伪得令人发指地想要掩饰它建立新的绝对主义的这个目的。雅克·鲁[1]当时至少说了真话，称国王为"路易末世"，表明在经济层面早已开始的真正革命，也将在哲学层面完成，这场革命是诸神的黄昏。1789年攻击神权政治的原则，1793年杀死神在尘世的化身。布里索[2]说得没错："我们革命最强固的纪念碑是哲学。"[3]

1月21日，教士国王被处死，终结了人们意味深长地所谓的"路易十六受难"。的确，把当众谋杀一个软弱而善良的人当成法国历史上一个伟大时刻，真是一桩令人厌恶的丑闻。这断头台并不标示一个民主胜利的顶峰，远远不是，但对国王的审判，就其理由和影响来看，至少是我们当代历史的转折点，它象征了历史的去神圣化，基督教的上帝在尘世已无代表。直到此时，上帝通过国王参与历史，但人们杀了他在历史上的代表，再也没有国王了。因此，上帝只剩下虚表，被放逐在原则满布的

---

[1] 雅克·鲁（Jacques Roux，1752—1794），法国大革命中代表贫苦劳动群众的激进派的领导人。——译注

[2] 布里索（Jacques Pierre Brissot，1754—1793），法国大革命期间吉伦特派领袖。——译注

[3] 旺代革命（La Vendée）更加证实了他这个论点。——原注

天上。[1]

革命者们或许保存着福音书里为人民造福的精神，但事实上，他们给了基督教狠命的一击，让它至今还未能复原。据说处决国王之后，引发了许多人发疯或自杀的事件，因为他们很清楚地意识到发生了什么。路易十六虽然似乎时而怀疑自己的神权，但总是断然拒绝所有可能侵害到他神权的法令草案，尤其是当他猜测或知道自己的下场时。从他的言语里就可看出他把自己视作神的使命，他要向人表明，若要处死国王，就是在针对耶稣在尘世的代表，而非受惊吓的可怜的国王的肉身。他被囚禁在普尔堡（Temple）时，床头书就是《效法耶稣》（*Imitation*），这个资质平庸的人，在临死之前却表现得平稳完美，对外界一切漠然以对。孤单一人站上断头台时，他有一瞬的瘫软，但他离人群是如此远，他发出的声音被骇人的鼓声淹没了。这一切都让人想象到，死的不是加佩[2]，而是神授君权的路易，在某种程度上，当时的基督教也随他而消亡了。为了

---

[1] 那将是康德（Kant）、雅可比（Jacobi）、费希特（Fichte）的上帝。——原注
[2] 处决时用的称号不是国王路易十六，而是人民路易·加佩（Louis Capet），死亡证书上登记的也是这个名字。——译注

更加强调路易与神的关联,死前他的告解神父在他一时瘫软时扶起他,提醒他与受苦受难的耶稣"异曲同工"。听到这句话,路易十六打起精神,借用了耶稣的话:"我会尝尽一切艰苦。"然后,他颤抖着把自己交给刽子手可鄙的手。

美德的宗教

宗教政权执行了旧日国王的死刑,现在必须建立新的主权的势力;它关闭了教堂,只好试着兴建庙宇。诸神的血液曾溅在路易十六这位"教士国王"的身上,昭示了一场新的洗礼。德梅斯特以"撒旦式"来形容法国大革命,我们很清楚为什么,以及其所代表的意义;然而,米什莱将之称为"炼狱"更接近事实。一个时代盲目地投入一条隧道,想发现新的光明、新的幸福,以及真正的上帝的面目,但这位新的上帝是谁?我们还是得问圣茹斯特。

1789年还未确立人的神性,确立的是人民的神性——只要人民的意志刚好符合大自然以及理性的意志。如果共同意志是未受强迫、自由表达的,表现的就一定是普遍的理性，如果人民是自由的，就不会出错。国王死了，旧专制体制的锁链解开了，人民将可以在任何时间任何地点表达真理，无论是在过去、现在，还是将来。人民所表达的即是神谕，必须聆听，如此才能知晓世界永恒的秩序要求的是什么。人民的声音，乃大自然之音（vox populi, vox naturae）。一些永恒不变的原则支配着我们的行为：真理、正义，以及理性。理性是新的神祇，"理性庆典"时那一群年轻女子朝拜的代表着最高理性的女神，只不过是旧日的神祇。尘世间不再有代表，它们被骤然地切断了所有与尘世的关联，像个气球般被送上空洞的、充满伟大原则的天空。哲学家和律师们的理性之神缺了尘世的代表和媒介，就只剩下空壳。剩下空壳，所以薄弱，因此我们明白宣扬宽容的卢梭，何以会认为不信神的应该被处以死刑。要长久崇拜一个定理，仅有信仰是不够的，还需要警察，这种情况会在之后到来。1793年，新的信仰还很坚固，按圣茹斯特所言，只需根据理性来治理国家就行了；根据圣茹斯特所言，之前的统治方法之所以只会滋生滥权，是因为人们不知依自然来治理人民。暴力[1]终结了滥权的时代，"人心

---

[1] 法国大革命的动乱、死伤。——译注

由自然走向暴力,由暴力走向道德"。道德就是经过几个世纪的变态之后重新恢复的自然。现在只要我们制订的法律完全"依据人心与自然",人就不会再有不幸或腐化。新法律的基石是全民普选,必然带动全民普遍的道德,"我们的目标是制定事物的秩序,铺设一条通往良善的上坡路"。

理性这个"宗教"自然而然地奠定了共和国的法律,并由推选出来的代表将共同意志制定为法律。"人民进行革命,立法机构建立共和国。"以"永恒的、沉着不变、不受人的鲁莽轻率影响的"机构组织来管理所有人的生命,所有人遵守法律就是服从自己的意志,在普遍的和谐之中,不会再有冲突矛盾。圣茹斯特说:"一旦离了法律,一切就会枯瘠死亡。"这就如同罗马制式、重法的共和国。圣茹斯特和同时代人对古罗马的崇拜众所皆知,年轻颓废的圣茹斯特住在汉斯[1]期间,每天待在一个挂着带白流苏的黑色帷幔的房间里,紧闭护窗板,好几个钟头梦想着斯巴达共和国。这位放肆的长诗《奥尔刚》[2]的作者,现在觉得世

---

[1] 汉斯(Reims),法国东北部香槟-阿登区的城市,市中心有古罗马时期建筑遗迹,也是多任法国国王的加冕地。——译注
[2] 《奥尔刚》(*Organt*),圣茹斯特1789年匿名发表的长诗,诗中攻击了当时的宫廷、法院和教会。——译注

人需要质朴与美德。在圣茹斯特制定的制度下,孩子直到十六岁都不给吃肉,甚至他还梦想建立一个素食、革命的国家,并呐喊:"自罗马帝国以来,世界一片空虚。"不过英雄的时代即将来临,卡顿、布鲁特斯、斯卡弗拉[1]这样的人物可能再度出现,当年拉丁语道德家的辞汇重新流行起来,"恶、美德、腐化"又成为这一时代的词汇,尤其不停地、大量地出现在圣茹斯特的演说中,使其演说听来累赘且大而无当。原因很简单,孟德斯鸠早就看出这一点[2],这华美的共和建筑,不能缺少美德。法国大革命自称以绝对纯粹的原则缔造历史,开启了现代,同时也开启了制式道德的时代。

美德到底是什么呢?对以前的中产阶级哲学家来说,就是与自然相符合[3],从政治上来说,就是与体现共同意志的

---

[1] 卡顿(Marco Porcio Caton,公元前234—前149)和斯卡弗拉(Quintus Mucius Scaevola Pontifex,公元前140—前82)是古罗马政治家、著名演说家,主张严厉克己的政治与生活方式。布鲁特斯(Marcus Junius Brutus,公元前85—前42)是古罗马共和国首任执政官。这三个人都是严刑峻法的代表人物。——译注

[2] 孟德斯鸠在《论法的精神》(*De l'Esprit des Lois*)中指出,共和国必须具有美德,将美德视为推动共和政治的动力。——译注

[3] 然而,如同贝纳丁·圣皮耶(Bernardin Saint-Pierre)所言,自然本身就是一种先定的美德。自然也是一个抽象的原则。——原注

法律相符合。圣茹斯特说："道德比暴君更强。"的确，道德不才刚处死了路易十六吗？一切不遵守法律的情形，并非因为这条法律不完整，或者不可能去遵守，而是不守法的公民缺乏道德。正因如此，共和国不只是如同圣茹斯特强调的那样是一个元老院，它还是美德。每一个道德腐化同时也是政治腐化，反之亦然，这种说法引发的无止境压制的原则因此确立。圣茹斯特对全世界牧歌式的渴望无疑是真诚的，他真心向往一个严苛的共和国，那里全人类消除所有敌对，回到最原始的纯真状态，由他早就饰以共和国三色肩带和白色翎羽的贤哲老人们来监督。我们也很清楚，大革命初期，圣茹斯特和罗伯斯庇尔同时宣称反对死刑，他只要求杀人犯一生都穿黑衣。他要求的是正义，而不是试图"证实被告有罪，而是要证实他是弱者"，这一点让人激赏。他梦想一个宽容的共和国，认为罪恶之树即使坚硬的，根部却是柔软的。至少，他发自内心的一句呐喊令人难忘："折磨人民是件可憎的事。"没错，是很可憎。但这样一颗体谅的心，却奉行终究将折磨人民的诸多原则。

道德，一旦变成制式的，就会吃人。且让我们解释一下圣茹斯特的思想，他认为没有任何人是清白无瑕且良善的，必须要靠法律规范他们。但是一旦诸多法律不能互相协调，诸多原则只造成分裂的时候，谁是罪人？是乱党。谁是乱党分子呢？那些以行动否定必要的统一之人。乱党分裂国家主权，是亵渎、叛乱，罪恶多端，必须消除。但若有很多乱党呢？所有乱党都得打倒，决不宽恕。圣茹斯特呐喊："若非道德，就是恐怖统治。"为了确保自由，国民公会拟订的宪法草案中提出了死刑。绝对的美德是不可能的，宽恕的共和国被无情的逻辑引向了断头台的共和国。孟德斯鸠早已看穿，这个逻辑是引领社会败坏的一大原因，并说当法律并未立法防备的时候，滥用权力的情形会更加严重。圣茹斯特纯粹的法律没有考虑到这个和历史同样古老的事实，那就是法律从其本质来说，是注定要被违反的。

恐怖统治

圣茹斯特，萨德的同时代人，最后还是为罪恶辩解，虽然两者出发的原则不同。圣茹斯特无疑是反对萨德的，如果萨德侯爵的说法是"打开监狱大门，否则就证明你们的道德",这位国民公会议员的说法则是"证明你们的道德,否则就进监狱"。但两者都为恐怖主义辩护,放荡者萨德是个人的恐怖主义,宣扬美德的教士圣茹斯特则是国家的恐怖主义。绝对的善和绝对的恶,按照逻辑都会造成同样的狂暴。诚然,这里圣茹斯特的例子有晦暗不清的地方,在他1792年写给维蓝·多比尼[1]的信里有一些疯狂的字句,这位既迫害别人也被迫害的人在诉说心中坚信的理想之后,在末尾冲动地承认:"布鲁特斯若不杀别人,就会杀了他自己。"如此一个顽固肃然、特意维持冷酷且符合逻辑、不为任何所动的人,可以想象必然会有失常、失序的倾向。圣茹斯特特有的严肃僵硬,让过去两个世纪的历史成了一本无趣且恼人的黑色小说,他说:"身为政府首脑还开玩笑的人,很可能成为暴君。"真是令人惊讶的箴言,尤其是当暴政随便定人罪,暴君们却口口声声心为人民时,可不是像开玩笑一样吗?圣茹斯特本身就是个例子:他说话的语调本身就是决断的——一连串不容置辩的断言——这种公理式的风格比真实的肖像更忠实地刻画出他的样子。说教轰轰不止,仿佛这就是整个国家的智慧;层出不穷的科学式

---

[1] 维蓝·多比尼(Vilain d'Aubigny,1754—1804),法国法学家、革命家。——译注

定义，就像冷酷而明确的指令。"原则应是恰当的，法律应是无法宽容的，刑罚则应是不容变更的。"这是断头台的风格。

逻辑上如此冷酷无情，却表明了骨子里的热情。这里我们又看到对统一的滔滔热情。所有的反抗都想达到统一，1789年的反抗要求国家的统一，圣茹斯特梦想的是理想的城邦，那里的风俗民情与法律相符，让人焕发纯真善良的本性，让人性与自然、理智完全一致。倘若乱党前来阻碍这个梦想，热情就会更夸大它的逻辑。人们无法想象，既然乱党存在，会不会是原则出了错误呢；乱党是罪恶渊薮，因为原则是绝对不可触犯或修正的。"现在是所有人回归道德，贵族接受恐怖统治的时候了。"然而叛乱的不只有贵族，还有共和党人士，以及更广泛的所有批评立法议会和国民公会所作所为的人，这些人也都有罪，因为他们对统一造成威胁，圣茹斯特因此宣告了20世纪专制政权的重要原则："爱国者是全体一致支持共和国的人，谁从事分化，谁就是叛徒。"谁要批评，谁就是叛徒。谁不公开支持共和国，谁就是可疑分子。当理性和个人言论自由无法达到全民一致时，就必须用上消除异己的手段，铡刀成了道理，功用是驳斥异端。"一个被法庭判了死罪的可笑家伙说他要反抗压迫，因为他要反抗断头台！"圣茹斯特的愤慨难以让人理解，因为大致上来说，断头台就是压迫最明显的象征。但是在这种逻辑推理的狂热之中，良善的道德被推到最后，断头台又取代了自由，它保证了理性的统一、城邦的和谐，它"净化"了——这个动词十分确切——共和国，清除了与共同意志和普遍理性相悖的恶行。马拉[1]以另一种风格呐喊："人们怀疑我的博爱仁慈，啊！多么不公正！谁不知我割下一小部分人的脑袋，是为了拯救大多数人的脑袋呢？"一小部分人？是某个乱党吗？无疑是的，一切历史行动的代价都少不了牺牲一些生命，但是在做最后几次计算时，马拉要求砍掉的是二十七万三千颗脑袋，他的怒吼使清除乱党的行动转化为大屠杀："用烧红的铁给他们烙下印记，剁掉他们的拇指，割下他们的舌头。"这位博爱人士日夜不停地以单调无趣的字词写下，杀人是为了创造新时代。"九月屠杀"的那些夜里，屠杀者忙着在监狱中庭设置右边男众、左边女众的长凳，马拉依然在地窖里衬着烛光奋笔疾书审

---

[1] 马拉（Jean-Paul Marat，1743—1793），法国大革命时"国民公会"代表，他推翻了吉伦特派统治，建立雅各宾派专政。——译注

判单[1]，好让观众能欣赏到更多贵族被送上断头台，以此作为他优雅的博爱典范。

哪怕只是一秒钟，我们也不能把崇高的圣茹斯特和可悲的马拉混为一谈，米什莱形容得很确切：马拉只是照本宣科地模仿卢梭的猴子。但圣茹斯特的悲剧在于，虽然他的出发点和理由比较高尚，所追求的也比较深沉，有时候却和马拉同声一气。乱党之后又有乱党，少数派之后再加上少数派，到最后，很难确定断头台是否真为所有人的意志服务。至少，圣茹斯特一直到最后都认定断头台是为了美德，所以是行使共同意志，"像我们经历的这样一场革命，不是一场诉讼，而是打在恶人头上的一记响雷"。美德打出惊雷，纯真发出闪电，执法的闪电，在他们眼中，甚至心存安逸享乐的人——尤其是这些人——都属于反革命。圣茹斯特说，"幸福"这个观念在欧洲是新出现的（老实说，对圣茹斯特来说的确是新的，他的历史观还停留在古代的布鲁特斯），他发现某些人"对幸福的观念很糟糕，和享乐混为一谈"，这些人也要严惩。到最后，这已经不是多数人少数人的问题了。所有纯真的心灵如此期盼的伊甸

---

[1] 马拉为躲避反对派，长期在地窖里工作。——译注

园逐渐远去，不幸的大地上充斥着内战和民族战争的厮杀声，圣茹斯特违背自己的意愿和原则，宣布国家遭受威胁时，所有人都有罪。一连串关于国外乱党[1]的报告、对牧月二十二日法令的同意[2]、1794年4月15日强调警察制度必要性的演讲，标示了他这种转变的各个阶段。如此崇高的圣茹斯特认为只要某个地方还存在任何一个主人与奴隶，放下武器坐视不管就是可耻的行为。他同意暂缓施行宪法，实行专政[3]。在为罗伯斯庇尔辩护的演说中，他并未涉及罗伯斯庇尔的名誉或存亡，只谈到大革命乃是天意这种抽象的观念。这么一来，也就是说他弄成像宗教崇拜一般的美德，只有历史与当下作为反馈，没有其他回报，所以必须不惜一切让美德来统治人民。他不喜欢"残酷与凶暴"的政权，这种政权"没有准则，走向压迫"，但是他所谓的准则就是美德，来自人民，当人民分崩溃散时，准则就模糊黯淡，

---

1 法国大革命后许多贵族逃亡出国，与外国勾结从事反革命运动。——译注
2 1794年牧月二十二日（公历6月10日）在罗伯斯庇尔鼓动下颁布的法令，革命法庭禁止囚犯雇用律师为自己辩护，并规定死刑为唯一刑罚。牧月为法国大革命时期采用的历法。——译注
3 1793年共和宪法通过，但碍于法国当时国内外的政情，没有颁布施行，转而改设"公安委员会"，在罗伯斯庇尔领导下施行恐怖专政。——译注

压迫就会随之增强。因此，有罪的是人民，而不是政权，政权所依据的原则当然是完美无瑕的。如此极端而暴戾的对立矛盾，只能以更极端的逻辑来解决，那就是在这些原则之下接受沉默与死亡。但是，至少，圣茹斯特自始至终坚持这个要求，他充满情感地谈论古今寰宇之中的独立生命，终究显现了他自己的崇高。

长久以来，他也已预感自己的期望意味着要毫无保留地贡献出自己，他说自己和世上所有从事革命的人，也就是"做好事的人"，想要安稳睡个觉就只能在坟墓里。他深知他的那些原则需要在人民的美德和幸福之中才能圆满实现，他或许也察觉这是不可能的，所以预先自断后路，宣称在对人民绝望的那一天，他就要手刃自己。然而他绝望了，因为他已对恐怖统治产生怀疑。"革命变得冰冷，所有的原则都已削弱，只剩下戴红帽的乱党为私人权益作乱。施行恐怖统治麻痹了罪行，犹如烈酒麻痹舌头。"甚至美德"在无政府状态时，与罪恶结合在一起"。他曾说所有的罪行来自暴政，而暴政更是万罪之首；面对顽强滋生的罪行，革命本身也走向暴政，开始嗜血罪恶。既然无法减少罪恶、叛乱行动、可憎的安逸享乐心态，便不得不对人民绝望而强加管束。但如此一来，就无法清白无辜地统治，就会有惩罚与杀戮。要不就忍受恶，要不就利用它；要不就承认原则是错的，要不就必须说人民是有罪的。圣茹斯特神秘难解的美好形象改变了："倘若生命必须与恶为伍，或眼见恶却无法声讨，那么失去这个生命也不足惜。"布鲁特斯若不杀别人，就会自杀，因此他开始杀人。但是别人太多了，杀也杀不尽，所以他还是必须死，这只不过再一次证明反抗若乱了规则，不只会消灭别人也会毁灭自身。消灭别人和毁灭自身这个任务很容易，只消再一次把逻辑贯彻到底就行了。圣茹斯特死前不久，在为罗伯斯庇尔辩护的那次演说中，再次重申指引自己行动的大原则，而这原则也就是他会被处死的原因："我不属于任何乱党，我要与所有乱党战到底。"这么说来，也就是他预先赞成国民议会的决定——因为国民议会代表共同意志。他为了保卫原则而接受死亡，但这原则罔顾现实，因为国民议会的决议取决于这个或那个党派的华丽词藻和狂热做法。可不是吗！当原则削弱不振，人唯一能拯救原则、拯救他们对原则的信念的方法，就是为这些原则而死。在巴黎七月令人窒息的炎热中，圣茹斯特固执地拒绝面对事实与真实世界，坦言他把生命交给原则所做出的决定。尽管如此，他似乎隐约地看出事实并非他所想的那样，所以在演说结尾揭露比洛·瓦雷纳与科罗·德布瓦[1]的做法时很低调:"我希望他们证实自己的所作所为是对的,而我们也会变得更有智慧一些。"只在这个片刻,他的决断风格和头顶的断头台才略微悬了一会儿。但是美德太过孤高,并非智慧,断头台的铡刀即将砍下他这颗如道德般俊美冷酷的头颅。从国民议会判处他死刑到他引颈就戮,圣茹斯特都保持沉默,这长时间的沉默比死亡本身更为重要。他曾经批评王位四周没有谏言一片沉默,所以他如此滔滔雄辩。但到最后,厌恶专政、无法理解人民何以不能与纯粹理性相合,使他自己也三缄其口。他的原则无法与事实相协调,所有事情都与他的预期不符,是因为那些原则孤立、无法发挥作用、僵硬。死守着这些原则,事实上就是死路一条,是为一个不可能的爱而死,而不可能的爱就是爱的反面。圣茹斯特死去,一个新宗教的希望也随他消散而去。

圣茹斯特说:"所有的石头都是为自由的伟业而凿,你们可以拿同样的石头为它造庙堂,或是坟墓。"由《社会契

---

[1] 比洛·瓦雷纳(Jacques Nicolas Billaud-Varenne, 1756—1819)、科罗·德布瓦(Jean-Marie Collot d'Herbois, 1749—1796),两人都是公安委员会委员,与罗伯斯庇尔发生尖锐对立,热月政变时联手发布了对罗伯斯庇尔与圣茹斯特的控诉。——译注

约论》提出的原则所筑起的坟墓，由拿破仑来砌牢密封。并不缺乏常识的卢梭已清楚知道，《社会契约论》里的社会典范只适用于诸神，他的后继者却照本宣科，企图建立人的神性社会。旧体制下，旗帜代表法则，也就是行政权的象征，而在1792年8月10日[1]却成为革命的象征，对这意味深长的转变，饶勒斯[2]评论道："是我们这些人民拥有权利……我们不是反抗者，反抗者是在杜勒丽皇宫里的那些人。"但是人没么容易变成神，那些旧神祇也不会那么轻易被打倒，19世纪的诸多革命必须完成对"神授"原则的肃清。于是巴黎起义了，将国王置于人民的法律之下，防止神授权力再次恢复。1830年的革命者拖过杜勒丽皇宫的重重殿宇，最后置于王位上的那具行尸走肉，让他短暂享有微不足道的国王称号，已无任何意义[3]。在那个时代，国王

---

[1] 1792年8月10日，革命群众聚集在杜勒丽皇宫前，竖起红旗，攻陷皇宫，将路易十六和家人关入牢里，自此红旗成为大革命的象征。——译注

[2] 饶勒斯（Jean Jaurès, 1859—1914），法国社会主义领导者，开创了对法国大革命的社会基础的研究。——译注

[3] 1815年拿破仑失败被流放，波旁王朝复辟。1830年发生七月革命，人民起而反抗波旁王朝查理十世，引发了欧洲推翻王朝的革命浪潮。七月革命建立了七月王朝，奥尔良公爵路易·菲利浦继位，形同虚设国王。1848年七月王朝被推翻，成立法兰西第二共和国。——译注

还可以是个受人尊敬的执事者，不过他是受全民委托，以遵行宪章为准则，而不再是万人之上的陛下。旧体制在法国终于完全消失，当然，还须等到1848年后，新体制才逐渐巩固，19世纪的历史直到1914年之前都是恢复民权、打倒旧体制君主专制的历史，也就是民族的历史。这个原则在1919年获得胜利，欧洲各国旧制度的专制政体一一倒台[1]。在各国，国家主权依法依理取代了国王的王权，唯有此时，1789年大革命的原则的影响方才显现。我们这些还活着的人，是最早可以清楚判断这一点的人。

雅各宾派使永恒的道德原则变得冷酷僵化，甚至磨灭了这些原则的内涵。这些福音书的传道者，他们想要以古罗马式的抽象法律来奠定同胞友爱；他们以自己认为应当是所有人认可的法律——因为这是共同意志所表达的——来取代神的法令。这个法律以自然美德作为前提，反过来也维护美德的良善，可是一旦有不同调的声音出现，这种推理一击就倒，美德若没有诠释和落实，那就只是抽象。18世纪资产阶级法学家们用他们的原则，压碎了人民正义

---

[1] 除了西班牙仍维持君主政体，德意志帝国虽瓦解，但君王威廉二世说："德意志帝国是我们霍亨索伦家族的标志，我们的皇冠是神授，我们只需对上天交代。"——原注

且生机勃勃的胜利，造就了两个当代虚无主义趋势：个人虚无主义和国家虚无主义。

法律的确可以统管一切，只要它是普遍理性的法律[1]；但它从来就不是，所以倘若人不是生而良善，它就失去了存在的根据，终有一朝，意识形态与心理学会发生冲突，再也没有合法的权利。法律因此变了调，操纵在立法机构以及新的任意妄为的立法执法人手中；这该何去何从呢？法律失了方向，丧失了准确性，越来越模糊，终至把一切都认定为罪行。法律还在统管，但不再有明确的界限，圣茹斯特已预见这个以沉默的人民为借口的专制政体，"罪恶灵巧地把自己竖立为宗教，那些骗子们窜上圣坛"。但这是无法避免的，倘若大原则没有确立，倘若法律代表的只是朝令夕改的条文，那法律势必会被利用，势必会强加在人民身上。萨德或独裁，个人恐怖主义或国家恐怖主义，两者都缺乏论证的理由，一旦反抗远离其根源并失去一切具体的道德，20世纪的反抗就只能在这两者中选择。

然而1789年诞生的起义并不会就这样停止，对雅各

---

[1] 黑格尔清楚看到，18世纪启蒙时代的哲学想让人摆脱无理性，用理性聚集被无理性分裂的人们。——原注

宾派、对浪漫派文人来说，神尚未完全死亡，他们还保留一个"至高存在"的形象。理智在某种程度来说还是一个中介，它预设了一种先在的秩序。但至少上帝已无尘世的化身，只降低为一种道德原则理论上的存在。整个19世纪，资产阶级就是依靠这些抽象的原则得以占据优势，只不过他们的思想不似圣茹斯特那么高尚，他们只不过利用这些抽象的原则当借口，尽一切可能从事和美德完全相反的行径。资产阶级根本上的腐化和令人齿冷的虚伪，终于彻底让他们所宣扬的原则丧失意义，就这一点来说，资产阶级罪孽深重。一旦永恒的原则和制式的美德同时受到质疑，一旦所有的价值都失去原有的内涵，理性就开始运作，不顾其他，一切都将以它的胜利为结束。理性想要统治一切，罔顾之前种种，坚信之后会如何如何，理性将成为无处不在的征服者。俄国的共产主义猛烈批评一切制式的美德，以此来否定所有来自天上的更高原则，完成了19世纪的反抗大业。紧接着19世纪的弑君之后，是20世纪的弑神，并想把反抗的逻辑进行到底，要让尘世成为"人即是神"的王国。摆脱了神的人的历史开始了，人认同自己创造的历史，忘却了真正的反抗，投身于20世纪虚无主义的革命。虚无主义的革命否定一切道德，通过一连串劳民伤财的罪行与战争，绝望地追求人类统一。雅各宾的革命试着创立一种美德的宗教，以便建立统一；接下来的革命则不管左派右派，都是犬儒主义的革命，尝试达成世界统一，以便创立人的宗教。之前属于上帝的一切，自此将交到凯撒的手上。

从自由主义思想质疑上帝存在的那一刻起，它就将正义问题摆在第一位。

这个新宗教的上帝是和大自然相混淆的理性，它在尘世的代表不再是国王，而是人民的全体意志。

对国王的审判，就其理由和影响来看，至少是我们当代历史的转折点，它象征了历史的去神圣化，基督教的上帝在尘世已无代表。

道德，一旦变成制式的，就会吃人。

绝对的善和绝对的恶，按照逻辑都会造成同样的狂暴。

这是无法避免的，倘若大原则没有确立，倘若法律代表的只是朝令夕改的条文，那法律势必会被利用，势必会强加在人民身上。

一旦永恒的原则和制式的美德同时受到质疑，一旦所有的价值都失去原有的内涵，理性就开始运作，不顾其他，一切都将以它的胜利为结束。

弑神者

| 上帝已死,但如同施蒂纳所预言,必须扼杀还存留上帝影子的道德原则。

正义、理性、真理还在雅各宾政权的天空里闪耀,这些固定的星子至少可以作为指标。19世纪的德国思潮,尤其是黑格尔的思想,想要继续进行法国大革命的事业,同时铲除它失败的原因。黑格尔看出,雅各宾派那些抽象的原则其实已是后来恐怖统治的内容,他认为,绝对的、抽象的自由必定引致恐怖主义,抽象法律的统治将会导致压迫。黑格尔指出,例如古罗马帝国从奥古斯都[1]到亚历山大·塞维[2]的时期是法学最兴盛的一段时期,却也是最残酷

---

[1] 奥古斯都(Auguste,公元前63—公元14),原名盖乌斯·屋大维·图里努斯(Gaius Octavius Thurinus),第一位罗马皇帝,被罗马元老院封为奥古斯都,正式称为"凯撒皇帝"。——译注

[2] 亚历山大·塞维(Alexandre Sévère,208—235),是塞维兰王朝的最后一位罗马皇帝。他的死标志着第三世纪危机的开始。——译注

的暴政时期。要超越这个矛盾，必须有一个具体的社会，由非制式的原则来带动，在这社会里自由与必要的规范相互协调。圣茹斯特和卢梭的抽象而普遍的理性，由德国思潮提出的"普遍具体"概念取代，这个概念比较没那么造作，却也更含糊。之前一直高悬上方指引所有事件的理性，从此融入历史事件的长河：理性阐明历史事件，历史事件赋予理性骨架实体。

我们可以肯定地说，黑格尔的理性把一切，甚至连非理性都理性化了，但同时它又赋予理性一种非理性的骚动，过度扩张理性，其结果大家有目共睹。在当时僵化的思想中，德国思潮突然引进一股令人难以抵挡的运动，真理、理性、正义突然间成了体现世界未来演变的重心；然而，来自德国的这个意识形态将它们抛入持续的加速运动之中，混淆了它们的本质和它们的进程，认定它们将在历史演变结束时达到圆满的状态——倘若历史演变真有结束之时。这些价值不再是指标，而成了目标，至于达成这些目标的方法——也就是生命和历史——没有任何预先存在的价值来引导。相反地，黑格尔论述的一大部分就是要证明，一般的道德意识服从于正义和真理——仿佛这些价值独立于世界之外——反而会阻碍这些价值的实现。行动的准则变成行动本身，在黑暗中摸索前进，直到最后的光芒乍现。在这种浪漫思想下，理性只是变成一种不能变通的狂热。

目标还是一样，只是野心变大了；思想成为动力，理性是未来将会完成、将要达到的阶段，行动只是视结果而定的一种策略与计算，而非原则，后果是行动混在不停的变动之中。19世纪的一切学说，以同样的模式，脱离了以固定与分类为特征的18世纪思潮。如同达尔文取代林奈[1]，不停运用辩证法的哲学家们，取代了之前和谐而贫乏的理性建设者。此时，开启了一种思想（这种思想与古代思想对立，相反地，法国的革命思想却呼应了部分古代思想）：人不是生下来就拥有不变的本质，不是一个已完成的创造物，而是要开始一段摸索的历险，部分算是自己的创造者。随着拿破仑，以及标举着拿破仑思想的哲学家黑格尔的到来，讲求效率的时代开始了；在拿破仑之前，人发现了宇宙的空间，在拿破仑之后，人发现了世界与未来的时间。反抗思想也将因此发生深刻的转变。

在反抗思想的这个新阶段，谈及黑格尔的著作是一件相当吊诡的事。一方面，他所有的著作呈现出对异端的痛

---

[1] 林奈（Carl von Linné，1707—1778），瑞典自然学家，建立动植物命名二名法。——译注

恨：他想调和精神。然而这只是他整个思想体系的一个面相，这个体系就其方法来说，是哲学文学里最吊诡的一个。对他来说，现实的就是理性的，这解释了所有以现实为基础的意识形态。我们称之为黑格尔的泛逻辑理论，就是对实际现象的解释。但他的"泛悲剧理论"（pantragisme）[1]也同时激起毁灭自己理论的因素；在辩证法下，无疑所有都可达成平衡协调，因为一旦一个极端出现，相反的极端一定跟着冒出来；黑格尔的理论，和所有伟大的思想一样，包含着修正黑格尔理论的内容。只不过，众人研读哲学大师的理论，很少只是用智慧去读，通常是满腔热血、充满狂热，这些狂热是不懂得平衡协调的。

无论如何，20世纪的革命者从黑格尔那里取得了一举毁灭制式美德的原则的武器，留下的仅是一种没有超越性的历史观，简言之，就是一连串不停的争论和权力意志的斗争。就其批判的一面而言，我们这个时代的革命运动，首先是要猛烈揭露资产阶级形式的虚伪；现代共产主义的主张（出于一定的理由）以及法西斯主义的主张（缺乏深层的价值），就是揭露使资产阶级之民主、原则与美德腐化

---

[1] 这个词是加缪自创的，请参考黑格尔对悲剧的哲学概念。——译注

的骗术。直至1789年之前，国王的恣意妄为都以神的超验性来掩护，法国大革命之后，形式原则的超验性，诸如理性或正义，被用来维护一个既不正义也不合理的统治。因此这个"超验性"是个假面具，必须揭去。上帝已死，但如同施蒂纳所预言，必须扼杀还存留上帝影子的道德原则。制式美德是神性逐渐丧失的见证，是为不正义服务的伪见证，对这美德的憎恶仍是今日历史的动力之一。没有任何东西是纯真的，这声呐喊震动整个世纪。不纯真的历史因而将成为规则，荒芜的大地将由赤裸裸的武力来决定人的神性，于是人们以同样狂暴的姿态走入谎言与暴力，犹如之前走入宗教。

然而，最先彻底批判良知、善良的灵魂、光说不练这种态度的，是黑格尔；对他来说，真、善、美这些意识形态，正是欠缺真、善、美的人的宗教。乱党的反对声音当初令圣茹斯特惊讶，这违反了他认定的理想秩序，但黑格尔不但不会惊讶，而且认为反对的声音是精神发展的开始。雅各宾派认为人人皆良善，相反，由黑格尔思想开始的，乃至今日甚嚣尘上的运动，则认为没有人是良善的，但将来人人都会变得良善。在圣茹斯特眼中，一开始就是田园诗歌般美好，对黑格尔来说，则是悲剧与黑暗。但到最后，两者都是一回事。不论是消灭那些毁灭田园诗歌，还是通过毁灭来创造田园诗歌，两者都被暴力淹没。黑格尔想要超越恐怖统治，却只导致恐怖统治的扩张。

还不只如此，今日世界显然不可能再是主人与奴隶的世界，因为改变世界面目的那些意识形态，已从黑格尔那里学到了以主人-奴隶的辩证法来思考。倘若在空荡的天空下，在世界的第一个清晨，只有一个主人和一个奴隶，甚至连超验性的神和人之间也只有主人和奴隶，那世界上唯一的法则就是武力。只有神或是超越主人和奴隶之上的某个原则能够居间调解，才能使人类历史不仅仅是二者之间胜败的历史。黑格尔，以及之后黑格尔派所争取的，则恰恰相反，他们越来越多地摧毁一切超验性与一切对超验性的眷恋。黑格尔的思想虽然比黑格尔左派的思想丰富百倍，但最后却被后者压过，不过在主人-奴隶辩证法的层面上，是他为20世纪的强权精神提供了决定性的辩护。胜者永远是对的，这是我们从19世纪最伟大的德国思想的体系中得出的教训之一。当然，在黑格尔庞然的思想体系里，也找得出否定这个结论的部分内容。然而，20世纪的意识形态不再依附于被这位耶拿的大师[1]不恰当地称之为唯心主

---

[1] 黑格尔曾任教于德国的耶拿大学。——译注

义的思想。重新出现在俄国共产主义中的黑格尔思想的面貌，已相继被大卫·施特劳斯、布鲁诺·鲍威尔、费尔巴哈[1]、马克思以及所有黑格尔左派改造了。在这里，我们讨论的只是黑格尔，因为只有他在我们时代的历史中举足轻重。尽管尼采和黑格尔的理论被达豪和卡拉干达的主人们利用了[2]，他们的哲学也不应受到谴责，但是我们还是不免怀疑他们的思想或逻辑中的某个观点，会导致此种恐怖的境地。

尼采的虚无主义有其系统性。《精神现象学》[3]也具有教育性，在两个世纪交接的枢纽，它一阶段一阶段地描述如何教育意识，走向绝对真理。这是一部形而上的《爱弥儿》[4]。

---

1 大卫·施特劳斯（David Strauss，1808—1874）、布鲁诺·鲍威尔（Bruno Bauer，1809—1882）、费尔巴哈（Ludwig Andreas Feuerbach，1804—1872）三位都是德国黑格尔左派出身。——译注
2 普鲁士、拿破仑、俄国沙皇的警政系统，英国在南非的劳改营也发现了哲学含量较少的模式。——原注
3 《精神现象学》（*La Phénoménologie de l'Esprit*）是黑格尔的重要著作。——译注
4 将黑格尔与卢梭对照有其意义。就其造成的影响来看，《精神现象学》与《社会契约论》的遭遇相同。《精神现象学》塑造了当时的思潮，并且，卢梭的共同意志理论也出现在黑格尔的哲学系统中。——原注

每个阶段都是一个错误，都伴随着历史的惩罚，这种惩罚几乎总是无可避免的，要么是对意识的惩罚，要么是对反映这种意识的文明的惩罚。黑格尔认为呈现这些艰辛的阶段是必需的，并将之视为己任。《精神现象学》某方面可被视为一个针对绝望和死亡的思索，只不过这个绝望自成体系，因为它必须在历史终结时转换为绝对的满足与智慧。这套教育方法的缺点，就是它只适用于程度很高的学生，而且只能被一般的学生照本宣科地逐字照做，他们不知其字句只是为揭示更深沉的精神。著名的主人–奴隶的分析就是最好的例子。[1]

黑格尔认为，动物对外在世界拥有直接意识（conscience immédiate），一种对自身的感知（sentiment de soi），而没有自我意识（conscience se soi），这是动物与人的区别所在。只有有了自我意识，将自己视为一个主体，人才能作为"人"存在，因此人本质上就是自我意识。为了确立自

---

[1] 接下来的段落是对主人—奴隶辩证法的概略论述，这里我们唯一感兴趣的是这个分析造成的后果，因此我们认为将分析中某个倾向突显出来，是这个论述不可或缺的。同时，这个论述不带任何批评。然而我们很轻易可以看出，这个推论即便用点技巧便可在逻辑上站得住脚，却不能创立一个现象学，因为它奠基在一个完全无根据的心理推论上。克尔凯郭尔（Kierkegaard）对黑格尔的批评之所以有用而有效，就是因为他经常以心理学佐证。当然，这并不损害黑格尔某些令人赞叹的分析的价值。——原注

身，自我意识必须将自我与"非我的他者"相区分。人为了确立自我的存在与不同，就必定是一个否定他者的生物。将自我意识与自然界区分的，远远不是简单的沉思——在这种沉思中，自我意识沉入外在世界而忘记了自身——而是它对世界的欲望。一旦外在世界与自我意识不同，这个欲望就会唤醒自我意识，在这一欲望中，外在世界是自我没有的东西。但这个外在世界已然存在，自我意识想要存在的话，就要拥有外在世界所拥有的，并消灭它，因此自我意识必然是欲望。为了存在，自我意识必须获得满足，要自我意识满足就必须让欲望满足，所以它竭力满足欲望，之后否定他者，把满足它欲望的他者消灭掉。它就是一个否定的力量。行动，就是毁灭，以便使意识的精神现实诞生。然而，毁灭一个没有意识的东西，例如把一块肉吃掉，还只是动物的行为。消耗还不属于意识行为。意识的欲望针对的必须是自然界无意识之外的东西，而世界上唯一区别于自然界无意识的东西的，唯有另一个自我意识，因此必须让欲望凌驾于另一个欲望之上，用"他者的自我意识"来满足"自我的自我意识"。简单说来，人若只局限于动物般生存着，就不会被自己和别人视为一个人。人需要被其他人认同。从原则上来说，所有的意识都是意欲被其他人的意识认可、尊敬的。是其他人产生了自我。唯有在社会里，我们才能获得一个高于动物价值的人性价值。

动物的最高价值就是保全生命，意识应该超越这个本能，才能得到人性价值。它应该能够拿生命去冒险。要让另一个意识认同，人就应当不惜牺牲生命，准备接受死亡。人与人之间的基本关系因而就是纯然的威望关系，一场永无止境的角力，彼此为了得到认可，拿生命当赌注。

在辩证法的第一阶段，黑格尔断定既然死亡是人与动物的共同点，那么人要能接受，甚至要求死亡，才能区别于动物。在这个争取认同的关键斗争中，人不惜壮烈死亡。"死而后生"，黑格尔重拾这句古老格言，然而，"后生"不再是"成为你自己"，而是"成为你目前还没变成的你"。这种原始的、狂暴的、要求被认同的欲望，和存在意志相混淆，只想寻求越来越广泛的认同，直至得到所有人的认同。每个人都想得到所有人的认同，为生存的斗争将无休止，直到所有人被所有人认同，那也就是历史终结之时。黑格尔的意识所追求的存在，是在荣耀中诞生、奋力得到集体认同的人。必须特别指出，在激发我们当代革命人士的思想当中，至高无上的善实际上与绝对的存在并不吻合，而是一种绝对的表象。无论如何,整个人类历史,只是为了夺得普遍威望和绝对权力的一场漫长的殊死斗争,这种历史本身就是帝国主义的。我们已远离18世纪和《社会契约论》中质朴粗野的善,在世纪交替的喧嚷与狂暴中,每个意识为了存在,都要消灭别的意识。更何况,这个无情的悲剧是荒谬无意义的,因为一旦某个意识被消灭掉了,战胜的意识也就无法因此被认同,因为他无法被已不存在的东西认同。事实上,表象的哲学在这里碰到了它的极限。

幸好在黑格尔体系里,一开始就存在两种意识,否则就无法引申出任何人的现实。这两种意识其中之一没有勇气放弃生命,只好接受认同另一种意识而自己不被对方认同,简而言之,甘愿被视为一个物品。这个意识为了保存动物般的性命,放弃了独立生存,是奴隶的意识。被认同的那个意识,则享有独立性,是主人的意识。这两种意识在相互对峙时显现出来,一方屈服于另一方,此时的抉择不是自由或死亡,而是杀了对方或甘于被奴役。这个抉择将一直出现在主奴故事里,虽然荒谬性此时还尚未降低。

诚然,主人拥有全然的自由,首先是相对于奴隶的自由,因为奴隶完全认可他,其次是相对于自然界的自由,因为奴隶的劳动把自然界转换为物品供主人享用,主人经由享用物品不断地肯定自己的主人身份。然而,这种自主性并不是绝对的,因为不幸的是,认同主人自主性的那个意识,却不被主人视为自主的,所以主人的意识无法获得满足,他的自主性是否定的。当主人是条死胡同,因为他不可能放弃主人身份去当奴隶,他只能承受永恒的命运,也就是活在不满足的状态中,或是被杀死。在历史之中,主人唯一的用处就是唤醒奴隶的意识,奴隶的意识才是创造历史的意识。的确,奴隶并不喜欢自己的生存状态,想要改变它,所以他们与主人相反,开始自我教育。我们所称的历史,就是奴隶为了获得真正的自由所做的长期努力。奴隶先通过劳动把自然世界转换成技术世界,超越他因不能接受死亡而被奴役的这个自然原则[1];他当初因害怕死亡而接受羞辱,接受了不能称为完全人性的奴隶状态,他现在知道这个完全人性是存在的,只待他经过一连串对自然和主人的反抗就可达成。自此,历史成了劳动和反抗的历史,马克思列宁主义根据这个辩证法得出工人-士兵的当代理想

---

[1] 但这个说法非常暧昧不清,因为两者本质不同。达到技术世界难道能抹去自然世界中的死亡以及对死亡的恐惧吗?这是黑格尔未阐明的真正问题。——原注

典型，自然也不足为奇。

我们暂且把《精神现象学》接下来可读到的关于奴隶意识（斯多葛主义、怀疑论、不幸意识）的叙述先放在一边，但是就这个辩证法造成的后果来看，我们不能忽略它的另一层面，就是主人-奴隶关系和古代的神-人关系的雷同。黑格尔的一位研究者指出[1]，如果主人真的存在，他应该就是上帝，甚至黑格尔自己也称世界的主人为真正的上帝。在对"不幸意识"的描述中，他指出基督教世界中的奴隶想否定压迫他的一切，于是逃避到宗教里，投身于一个新的主人，也就是上帝。此外，黑格尔把绝对的死亡比作至高无上的主人。如此一来，战斗又提升了一个层次，被奴役的人类与亚伯拉罕的残酷上帝重新展开斗争，介于宇宙的上帝和人类之间的新的分裂，将由耶稣来解决，因为耶稣本身调和了宇宙与个体。但就某种意义来说，耶稣属于人的感知世界，他是有形体的，曾经活过，然后死亡，他只是通向宇宙的一个阶段而已，按照辩证法，他也必须被

---

[1] 依波利特，《精神现象学的起源与结构》（*Genèse et Structure de la Phénoménologie de L'Esprit*），第168页。——原注

* 让·依波利特（Jean Hyppolite，1907—1968），法国哲学家，以倡导黑格尔和其他德国哲学家的工作而闻名，1939年首次将黑格尔的《精神现象学》译成法语。——译注

否定掉。他被认知为人-神，只因为人们要得到一个高层次的综合概念，就必须跳过中间那些媒介阶段。简单地说，这个综合概念之前由教会和理性来体现，然后将由工人-士兵支撑起的国家政体来体现，在这绝对政体中，太阳下的所有人彼此认同，彼此相合，世界精神终于被实践。此时"精神与肉体双目相对"，每个意识都成了一面镜子，反映出其他镜子，影像交互绵延不绝。人的城邦将如同神的城邦，宇宙历史成了世界法庭，将作出裁夺，善与恶得到奖赏和处罚，国家将成为所有人的命运，体现了"神迹显现的圣灵日"所宣告的所有真实。

以上论述虽然极端抽象，却简略地挑明了激起革命精神的基本思想，显然这些思想所激起的革命方向大不相同，现在我们来检视它们和我们这个时代的意识形态的相符之处。非道德主义、科学唯物主义、无神论完全取代了以前反抗者的反神论（antithéisme），在黑格尔辩证法的影响之下成形，形成一股新的革命潮流，在此之前，革命运动从未真正与其道德的、宗教的、理想主义的起源分开。这些趋势有时貌似不相干，其实还是来自黑格尔，从他隐晦吊诡的思想和他对超验性的批判中汲取泉源。黑格尔一举摧毁了由上而下的超验性，尤其是各种原则的超验性，这正是他思想的独特之处。无疑,他在世界"生成"中恢复了精神的"内在性"(l'immanence de l'esprit)[1]。但这个内在精神不是固定的,和以前的泛神论毫不相关。精神存在于世界之中,却也不存在;它已在世界中产生,又将在世界中存在。价值因此被延后到历史终结时判定,在此之前,没有任何标准可用于建立价值判断,必须依照未来而行动、生活,一切道德也成为暂时的。在最深沉的思潮中,19 世纪和 20 世纪是努力想摆脱超验性而存活的两个世纪。

一位评论家[2]——虽是黑格尔左派,但在这一点上却是正统的——注意到黑格尔对道德家的敌意,并指出他唯一信守的箴言,就是按照他国家的道德风俗习惯活着。的确,黑格尔通过最犬儒的方式,证明了这条对社会因循守旧的箴言。柯耶夫进一步补充道,只要这个国家的道德风俗与时代精神相符,意即只要它足够稳固,经得起批判和革命人士的攻击,那么对它因循守旧就是合理的。但谁

---

[1] 哲学中所说的"内在性"意指一切都由内在精神与思想产生,与"超验性"相反。——译注

[2] 亚历山大·柯耶夫。——原注

* 亚历山大·柯耶夫(Alexandre Kojève, 1902—1968),出生于俄罗斯的法国哲学家和政治家,他的哲学研讨会对 20 世纪法国哲学产生了巨大影响,特别是通过将黑格尔的概念整合到 20 世纪的大陆哲学中。——译注

来决定它够不够稳固呢，谁又来判定它合不合理呢？百年来西方资本体制成功抵御了多次激烈的冲突，就该说它是合理的吗？反过来说，1933年希特勒击垮魏玛共和国，忠诚于魏玛共和国的人就该转而效忠希特勒吗？在佛朗哥将军的政权胜利的那一刻，西班牙共和国就应该被背叛吗？传统的反动思想从自己的角度出发，当然会得出这些结论的合理性；出人意料的是，革命思想却吸取了这些结论，其后果无法估算。一切道德价值和原则都将被铲除，取而代之的是现实——现实将成为凌驾一切之上的国王，虽然只是暂时的，却是不折不扣的国王——我们已经看到，这样只会导向政治上的犬儒利己主义，不管是个人的政治手腕，还是更严重的国家的政治方针。黑格尔的思想所激发的各种政治、意识形态运动，一致明显地抛开了美德。

在已被不正义撕裂的欧洲，以一种茫然焦虑的心态读黑格尔作品的读者，不由得感觉自己被丢到了一个没有纯真、没有原则的世界，黑格尔自己也说这世界本身就是罪恶，因为它与"精神"分离了。在历史终结之时，黑格尔无疑会原谅这个罪恶，然而在此之前，人类的一切行动都是有罪的。"唯有不行动才是无罪纯真，甚至不是孩童的纯真,而是石头的纯真。"石头的纯真和我们毫不相干。没有纯真,没有关联,也就没有理性可言。没有理性,就只剩下蛮力,只剩下主人与奴隶的关系,直至理性到来的那一天。在主人与奴隶之间,痛苦是孤独的,快乐是无根的,两者都是没来由的。如果人与人之间的友谊只会在时光结束时出现,那要怎么活、怎么忍受呢?唯一的出路是手擎武器,创造规则。"杀人或奴役",那些光凭过度的热血读黑格尔的人,只记住这两难中的前者,从中获得一种蔑视与绝望的哲学,认为自己恰恰就是奴隶,被绝对的主人以死亡奴役,被尘世的主人以鞭子奴役。这种内疚的哲学教他们的,只是奴隶之所以被奴役,是因为他们心甘情愿,只有拒绝才能解放,而拒绝意味着死亡。面对这个挑战,其中最傲骨的,完全认同这个拒绝,坦然接受死亡。反正,把否定认定为一个积极的举动,就等于预先肯定了所有的否定,肯定了巴枯宁和涅察耶夫[1]的呐喊:"我们的使命是破坏,而非建设。"对黑格尔来说,虚无主义只不过是怀疑论者,除了承受矛盾或思想自杀之外,没有别的选择;但

---

[1] 巴枯宁(Mikhail Bakounine,1814—1867)、涅察耶夫(Serge Netchaiev,1847—1882),两人皆是俄国无政府主义革命家。——译注

是他自己却孕育了另一种虚无主义，认为一切行动原则都不必要，认为自杀全是由哲学导致的[1]。此时，恐怖分子便诞生了。他们决定，为了存在，必须杀人和自杀，因为人和历史只能靠牺牲和杀戮来创造。如果不是拿生命来冒险，所有的理想主义都只是空洞，这个宏伟的思想被一些年轻人贯彻到底，但他们不是在大学讲堂上教授这些理论，之后寿终正寝死在床上，而是在炸弹的轰响中，甚至在绞刑架下身体力行地传授着这些想法。在他们自身的错误之中，他们纠正了导师黑格尔的谬论，向他展现出至少有一种高尚，比黑格尔称颂的因成功得来的丑恶的高尚还要优越，那就是以牺牲得来的高尚。

比较认真研读黑格尔的另一类继承者，选择了两难中的后者，宣称奴隶只有靠着奴役别人才能获得自由。后黑格尔学说忘记了黑格尔某些思想中的神秘学面向，将这些继承者们引向绝对无神论与科学唯物主义；然而倘若对超验性的一切解释没有完全消失，雅各宾派的理想没有完全毁灭的话，思潮也不会遭到这样的篡改。"内在性"无疑不

---

[1] 这个虚无主义虽然表象不同，依然是尼采式的虚无主义，因为它只为了勉强自己去相信的彼世，便蔑视现下的生命。——原注

等同于无神论，但我们可以说正在运行中的"内在性"是暂时的无神论[1]。在黑格尔的学说里，还折射着世界精神中模糊的上帝面目，它很轻易就会被抹去。黑格尔那句吊诡的"没有人的上帝，就和没有上帝的人一样"，他的后继者将从这句话中获得决定性的结果。在《耶稣的生平》(*Vie de Jésus*)一书中，大卫·施特劳斯把将耶稣视为人-神的理论独立出来。在布鲁诺·鲍威尔的《福音批判》(*Critiques de l'histoire évangéliste*)中特别显现了耶稣人性的一面，奠立一种唯物的基督教学说。费尔巴哈（马克思视他为大师，将自己视为他的带着批评眼光的门生）在《基督教本质》(*L'Essence du christianisme*)一书中，以人和物种的宗教代替一切神学，吸引了当代相当大一部分知识分子追随，他竭力呈现人和神之间的分野是虚假的，这种分野只不过是人类的本质——也就是人的本性——与个体之间的分野。"上帝的奥秘只是人对自身的爱的奥秘。"一个新的、怪异的先知预言因此隐隐响起。"个体取代了信仰，理性取代了圣经，政治取代了宗教和教会，地取代了天，劳动取代了

---

[1] 反正，克尔凯郭尔的批评是有道理的。在历史上建立神性，就是矛盾地在一个还不清楚的认知上建立一个绝对价值。就像"历史的永恒"这句话本身的矛盾。——原注

祷告，苦难取代了地狱，人取代了耶稣。"现在就只有一个地狱，那就是这个世界：因此要与这个世界斗争。政治即是宗教，和超验的、关乎来世的基督教相同，它通过扬弃奴隶制度，反而巩固了尘世间的主人，在天外之天创造了一个更高超的主人。这就是为什么无神论和革命精神只是同一个解放运动的两面，这就是那个不停出现的疑问的答案：革命运动何以认同唯物主义而非唯心主义？因为征服了神，让它为人服务，就相当于消灭了昔日主人的超验性，以及在新的主人继之而起时，安排了人神时代的来临。经过了苦难，历史的矛盾解决了，此时"真正的神、人类的神将是国家"。"人对人来说是狼"（homo homini lupus），变成了"人对人来说是神"（homo homini deus），这个思想开启了当代世界。随着费尔巴哈的出现，人们见识到了一种无可救药的乐观主义的诞生，它直到今日仍在盛行。乍看它是虚无主义绝望态度的反面，然而这只是表面，我们只有看到费尔巴哈在《神谱》（*Théogonie*）最后的结论，才能察觉这些炙热的思想下深沉的虚无主义根源。费尔巴哈反对黑格尔，宣称人与他吃下的东西没两样，并对他的思想与未来做了如下概述："真正的哲学就是哲学的否定。没有任何宗教是我的宗教。没有任何哲学是我的哲学。"

犬儒主义、历史与物质的神化、个人的恐怖行动或国家的罪行，这些严重的后果将产生于一个含混模糊的世界概念，这个概念就是让历史独自负责产生价值与真理。倘若在时间终结、真理出现之前，什么都不能明确地筹备酝酿，那么所有的行动都会没有准则，强权将会主宰一切。黑格尔呐喊："如果现实是人无法理解的，我们就必须铸造出无法理解的概念。"让人无法理解的概念，就如同一个错误，需要被铸造，但是要它被接受，就不能依靠秩序和真理的说服，而是要强加于人。黑格尔的态度就是不断地说："这就是真理，虽然看起来它是个错误，但正因为有时会出错，所以它是真理。至于证据呢，不是由我来给，是历史，历史终结之时就会给出证据。"这种企图只会引发两种态度：一是将一切悬着，直到证据出现；二是选择相信历史上可能会成功的一切，而最先有可能成功的会是强权。这两者都是虚无主义。无论如何，我们如果忽视20世纪革命思想大部分的灵感很不幸地都来自因循守旧和机会主义，就无法理解20世纪的革命思想。真正的反抗不必因这些扭曲的思想而受到怀疑。

让黑格尔相信自己推论的，正是让他在学术上永远遭受怀疑的。他相信，1807年随着拿破仑的胜利和他自己作品的问世[1]，历史将圆满终结，"肯定"是可能的，虚无主义将被打败。《精神现象学》这本只为过去作预言的圣经，设定了时间上的界线——1807年，所有的罪都被原谅，各个时代都结束。然而，历史还在继续，然后其他的罪又堂而皇之地出现在世界上，原来被黑格尔永久赦免的那些罪，又回过头爆出丑闻。黑格尔神化拿破仑之后，又神化自己，拿破仑因为成功稳定了历史，万罪被赦免为无辜，但这只持续了七年[2]。全然的肯定并未出现，反而是虚无主义淹没了世界。黑格尔这为拿破仑服务的哲学，也惨遭滑铁卢。

但是什么都无法减退人心对神性的欲求，其他人不断继起，忘却了滑铁卢，妄想终结历史。人的神性还在进行当中，直到时光终结才会受到崇拜。因此必须利用这个末日论，既然没了上帝，至少要利用它来建造"人间天国"。反正历史还未终结，依稀可见的前景或许仍然在黑格尔的思想体系中。并非这体系完美，原因很简单，只是这个前景暂时由黑格尔的精神继承者们牵引、引导罢了。当霍乱

---

[1] 即《精神现象学》。——译注
[2] 1814年拿破仑在滑铁卢之役中战败。——译注

带走在耶拿战役中这位满载荣耀的哲学家时[1],一切都已为即将发生的事部署完好。天空已空荡无神,大地已被无原则的强权控制,选择杀人和选择奴役的人们,以一个已脱离真理的反抗为名义,轮番占据了舞台。

---

[1] 黑格尔死于霍乱。耶拿战役是1806年拿破仑率领的法军和普鲁士军队在耶拿交锋的战役;这里的耶拿战役指的是在耶拿大学任教的黑格尔曾引起的思想论战。——译注

■ 绝对的、抽象的自由必定引致恐怖主义，抽象法律的统治将会导致压迫。

人不是生下来就拥有不变的本质，不是一个已完成的创造物，而是要开始一段摸索的历险，部分算是自己的创造者。

制式美德是神性逐渐丧失的见证，是为不正义服务的伪见证，对这美德的憎恶仍是今日历史的动力之一。

人为了确立自我的存在与不同，就必定是一个否定他者的生物。

将自我意识与自然界区分的，远远不是简单的沉思——在这种沉思中，自我意识沉入外在世界而忘记了自身——而是它对世界的欲望。

至高无上的善实际上与绝对的存在并不吻合，而是一种绝对的表象。

让人无法理解的概念，就如同一个错误，需要被铸造，但是要它被接受，就不能依靠秩序和真理的说服，而是要强加于人。

个人的恐怖主义

> 接受死亡、以命偿命的人,无论他否定什么,他都在同时确立了一种价值,这种价值超越了他这个历史个体自身。

俄国虚无主义理论家皮萨列夫[1]观察到,最狂热的人是孩童与青年。对国家来说也是如此,那个时代,俄国是个勉强诞生、还不到一个世纪的年轻国家,建国的沙皇还天真到要亲自砍下反抗者头颅的程度[2],难怪俄国将德国哲学思想推到牺牲和毁灭的极端,连德国那些教授大师都还只是在脑子里想想,不敢动手。司汤达发现德国人和其他民族的第一个不同点,就是思考令他们昂然亢奋,而非平静;此言不假,但是对俄国人来说更是如此。在这个没有哲学

---

1 皮萨列夫(Dmitry Ivanovich Pisarev,1840—1868),俄国革命者、虚无主义者、作家、社会评论者。——译注
2 1698年射击军发动兵变,彼得大帝亲手挥马刀砍下叛乱射击军的头颅。——译注

传统[1]的年轻国家，非常年轻的年轻人——就像洛特雷阿蒙笔下的悲剧性学生[2]——握紧德国思想，用鲜血身体力行。一个"无产阶级青年贵族"[3]接替解放人类的伟大运动，并赋予它一个更纠结的面貌。直到19世纪末，这些青年贵族的数量从未超过几千人，面对当时历史上最严厉的极权专政，他们宣称仅靠他们的力量就暂时解放、参与解放了四千万农奴。他们几乎全数为这个解放付出的代价是自杀、被处决、劳改、发疯。整个俄国恐怖行动的历史，可以简述为一小撮知识分子对抗暴政，人民大众却沉默无声。他们筋疲力尽换来的胜利终究被背叛了，但是经由他们的牺牲，直至他们最极端的否定，诞生了一种价值，或说一种新的美德，甚至到今天它都还一直持续对抗暴政，帮助人们获得真正的解放。

19世纪俄国的日耳曼化并不是一个独立现象，我们都

---

[1] 皮萨列夫指出，俄国文明中的意识形态理论都是别国传入的。请参考亚蒙·柯卡尔（Armand Coquart）所著的《皮萨列夫和俄国虚无主义意识形态》(*Pisarev et L'Déologie du Nihilisme Russe*)。——原注

[2] 加缪提到洛特雷阿蒙的反抗是青少年式的，《马尔多罗之歌》像天才优秀学生写的。——译注

[3] 陀思妥耶夫斯基。——原注

知道当时德国思想影响占有极大优势。例如19世纪的法国，经由米什莱和基内[1]的引介，可说是德国思想研究的天下。然而，德国哲学思想在俄国并未遇到一个已成形的思想体系，在法国却必须与放任自由社会主义[2]相抗衡。德国哲学思想轻易征服了俄国。俄国第一所大学，1750年创立的莫斯科大学，就是德国创立的。俄国渐次被德意志的教育家、官吏、军人所殖民的历程开始于彼得大帝时代，之后在尼古拉一世推动之下，俄国一致日耳曼化。19世纪30年代俄国学识界热衷于谢林[3]以及当时的法国思想，40年代专注于黑格尔，下半世纪则热衷于黑格尔学说衍生出的德国社会主义[4]。俄国的年轻人将他们过度激情的力量倾注于抽象的思想里，身体力行地践行着这些行将就木的思想。德国学者们拟订了"人的宗教"的模式，还缺少使徒与殉难者，这个角色便由脱离了原先信仰的俄国基督教徒来扮演。

---

[1] 基内（Edgar Quinet，1803—1875），法国作家、历史学家。——译注
[2] 放任自由社会主义（socialisme libertaire），一称社会无政府主义，主张建立没有政治、经济阶级制度的社会，人民平等合作，废除握有私有财产的威权制度，让人民直接控制生产手段，以将资本和价值平分给社会。——译注
[3] 谢林（Friedrich Wilhelm Joseph Schelling，1775—1854），德国古典哲学主要代表，唯心主义发展中期的主要人物。——译注
[4] 《资本论》（*Le Capitalisme*）在1872年翻译成俄文。——原注

这么一来，他们不得不接受无超验性、无美德的生命。

抛弃美德

19世纪20年代，在俄国最初的革命人士十二月党人[1]之间，还维持着善恶美德。在这些贵族身上，雅各宾派的理想主义尚未被纠正，他们甚至有意识地保持着这一美德，他们中的一个——皮耶·米亚森斯基[2]——说："我们的父辈是耽于奢侈逸乐之徒，而我们则简素守旧。"他只是在其中加上了感官情绪，认为痛苦会让人新生，这点我们在巴枯宁和1905年的社会革命党人的身上都还能见到。十二月党人令人联想到那些与第三等级的平民联手的法国贵族，他们自愿放弃贵族特权。这些俄国理想主义奉行者也实行了他们的"8月4日之夜"[3]，为了解放人民而选择牺牲自己。

---

1 1825年俄国军官率领三千多名士兵在圣彼得堡起义，要求废除沙皇，解放农奴。由于这场起义发生于12月，因此有关的起义者都被称为"十二月党人"。——译注
2 皮耶·米亚森斯基（Pierre Viasemski），自由派革命者。——译注
3 1789年法国大革命之后的8月4日，贵族革命议员在那一夜投票决定废除旧制度的特权和封建权益，放弃了自己的特权。——译注

虽然他们的领袖佩斯特尔[1]怀有政治与社会的思想，但他们失败的起义缺乏明确的纲领，甚至连他们自己都不期望能够成功。其中一个在起义前夕说："是的，我们将会死，但这会是壮丽的牺牲。"那的确是壮丽的牺牲，1825年12月，在圣彼得堡参议院广场上，起义党人的方阵被大炮摧毁，幸存者被流放，五人被吊死，行刑刽子手手脚笨拙，吊了两次才成功。我们不难理解，这些牺牲者的行动虽然缺乏明显功效，但受到正处在革命时期的整个俄国激动又恐惧的景仰。在这段革命历史初期，这些牺牲者是非常有效的榜样，他们表现出正直与伟大，也就是黑格尔所嘲讽的"善良灵魂"，然而就是根据这些灵魂，俄国的革命思想才定了型。

在这种激动的氛围中，德国思潮压过了法国思潮的影响，支配着被复仇和寻求正义的欲望和孤独的无力感两边撕扯的心灵。这思潮一引进俄国，就被当作启示，受到赞扬和评论。一股疯狂的哲学风潮席卷了知识精英阶层，黑格尔的《逻辑学》(*Wissenschaft der Logik*)甚至被译成诗

---

[1] 佩斯特尔（Pestel，1793—1826），俄国上校和革命家，他是共和国和国家中央集权的坚定拥护者。——译注

句。大部分的俄国知识分子首先在黑格尔思想体系中找到社会无为主义（quiétisme social），即意识到世界的理性就已经够了，反正精神是要到历史终结之时才能实践，这就是斯坦科维奇[1]、巴枯宁、别林斯基[2]等人最开始的反应；之后，眼见这个思想与专制结合在一起，他们的这股热情便开始与它拉开距离，立刻奔向相反的极端。

别林斯基是俄国19世纪三四十年代最杰出也最具影响力的一位思想家，他的思想演变是最具代表性的。别林斯基最开始抱有的是相当模糊的放任理想主义，然后突然遇到了黑格尔思想。半夜在房间里，他像被雷击般发现黑格尔，像帕斯卡一样涕泪纵横[3]，完全脱胎换骨："他的思想里面没有任意或偶然，我现在已和法国思想家们决裂。"然而，他同时又是保守派及社会无为主义支持者，希望保有社会安宁平静，于是毫不犹豫下笔为文，勇敢捍卫他的立场；但是他这颗慷慨的心，却发现自己和生平最厌恶的不正义不公平站到了同一边。倘若一切都是合逻辑的，那一

---

1 "世界由理性来支配，这让我对其他所有事情都放心了。"——原注
2 斯坦科维奇（Nakolai Stankevitch，1813—1840）、别林斯基（Vissarion Bielinski，1811—1848），两人皆是俄国哲学家、文评家、革命人士。——译注
3 帕斯卡受到神启顿悟时，涕泪纵横。——译注

切都是合理的，鞭子、奴役、流放西伯利亚，都是合理的。当初他认为接受世界现状与苦难是高尚之举，因为他想到的只是自己忍受苦难和矛盾，但若要接受使别人受苦也是对的，他突然狠不下心。他得出相反的结论：若要接受别人受苦，就表示世界上有不合理的事，那历史至少在这一点上是与理性不相符的，历史要么应当完全合乎理性，要么就完全不合理性。他孤单的抗议曾一时被"一切都是合理的"这个思想平息，之后又重新爆发出更激烈的言词，他直接致信黑格尔："由于对您庸俗哲学的敬仰，我尊敬地告诉您，若我有幸爬到思想演进的最高一阶，我请您为生活和历史里的所有牺牲者负责。若不能无愧于我并肩奋斗的兄弟们，我不要幸福，就算它唾手可得。"[1]

别林斯基了解到他要的不是绝对理性，而是生存的圆满丰富。他拒绝将两者相提并论。他要的是整个人的不朽，体现在活生生的人身上，而非被称为"精神"的人类的抽象的不朽。他跟新出现的对手依然如同以往般激烈争辩，在内心激烈的争辩中，他得到的结论虽来自黑格尔，却已转而反对他。

---

[1] 这封信由海本纳（Hepner）引述在《巴枯宁与泛斯拉夫主义革命》(*Bakounine et le Panslavisme Révolutionnaire*) 一书中，Rivière 出版社。——原注

他得到的结论是反抗的个人主义,个体无法接受历史发展的走向,为了确定自己的存在,他必须摧毁现实,而非与之合作。"否定是我信仰的神,如同以前现实是我的神。我眼中的英雄是毁灭旧事物旧思想之人:路德[1]、伏尔泰、百科全书作者们[2]、恐怖分子、创作《该隐》(*Cain*)的拜伦。"我们一下子又重新看到所有形而上反抗的议题;诚然,法国传统的个人社会主义在俄国始终很风行,圣西门和傅立叶[3]的作品在19世纪30年代的读者甚多,40年代引进的普鲁东的作品激发了赫尔岑[4]的伟大思想,以及更后来的皮耶·拉夫洛夫[5]的思想,但这个与伦理价值密不可分的社会主义思想,终于——至少暂时地——输给了不顾道德的利己犬儒主义。别林斯基则相反,重新回到个人社会主义的

---

[1] 路德(Martin Luther, 1483—1546),德国人,宗教改革的发起人,他的改革终止了中世纪罗马公教教会在欧洲的独一地位。——译注

[2] 指18世纪在法国撰写由狄德罗(Denis Diderot, 1713—1784)主编之百科全书的启蒙思想家们。——译注

[3] 圣西门(Henri de Saint-Simon, 1760—1825)、傅立叶(Charles Fourier, 1772—1837),法国哲学家、空想社会主义者。——译注

[4] 赫尔岑(Alexander Ivanovich Herzen, 1812—1870),俄国哲学家、作家、革命家,宣扬空想社会主义。——译注

[5] 皮耶·拉夫洛夫(Piotr Pierre Lavrov, 1823—1900),俄国社会主义者。——译注

思想——这既顺着黑格尔思想又与黑格尔思想相对——但他却是以否定的角度，拒绝任何超验性的价值。在1848年去世时，他的思想已经和赫尔岑非常相近，但当他和黑格尔思想对垒时，他把自己的态度准确地界定为虚无主义，至少某部分可称为恐怖主义。他呈现了介于1825年的理想主义年轻贵族和19世纪60年代的"什么都无意义"学生之间的过渡年代的面貌。

三个附魔者

当赫尔岑颂扬虚无主义运动时，他认为虚无主义更能解放既定的旧思想，他写道："摧毁旧的，就是孕育未来。"这重拾了别林斯基的说法。科蒂亚耶夫斯基[1]在谈及被称为"激进分子"的那些人时，将他们界定为"认为必须完全扬弃过去，塑造一种新人格"的使徒。施蒂纳的诉求又在这里出现，即扬弃一切历史，决定塑造未来，而且不是根据

---

[1] 科蒂亚耶夫斯基（Tvan Petrovitch Kotliarevski, 1769—1838），俄国诗人、剧作家，参与了十二月党人运动。——译注

历史精神，而是根据"个人就是王"的思想来塑造。然而"个人-王"也无法靠单打独斗获得权力，他需要依赖其他人，所以又陷入虚无主义的矛盾，皮萨列夫、巴枯宁、涅察耶夫都试着解决这个矛盾，他们逐渐扩大毁灭和否定的范围，直到恐怖主义同时运用牺牲和谋杀消灭矛盾本身。

从表面上来看，19世纪60年代的虚无主义，以最激进的否定方式展开，扬弃除了纯粹自私之外所有的行动。众所周知，"虚无主义"这个词的定义，来自屠格涅夫[1]的小说《父与子》(*Père et Fils*)，书中主人公巴扎洛夫就是这类人的写照。在皮萨列夫对这本小说的评论中，他宣称虚无主义者以巴扎洛夫当作榜样。巴扎洛夫说："我们唯一自豪的就是明白了什么都是否定与贫瘠，一切都是贫瘠无用的。"——人家问他："这就是人们所说的虚无主义吗？"——"这就是人们所说的虚无主义。"皮萨列夫歌颂这个榜样，更为清楚地定义道："现存的事物秩序都与我无关，我绝不参与其间。"唯一的价值只存在于理性的自私自利之中。

皮萨列夫否定除了满足私己之外的一切，等于是向哲学、被判定为荒谬的艺术、骗人的道德、宗教，甚至习俗

---

[1] 屠格涅夫（Ivan Sergueievitch Tourgueniev, 1818—1883），俄国写实主义小说家。——译注

和礼节宣战。他奠立学识上的恐怖主义,让人联想到我们超现实主义者的恐怖主义。挑衅被树立为一种学说理论,拉斯柯尔尼科夫[1]完美体现了这种理论的深度。皮萨列夫走火入魔,甚至——不是开玩笑地——提出是否可以杀死他自己母亲的这个问题,然后自答道:"如果我想这么做,认为这是对我有利的,为什么不行?"

既然如此,我们很讶异那些虚无主义者并没有忙着赚大钱或争权夺位,充分利用这个厚颜利己的原则把握机会。老实说,有些虚无主义者在社会上很有身份和地位,但他们并不为自己的犬儒利己做文章,甚至一有机会就推崇美德,尽管这样做并不会给他们带来任何利益。对其他那些不求名利、反抗社会的虚无主义者来说,对社会的拒绝本身就是自相矛盾的,因为反对某事就代表对另一种价值的肯定。他们自称物质主义者,床头书是毕希纳[2]的《力量与物

---

[1] 拉斯柯尔尼科夫(Raskolnikov),陀思妥耶夫斯基小说《罪与罚》的主角,是个贫困的大学生,因为被钱所逼杀死了放高利贷的老太婆,为了替自己开罪,冒出"我是为了生存不得不杀人"的理论。这个例子完美体现了皮萨列夫理论的深度,也就是说毫无深度可言。——译注

[2] 毕希纳(Ludwig Buchner,1824—1899),德国哲学家、自然主义者、生理学家,是19世纪科学唯物主义的代表人物。——译注

质》(*Force et Matière*)，但他们之中的一个承认："我们中的每一个都可以为了莫勒朔特[1]和达尔文而上绞架丢脑袋。"这句话把科学的学说理论远远置于物质之上。到了这种程度，科学学说已带有宗教和狂热的色彩，对皮萨列夫来说，拉马克[2]是个叛徒，因为达尔文的学说才是正确的。在他们的圈子里，谁要谈到没有科学根据的灵魂不朽，谁就立刻会被逐出。弗拉迪米尔·魏德勒[3]将虚无主义定义为理性主义者的蒙昧主义不无道理，他们崇尚的理性已带有宗教信仰般的色彩。这些个人主义者最大的矛盾，是他们竟然选择了最平庸粗糙的科学主义作为理性依据，他们否定一切，只攀住最粗浅、最具争议的科学论：郝麦先生的价值观[4]。

然而，虚无主义者选择留给后继者的典范，正是像信仰般崇信最粗浅、最愚笨的科学理性。他们除了理性和利

---

[1] 莫勒朔特（Jacob Moleschott，1822—1893），荷兰哲学家、生理学家。——译注

[2] 拉马克（Jean-Baptiste Lamarck，1744—1829）提出的生物演化论，基础是"用进废退"和"获得性遗传"，被达尔文的物竞天择演化论取代。——译注

[3] 《缺席与出席的苏俄》(*La Russie Absente et Présente*)，Gallimard 出版社。——原注
 * 弗拉迪米尔·魏德勒（Wladimir Weidlé，1895—1979），俄罗斯评论家、作家。——译注

[4] 福楼拜小说《包法利夫人》中，药剂师郝麦先生狭隘地认为科学是一切的救世主，可解决所有疑问，是最大的进步。虚无主义者疯狂信仰当时科学、生理学的愚昧，如同郝麦先生。——译注

益之外，什么都不信。但他们没有抱持怀疑论态度，而选择成为社会主义的使徒。这是他们的矛盾之处，如同一切青少年智者的性情，他们一方面怀疑，一方面又需要相信；他们解决这一矛盾的方法，就是在否定上加上不妥协与信仰般的狂热。这有什么好讶异的呢？魏德勒引述哲学家索洛维耶夫[1]揭露这个矛盾时用了一句轻蔑的话："人都是猿猴的后代，那就让我们彼此相爱吧。"然而皮萨列夫追求的真理就在这矛盾之中，倘若人是上帝的映像，那缺少人与人之间的爱并无妨，总有一天他会得救，会得到所有的爱；倘若人只是一个可怜的造物，他就需要人类的温暖和易逝的爱。总之，悲怜慈爱若不是躲在这没有上帝的世界上，还会在哪儿呢？在上帝的国度，恩宠赋予一切，甚至赋予什么都不缺的人。否定一切的人至少懂得否定是一种不幸，所以他们才会理解他人的不幸，终至否定自己。皮萨列夫在思想上连杀害自己母亲都不退却，却在谈论不正义时慷慨激昂。他想要自私地享受生活，却在监狱里受苦，终至发疯。他口口声声谈论犬儒利己，却领受了爱，因爱而苦，直到自杀。他希望将自己塑造为"国王般的个体"，却成为

---

[1] 索洛维耶夫（Vladimir Soloviev，1853—1900），德国神学家、哲学家。——译注

一个受苦堪怜的老人，唯有他的崇高照耀历史。

巴枯宁也体现了这种矛盾，但以一种更令人讶异的方式，他在恐怖活动汹涌来临[1]之前逝世，并预先批判个人的暗杀恐怖行为，认为那些人是"当代的布鲁特斯"[2]；然而他对那些人还是心存敬意，曾指责赫尔岑公开批评1866年卡拉科索夫[3]开枪暗杀亚历山大二世未遂的举动。这种敬意有其原因，巴枯宁和别林斯基及其他虚无主义者一样，从个人反抗的角度估量那些暗杀事件的后果，但他还带来了新的东西：政治的犬儒利己开始萌芽，之后涅察耶夫将之化为学说，把革命运动推进到底。

巴枯宁才刚脱离青少年时期，就被黑格尔哲学震撼，脱胎换骨如同受到魔法撼动，他日夜钻营"直至疯狂"，他说："除了黑格尔的理论，我什么都看不见了。"他怀着像新教徒的热情完成了这个洗礼，"个人的我已经死去，我现在的生命是真正的生命，某种程度上它如同绝对生命"。但是他很快就察觉这样圆满自足的态度是危险的，懂得现实

---

[1] 1876年。——原注

[2] 布鲁特斯暗杀了凯撒。——译注

[3] 卡拉科索夫（Karakosov，1840—1866），俄罗斯帝国第一位企图谋杀沙皇的革命者。——译注

局势的人并不会起而造反，而会利用这个现实，也就是安逸守旧[1]。巴枯宁身上完全没有让人预料到他会成为政权看门狗的因子，或许是他旅行德国时，对德国人产生了恶感，让他无法赞同老黑格尔认为普鲁士是拥有最多睿智之士的观点。他比沙皇还认同俄国，尽管怀着宇宙一体的高超梦想，却无论如何不能认同对普鲁士的赞扬，因为它建立在一种专横的逻辑上：认定"其他民族的意识毫无权利，因为主宰世界的是代表这种（精神）意志的民族"。此外，巴枯宁在19世纪40年代发现了法国的社会主义和无政府主义，并传播了其中的某些思潮。总之，巴枯宁一股脑儿抛开了德国意识形态，他以同样的激情热血走向了绝对，和他本来走向完全破坏时一样，带着"全有否则全无"的狂热，再一次，我们在他身上看到了这种最纯粹的形式。

巴枯宁在颂赞了绝对的"一致性"之后，转而投身最粗浅的善恶二元论，无疑他最后想达到的是"普遍而真正自由民主的人间天国"，这是他的信仰，也和他那个时代许多人想法一致。然而，他的信仰是否如此真诚却值得怀疑。

---

[1] 此处说的是黑格尔认为绝对生命会由伟大的德国顺理成章地达到，所以不必造反，只需等待。巴枯宁原先完全被这个哲学所吸引，后又与之拉开距离。——译注

在写给尼古拉一世的《忏悔书》(Confession)中，他说自己无法相信最后的革命，"除非以一种极大的努力与痛苦，强行压制内心的声音，它正提醒我希望的荒谬"，他的语气很诚恳。相反，他"无道德理论"（immoralisme théorique）的立场却相当坚定，他在这理论中像野兽般快乐撒欢儿。若抛弃道德，历史仅受两个原则控制：国家革命与社会革命，革命与反革命，两者无法妥协，殊死斗争。国家，就是罪恶。"即使最小最不伤人的国家，在它的梦想里依旧是罪恶的。"所以革命就是善。这个超越政治的斗争，可以说是路西法与神的斗争，在此巴枯宁于反抗行动中明显重拾浪漫主义反抗的议题。普鲁东已经宣告上帝即是恶，呐喊道："受小民和国王污蔑的撒旦，来我这里吧！"巴枯宁让人窥见到在政治反抗表面下隐藏的深意，"撒旦对抗神权的反抗是'恶'，但我们目前的反抗却是人类解放的蓬勃萌芽"。如同14世纪在波希米亚的法蒂谢利[1]教徒，社会革命党人今日也"以冤枉受苦者之名"自居。

因此，针对世界的斗争将是无情而抛开道德的，唯一

---

[1] 法蒂谢利（Fraticelli），信奉撒旦的秘教，对抗上帝，教徒间相见便以"以冤枉受苦者之名"互称。——译注

的救赎之途就是毁灭。"毁灭的热情就是创造的热情。"巴枯宁在叙述1848年革命激动的篇章里[1]，热烈地呐喊着毁灭的欢愉，他说："这是无始无终的庆典。"的确，对他和所有被压迫的人来说，革命就如同宗教意义里的庆典。这让我们联想到法国无政府主义者库尔德罗，在著作《万岁，哥萨克人的革命》(Hurrah, ou la Révolution par les Cosaques)里，他号召北方农民部落摧毁一切，他还要"用火把烧毁父亲的房子"，大声呐喊希望只存在于人类的大水患和灾害混乱之中。[2] 反抗就是通过这些表现，以生死搏斗般最纯粹的样貌被理解。因此巴枯宁拥有当时唯一超越其他人的深度，抨击由智者学人们组成的政府，他扬弃抽象理论，呼吁人们要完全和他的反抗合为一体。他之所以赞扬盗匪、农民起义的首领，推崇的榜样是史坦卡·哈辛[3]和普加乔夫[4]，是因

---

1 《忏悔书》，第102页及之后数页。Rieder出版社。——原注
2 法国克罗德·亚梅（Claude Harmel）、亚兰·塞江（Alain Sergent）合著《无政府主义历史》(Histoire de L'Anarchie)第一册。——原注
   * 欧内斯特·库尔德罗（Ernest Courderoy, 1825—1862），法国医生和革命记者，参与了1848年法国大革命，被视为法国无政府主义运动的早期人物。——译注
3 史坦卡·哈辛（Stenka Razine, 1630—1671），哥萨克起义首领，在俄国南部率领农民反抗贵族和沙皇的官僚制度。——译注
4 普加乔夫（Yemelyan Pougatchev, 1742—1775），率领哥萨克农民起义反抗凯萨琳二世。——译注

为这些人没有学说也没有原则,纯粹为自由理想战斗。巴枯宁把毫不添加原则的反抗引入革命的核心,"风暴与生命,这就是我们需要的。一个新世界,没有律法,因而是自由的"。

但是一个没有律法的世界就是自由世界吗?这是所有反抗行动的疑问。若向巴枯宁提出这个问题,答案是肯定的。他虽然在任何情况下都清楚明确地反对专制主义,不过当他自己来界定理想的未来社会时,描绘的却是一个独裁社会,丝毫未想到自己的矛盾。"国际兄弟会"(Fraternité Internationale,1864—1867)的章程由他亲自订立,确立革命活动期间个人必须绝对服从中央委员会,革命后也是如此。他希望解放后的俄国有"一个强大的专制政权……一个由朝臣拥护,由他们的建议、由他们自由的合作而巩固的政权,然而它不会受到任何东西任何人的限制"。巴枯宁如同他思想上的敌人马克思一样,促成了列宁的学说。他在沙皇面前描述的斯拉夫帝国梦想,恰恰就是在斯大林之后实现的,如此巨细靡遗,连帝国边界的细节都一样。曾说沙皇俄国的基本动力就是恐怖的巴枯宁,却拒绝马克思主义以党专政的理论,这样的观念似乎很矛盾,但这矛盾是因为专制主义的根源多多少少都来自虚无主义。皮萨列夫为巴枯宁辩解，说他当然要求绝对的自由，但那是经由全然的毁灭之后得来的自由。全然毁灭，也就是投身于从零开始的建设，接着必须胼手胝足地把墙立起来。扬弃一切过去的人，连可赋予革命活力生机的东西都不保留，就只能等待在未来获得认可证明，而在未来到达之前，则靠警察来维持暂时的合法性。巴枯宁宣告专政，但这完全不违反他毁灭的欲望，反而相辅相成，在这条毁灭的道路上，没有任何东西拦得住他，因为在否定一切的烈火中，道德价值也成了灰烬。他在为了获释而写给沙皇那卑躬屈膝的《忏悔书》中，呈现了革命政治中两面派墙头草的精彩面目。在人们推测的他和涅察耶夫于瑞士一起撰写的《革命者教义》（*Cathéchisme du Révolutionnaire*）中，他就把这种将在革命运动中越来越重要的政治上的厚颜利己的思想给定型了，虽然他之后推翻了这种思想，但被涅察耶夫通过激烈挑衅的方式发扬光大。

涅察耶夫不像巴枯宁那么出名，形象也更神秘，对我们的议题也更重要，他竭力把虚无主义推到极致，几乎连矛盾也不存在了。他于1866年左右出现在革命知识分子圈，于1882年1月黯然死去，在这段短暂的时间里，他从未停止煽动众人：围在他身边的大学生、巴枯宁本人、流亡国外的革命者，甚至监狱里看守他的狱卒也被他扯进一桩疯狂的阴谋中。当他出现在革命圈时，他的思想已经坚定不移，巴枯宁之所以为他所惑，甚至同意委任他一个想象中的职务，是因为巴枯宁在他冷酷的形象里看到了自己所推崇的典型，甚至某方面希望自己也成为那个样子——如果他也能如此冷酷无情的话。涅察耶夫不仅号召"必须和匪帮的野蛮的世界联合起来，因为那是俄国唯一真正的革命阶层"，也不仅和巴枯宁一样落笔为文再次写道，从今往后，政治将是宗教，宗教将是政治；而且进一步地把自己变成一场绝望的革命中的残酷苦行僧，他最明显的梦想就是奠定杀人的秩序，用以宣传他决定为之效力的黑色神性，使之遍及大地。

他不仅论说着普遍的毁灭行动，而且还为那些献身革命的人冷血平静地提出"一切皆许可"的权利——这是他的独特之处，他自己也的确大大享用了这种权利。"革命者是预先被判了刑的人，他不该有任何激情的关系、拥有任何东西、被人所爱，他甚至应该连名字都舍去，全心全意专注在一个热情之上：革命。"的确，倘若抛弃一切原则，历史只是革命和反革命的抗争，那出路只有一条：全心投入这两者之一，为其生为其死。涅察耶夫将这个逻辑推到底,也是因为他,革命头一次与爱和友谊彻底分开。

从他身上,我们看到黑格尔思想因未考虑心理学所引发的后遗症。其实黑格尔也承认爱滋生时,彼此的意识会互相认可[1],然而在他的分析中却并没有强调这一"现象",因为"这种现象没有否定所保有的力量、耐心与用处"。他选择用螃蟹盲目的斗争来呈现意识,即沙滩上的螃蟹在黑暗中摸索,抓到对方就展开生死争斗,却故意将另一个同样有可能的意象置之不提:灯塔在夜里勉力地彼此寻找,进行调整,终于汇聚出更强烈的光芒。相爱的人,不管是朋友还是情人,都知道爱不只是电光石火,也是在黑暗中经过漫长而痛苦的斗争后所达到的相知相合。何况,倘若历史上的善恶必须经过耐心等待才能被后人认可,真正的爱与恨也需要同样的耐心。漫漫几个世纪以来,燃起革命热情的,并不只是对正义的要求,同时也是对友爱的艰难要求——尤其是在面对敌对的神时。在任何时代,所有为正义牺牲的人,彼此间都称为"弟兄",对他

---

[1] 也会在仰慕崇拜之中出现,此时"主人"这个词的范围扩大:塑造,而非毁灭的那个人。——原注

们来说，暴力只用在敌人身上，是为了保护被压迫的群体。然而，如果革命是唯一的价值，它要求一切，甚至要求彼此告密、牺牲朋友，此时暴力所针对的就是所有人，被一个抽象的理念所支配。这些"附魔者"的出现，突然间昭告了革命本身比革命想拯救和保全的更重要，而曾扭转失败意义的友谊也被牺牲，拖到还见不到影子的胜利之后再谈。

涅察耶夫的创新之处，就是主张弟兄之间的暴力也是合理的。他和巴枯宁一起拟定了《革命者教义》，巴枯宁在一阵迷惘动摇之间，委任他在"欧洲革命联盟"里代表俄国，其实这个组织只存在于巴枯宁的想象之中。涅察耶夫的确赢得了俄国，他成立了"斧头协会"（Société de la Hache），亲自订了章程。章程里当然有所有军事或政治行动所必需的"秘密中央委员会"，所有人都必须宣誓绝对效忠，然而涅察耶夫还不只是把革命军事化，他认为领导们为了指挥部下，有权行使暴力和谎言。他以身作则带头撒谎，谎称自己是还不存在的中央委员会的代表，为了号召犹豫不决的人投入他想展开的行动，把中央委员会描述成拥有无限资源的有力机构。还不只如此，他把革命者划分等级，声称头等的（首领们）有权力将其他人视为"可运用的资本"。或许历史上所有的领导人都有过这样的想法，但从没说出口，至少在涅察耶夫之前，没有任何一个革命领袖敢把这当成行动准则，也没有任何革命理念章程开宗明义地把人当作工具。传统上，革命以勇气、牺牲精神来号召人。涅察耶夫决定可以蒙骗或要挟犹豫者，也可以欺骗相信者，甚至那些只是想象自己是革命者的人也可加以利用，只要驱使这些人完成最危险的行动，他们就会身不由己地成为革命者。至于被压迫的人，反正革命最终是要一举解救他们，也不差现在再多压迫一点，他们失去的，未来总会得到。涅察耶夫的原则是逼使政府采取镇压措施，但绝不通过最为民众所痛恨的官方代表来实现，最终社会将秘密地采取所有手段来增加民众的痛苦和苦难。

这些美丽的想法在今天似乎都已兑现，虽然当年涅察耶夫终究没看见他的原则大获全胜，但至少在谋杀大学生伊凡诺夫[1]时，他尝试实践这些原则，而这一事件在当时震撼人心，乃至于被陀思妥耶夫斯基拿来当作《群魔》的题材。伊凡诺夫唯一的错就是对涅察耶夫自称为代表的"中

---

[1] 伊凡诺夫（Ivanov），他为涅察耶夫的前同志。——译注

央委员会"心存疑虑，他因反对那个认为"自己就是革命"的人而被打成反革命，所以必须死。"我们有什么权利剥夺一个人的性命呢？"涅察耶夫的同志乌斯宾斯基问。——"这与权利不相干，消灭一切危害我们革命事业的，是我们的义务。"当革命是唯一的价值时，权利就不复存在，剩下的只是义务；但是，反过来说，以这些义务为名义，就可以动用一切权利。涅察耶夫没有暗杀过任何一个暴君的生命，却在一场伏击中杀死了伊凡诺夫，随后他离开俄国，前去与巴枯宁相会，但巴枯宁改变了态度，谴责这个"卑劣的策略"。巴枯宁写道："他渐渐相信，为了建立一个不可摧毁的社会，必须以马基亚维利的政治为基础，采用耶稣会的系统：对身体施加暴力，对灵魂灌输谎言。"说得没错，然而巴枯宁既然自己也说革命是唯一的善，那又有什么权利断定这个策略是卑劣的呢？涅察耶夫是真的为革命效力，他不是为自己的利益，而是为了革命事业。被引渡回国后，他面对法官毫不让步，哪怕被判刑二十五年，他在狱中依然呼风唤雨，组织狱卒成立秘密社会，筹划暗杀沙皇的计划，后又被送上法庭。他在被监禁十二年之后，死在封闭的堡垒监狱里。这个反抗者的一生，揭开了蔑视一切的革命大首领相继来临的时代。

此时，在革命内部，的确一切都被许可，谋杀被树立为原则。然而，1870年民粹主义回潮，人们还以为这产生于宗教和道德本性的革命运动——这些本性在十二月党人、拉夫洛夫和赫尔岑的社会主义里还能看到——将会遏止涅察耶夫所代表的犬儒利己的政治倾向。这个运动号召"活生生的灵魂"，要求他们走入群众、教育群众，让群众靠自己走向解放。许多"悔悟的年轻贵族"离开家庭，穿上破烂的衣服，下乡向农民宣传。但是农民先是怀疑，保持沉默，等他们开口时便向宪兵揭发这些使徒。这些善良灵魂的失败，使得革命又走向涅察耶夫式的犬儒，或者，至少又走向暴力。沙俄时代的知识界未能把民众拉向它，因此面对专制政权感到孤立无援，再一次，世界又分成了主人和奴隶。"人民意志"（Volonté du Peuple）这伙人将个人恐怖活动树立为行动原则，与社会革命党联手展开了一连串谋杀，直到1905年[1]。恐怖主义者因而诞生，他们背离了爱，奋起对抗主人的罪恶，但他们孤立绝望，面对无法解决的矛盾，只能由他们的纯真和生命的双重牺牲才能解决。

---

[1] 1905年俄国爆发第一次资产阶级民主革命，前述波坦金战舰的起义，即是其中事件。——译注

有所不为的谋杀者

1878年是俄国恐怖主义诞生的年份,一个非常年轻的女孩薇拉·扎苏利奇,在审判一百九十三名民粹主义者的次日,即1月24日,枪击了圣彼得堡的总督特列波夫[1]将军,陪审团宣告无罪之后,她又躲过沙皇的警察追捕。这一枪引发了一连串的镇压和暗杀,二者互为因果,可想而知,唯有厌倦才会让它们停下。

同一年,"人民意志"的一名成员卡拉夫金斯基[2]在他制作的小册子《以命偿命》(*Mort Pour Mort*)中将恐怖行动作为行动原则,后果相继而至。在欧洲,德国皇帝、意大利国王、西班牙国王均成为暗杀活动的对象。依旧是在1878年,亚历山大二世借由秘密警察组织(Okhrana),创立了最有效率的恐怖政权,从此,19世纪俄国和西方国家的谋杀事件层出不穷。1879年,又一次发生暗杀西班牙国王的事件,以及针对俄国沙皇的暗杀未遂。1881年,沙皇被"人

---

[1] 薇拉·扎苏利奇(Vera Zassoulitch,1849—1919)。特列波夫(Fyodor Trepov,1809—1889),他下令鞭打一名政治犯后,扎苏利奇向他开枪。——译注

[2] 卡拉夫金斯基(Kravtchinski,1851—1895),革命者、作家、记者,俄罗斯地下革命组织"土地与自由组织"的创始成员,该组织后拆分出"人民意志"组织。——译注

民意志"成员暗杀,索菲亚·佩罗夫斯卡娅、杰利亚伯夫[1]和他们的朋友被绞死。1883年,暗杀德皇的凶手被斧头处决。1887年,工人革命受难者在芝加哥被处决。同年,西班牙无政府主义者在瓦伦斯(Valence)召开的大会上,发出恐怖主义的警告:"社会若不让步,罪和恶必须灭亡,即使我们必须连同一起死亡。"19世纪90年代,在法国,被称为"以行动作为宣传"的恐怖活动到达顶点,拉瓦绍尔、韦杨、亨利[2]的行动为卡诺总统暗杀事件[3]拉开序幕。光是1892年这一年,欧洲就有一千多起爆炸谋杀案,美洲则近五百起。1898年奥地利伊丽莎白女皇遭暗杀,1901年美国总统麦金利被暗杀[4],在俄国,针对代表沙皇政权的次一级官

---

[1] 索菲亚·佩罗夫斯卡娅(Sophia Perovskaya,1853—1881),她是俄国第一位因恐怖主义而被判处死刑的女性。安德烈·杰利亚伯夫(Andrei Zhelyabov,1851—1881),他是谋杀亚历山大二世的主要组织者之一。——译注

[2] 拉瓦绍尔(Ravachol,本名François Claudius Koenigstein,1859—1892)、韦杨(Auguste Vaillant,1861—1894)、亨利(Emile Henry,1872—1894),皆是法国无政府主义激进分子,从事恐怖炸弹行动,拉瓦绍尔于1892年、后两人于1894年被送上断头台。——译注

[3] 卡诺(Marie François Sadi Carnot,1837—1894),1887年任法国总统,1894年被恐怖分子暗杀身亡。——译注

[4] 伊丽莎白(Elisabeth,1837—1898),也被称为"茜茜公主"。威廉·麦金利(William McKinley,1843—1901),美国第25任总统。——译注

员的暗杀行动未曾停止，1903年社会革命党成立了"战斗组织"（Organisation du Combat），聚集了俄国恐怖主义中最特殊的分子。1905年前后，萨佐诺夫谋杀内政部长普列韦、卡利亚耶夫暗杀谢尔日大公[1]，标示了三十年来鲜血布道的最高峰，在革命宗教里结束了受难殉道时代。

和基督教消亡紧密相关的虚无主义，就这样堕入了恐怖主义。在否定一切的世界里，这些年轻人用炸弹和手枪，抱着从容就义的勇气，试着挣脱矛盾，创造他们所缺乏的价值。在他们之前，人为其所知道或自以为知道的东西牺牲，从他们开始，人们习惯——这习惯当然比较难做到——为自己所不知道的东西或只是为了让它存在而牺牲。在此之前，被判死刑的人依赖上帝来平反人类在他身上加诸的不公不义；然而当我们读到那个时代死刑犯的声明时，却震惊地看到，他们无一例外地，依赖后起之人的正义来平反对他们的审判。对缺乏至高无上价值的他们来说，后

---

[1] 萨佐诺夫（Igor Sazonov，1879—1910）、卡利亚耶夫（Ivan Kalyayev，1877—1905），两人均为俄国恐怖组织"战斗组织"中的成员。维亚切斯拉夫·普列韦（Vyacheslav von Plehve，1846—1904），1904年在觐见皇帝的途中，在马车上被一枚炸弹炸死。谢尔日·亚历山德罗维奇（Sergei Alexandrovich，1857—1905），1905年俄国革命期间，在克里姆林宫被一枚炸弹炸死。——译注

起之人是他们最后的依赖。对没有上帝的人来说，唯一超验性的东西就是未来。诚然，恐怖主义者首先是要破坏，使专制政权在炸弹下动摇，但至少他们的目标是以自己的死，重新创造一个正义友爱的社会，重新担起宗教所背叛的使命。事实上，恐怖主义者就是要创造一个人间天国，等待一个新的上帝出现。然而这就是全部吗？他们自愿行凶犯法、献上生命，除了期许一个尚未出现的价值之外，没有任何结果，今日的历史让我们可以断言——至少就目前来说——他们白白牺牲了生命，而且依旧是虚无主义者。何况，期许"一个尚未出现的价值"本身就是矛盾的，既然尚未成形，它就无法说明行动，也不能提供最佳的指导原则。但是1905年前后那些被矛盾撕扯的革命者，以他们的否定和他们的生命，创造了一个极为重要的绝对价值，他们彰显这个价值，并相信这个价值将会来到，他们显然将这个至高无上而痛苦的善，置于他们的刽子手和自身之上——这本来就出现在他们的反抗起源之中。这是历史中最后一次，反抗精神与怜悯精神并存，值得我们稍加停留，研究一下这个价值。

大学生卡利亚耶夫呐喊："如果不参与恐怖行动，有资格谈论它吗？"1903年成立的社会革命党"战斗组织"，先是由阿泽夫，接着由鲍里斯·萨凡科夫[1]领导，卡利亚耶夫和同志们都身体力行地信守"战斗"这伟大的字眼。他们是严于律己的人，也是反抗历史中最后一批甘愿接受严苛的状况、视死如归的人。他们活在恐怖活动之中，"他们深信恐怖行动"（波科帝洛夫[2]之言），内心却没有一日不被撕扯。他们身为狂热主义者，却谨慎疑虑，直至引起彼此间的激烈争论，这样的例子在历史上并不多见；至少，1905年前后的那批人，始终存着疑虑，我们对他们所能表示的最大崇敬就是：在1950年的今天，我们提出的问题没有一个他们未曾向自己提出过，并且他们以自己的生命或死亡，部分地回答了这些问题。

然而，他们在历史上只是短暂经过，例如卡利亚耶夫，1903年决定和萨凡科夫一起参与恐怖行动时，他才二十六岁；两年之后，这位绰号叫"诗人"的年轻人被绞死。只要带着些许热情研读这段历史，就能发现卡利亚耶夫以这短暂的生涯、令人眩晕的片段生命，树立了恐怖主义最有

---

[1] 叶夫诺·阿泽夫（Yevno Azef, 1869—1918）、鲍里斯·萨凡科夫（Boris Savinkov, 1879—1925），阿泽夫领导时期，将恐怖袭击的方式从火药改为炸弹，萨凡科夫是他的副手，1908年前者被揭露为内奸，后者接替前者成为领导人，但此时该组织已不再强大到足以开展任何严肃行动。——译注

[2] 波科帝洛夫（Alexei Pokotilov, 1879—1904），"战斗组织"成员，参与谋杀普列韦。——译注

意义的一个人物形象。萨佐诺夫、施韦泽、波科帝洛夫、瓦纳洛夫斯基[1]以及其他同志就这样出现在俄国和世界的历史上，在短暂的一段时光中挺身，之后爆炸身亡，为这场越来越撕扯、破碎的反抗做出昙花一现而令人难忘的见证。

他们几乎都是无神论者，朝杜巴索夫元帅[2]投掷炸弹时身亡的波里斯·瓦纳洛夫斯基曾写道："我记得甚至在进中学以前，就已经和一个童年友伴宣传无神论，唯一让我好奇的是：这是从何而来的呢？因为我对永恒丝毫没有概念啊。"卡利亚耶夫相信上帝，在他一次刺杀未遂的行动几分钟之前，萨凡科夫看到他在街上杵在一座圣像前，一手握着炸弹，另一手划着十字；但他最终放弃了宗教，在监狱牢房里，被处决之前，他拒绝告解。

地下秘密行动迫使他们活在孤独之中，除了通过抽象的方式之外，他们无法感受到那些与广大群众接触的行动家的激动欢喜，但是他们彼此之间的联系取代了一切依恋和感

---

[1] 萨佐诺夫、施韦泽（Schweitzer）、波科帝洛夫、波里斯·瓦纳洛夫斯基（Boris Voinarovski），四人均为俄国革命派人士。——译注

[2] 费奥多尔·杜巴索夫（Fyodor Dubasov, 1845—1912），曾担任过一年的莫斯科总督，1906年在马车上被社会革命党成员瓦纳洛夫斯用炸弹袭击，只有他的副官和暗杀者身亡，在暗杀未遂后，他从莫斯科总督职上卸任，被任命为国务院成员。——译注

情。"骑士精神!"萨佐诺夫如此写道,"我们的骑士精神代表的内涵,我们相互之间的关系本质,连'弟兄'这个词都不足以清楚表达。"他在劳改监狱里写信给朋友们:"对我来说,幸福不可或缺的条件,就是永远保持与你们完全团结一致的精神。"瓦纳洛夫斯基呢,坦言曾对一个心爱的女人说过这句话——他承认说这句话有点好笑,却也代表他内心所想——"你若牵绊我害我去同志那里迟到的话,我会咒骂你。"

这一小群男女同志隐身于俄国百姓群众之中,相互扶持,并非命运注定,而是自我选择地成为杀人者。他们体现了同一种吊诡——尊重整体人类的生命,却鄙视自身生命,甚至向往最崇高的牺牲,也就是死亡。对朵拉·布里昂[1]来说,行动纲领根本不是问题,恐怖行动首先由恐怖分子的牺牲而变得壮丽,"然而,"萨凡科夫说,"恐怖行动就像个十字架压在她身上。"卡利亚耶夫随时准备牺牲生命,"还不仅如此,他渴望这种牺牲"。筹备暗杀普列韦的行动

---

[1] 朵拉·布里昂(Dora Brilliant, 1879—1907),俄国革命家和社会革命党成员,也是"战斗组织"的成员,参与谢尔日大公谋杀,1905年被捕,1907年因精神病去世。——译注

时，他建议由自己扑到马匹下，和部长一起死。瓦纳洛夫斯基也是，对牺牲的狂热呼应着来自死亡的吸引力，他被捕后写信给父母说道："青少年时期，自杀的念头不知多少次出现在我脑际……"

与此同时，这些不在乎投入自己生命的杀人者，对他人的生命却极端谨慎严肃。第一次行刺谢尔日大公之所以失败，是因为卡利亚耶夫拒绝殃及大公马车上无辜的孩子，这也得到所有同志的赞同。萨凡科夫曾如此描述另一个恐怖分子女同志拉赫尔·露莉耶[1]："她对恐怖行动充满信念，认为参与行动是荣誉也是义务，但是如同朵拉一样，看到血就慌了手脚。"萨凡科夫反对在圣彼得堡到莫斯科的快车上暗杀杜巴索夫元帅："稍有不慎，炸弹可能在车厢里爆炸，伤及无辜。"稍后，他"以一个恐怖分子的良知"愤怒地辩解自己并没有让一个十六岁的孩子卷入暗杀行动。从沙皇监狱脱逃时，他决定射杀可能阻碍自己逃跑的官员，却宁可自杀也不肯开枪射击看守的士兵。同样地，瓦纳洛夫斯基这位杀人者承认自己从没打过猎，"认为这种嗜好很野蛮"，也曾宣称："倘若杜巴索夫身旁有妻子相伴，我就不

---

[1] 拉赫尔·露莉耶（Rachel Louriée），"战斗组织"成员。——译注

扔炸弹。"

如此全然忘记自身，却又如此关怀他人的生命，可以想见这些有所不为的谋杀者体验了反抗中最极端的矛盾。我们可以相信，他们在认为暴力是不可避免的同时，也认为暴力是不正当的，杀人是必须的，但不可原谅。面对这种可怕的问题时，平庸的心灵能够安然忘掉其中的矛盾，选择只看到其中一个原因，他们以形式原则的名义，认为一切直接的暴力皆不可原谅，却能坐视暴力在世界、在历史层面蔓延扩散；否则就是以历史的名义自我安慰，说暴力在所难免，并在谋杀上更添上谋杀，直到历史变成一段漫长的只在不停剥夺人反抗不义之信念的过程。这描绘了现代虚无主义的两个面目，前者是资产阶级虚无主义，后者是革命虚无主义。

但是这些极端的心灵什么都不会忽视，于是，他们认为行动不得不然，却又难以自我说服，就想出奉献自己来合理化一切的办法，以牺牲自己来回答对自己提出的问题。对他们而言——如同对他们之前所有的反抗者一样——杀人也就代表自杀，以一命抵另一命，在这种双重牺牲之中，或许会滋生出一种价值。卡利亚耶夫、瓦纳洛夫斯基和其他同伴相信每个生命都具有同等价值，没有任何理念凌驾于人的生命之上，尽管他们为了理念而杀了人。他们身体力行这个理念，乃至于以死来实现它。我们在其中还可以看到就算不是宗教式的，至少也是形而上的反抗概念。继他们之后而起的人，以同样的忠诚信仰而起，却认为他们的方法太感情用事，拒绝认为一个生命与任何另一个生命具有相同价值，所以在人的生命之上安置了一个抽象理念，他们把这个理念称为历史，认为必须事先就臣服于这个历史，同时也专横地决定别人也必须臣服其下。反抗的问题不再由算数，而是由概率[1]来解决。在实现这个被称为历史的理念之前，人的生命可以是全部，或什么都不是。认为这个理念会实现的信念越大，人的生命价值就相对越小，推到了极限，它就什么都不值了。

我们现在来研究这个极限，也就是哲学刽子手和国家恐怖主义的时代。不过，在此之前，1905年前后的反抗者守住了底线，在暗杀的炸弹爆炸声中，他们让我们了解到，反抗若依旧持续是反抗而不变质的话，就无法通向教条主义那种令人安慰的心安理得。他们表面上唯一的胜利，就是至少战胜了孤独和否定，在一个被他们否定也抛弃他

---

[1] 反抗行动不再计算死伤付出多少，而只注意会成功、会带来好处的概率有多少。——译注

们的世界中，他们像所有崇高的心灵一样，试图前仆后继地重新塑造博爱。他们彼此间的友爱让他们直到在牢狱和荒漠中都感到幸福，并蔓延到广大被奴役的沉默同胞那里，体现出他们的绝望与希望。为了效力于这种爱，首先必须杀人，为确保人世间的纯洁，必须接受某些罪恶，对他们来说，这个矛盾只能在最后一刻解决。孤独与骑士精神、无望与希望，这个纠葛只有在自由地接受死亡时才能战胜。1881年试图暗杀亚历山大二世的杰利亚波夫，在行动前的四十八小时被捕，他要求与后来成功了的暗杀者同时受刑。他写给官方的信中说："唯有政府的怯懦才能解释为何只竖一个绞架，而非两个。"结果竖了五个，其中之一用来绞死他心爱的女子，然而杰利亚波夫微笑着就义，反观西萨科夫[1]，他在侦讯时便已变节，吓得半疯地被拖上绞架。

这是因为杰利亚波夫不要自己身上带着某种罪恶，他知道在杀人或指使杀人之后，如果像西萨科夫那样为了保全自己而不顾团体，这罪恶就会留在身上。绞刑架下，索

---

1 尼古拉·西萨科夫（Nikolai Rysakov，1861—1881），"人民意志"组织的成员，参与暗杀亚历山大二世。——译注

菲亚·佩罗夫斯卡娅[1]拥抱了她心爱的杰利亚波夫，以及另外两个同伴，却对西萨科夫别过脸去，让他孤零零地死去，被这新的宗教判入地狱[2]。对杰利亚波夫来说，在弟兄们中间死去是对他罪行的救赎。杀人的人若贪生怕死或是为了苟活出卖弟兄，才是有罪，相反地，死可以洗清罪恶和所犯下的罪行。夏绿蒂·科黛对着弗基耶·谭米[3]大吼："噢！他这只野兽，竟把我当作杀人犯！"他们痛苦而短暂地瞥见了介于无辜和罪恶、理性和非理性、历史和永恒之间的人性价值。一旦瞥见了，这些绝望的人便感受到奇异的、获得最后胜利的安宁。在牢房里，波利瓦诺夫[4]说死亡将是"容易而甜美的"，瓦纳洛夫斯基写到自己战胜了死亡的恐惧："我不会牵动脸庞一丝肌肉，不会说任何话，走上绞架……这不是施加在我身上的暴力，而是我这一生理所当然的结

---

[1] 索菲亚·佩罗夫斯卡娅（Sofia Perovskaia，1853—1881），同为"人民意志"组织的成员，并参与暗杀亚历山大二世。——译注

[2] 西萨科夫被捕后，为了保全自己一命，提供了革命行动许多准确的细节资料，背叛了这要求忠诚不二的"新宗教"。——译注

[3] 夏绿蒂·科黛（Charlotte Corday，1768—1793），出身自没落贵族家庭，温和共和派支持者，在法国大革命期间暗杀了马拉，后者为当时激进派领导人。弗基耶·谭米（Fouquier Tinville）是当时政治法庭的检察官。——译注

[4] 波利瓦诺夫（Polivanov），俄国革命派人士。——译注

局。"再后来，史密特中尉[1]被枪决前也写道："我的死亡完成了一切，经历折磨将使我的革命事业无可指责而完美。"被判绞刑的卡利亚耶夫在法庭上起而控诉，坚定地宣称："我的死亡是对这充满泪水与血腥的世界最高的抗议。"卡利亚耶夫又写道："从下狱那一刻起，我从未有过以任何方式活下去的欲望。"他的愿望很快实现，5月10日清晨两点，他走向他唯一认可的结局。一身黑衣，没穿外套，头戴毡帽，走向绞架，面对递来十字架的弗洛林斯基神父，这个死刑犯对耶稣像背过身说："我已跟您说过，我的生命已经了结，我已准备好赴死。"

是的，在虚无主义尽头，就在绞架之下，旧有的价值又重生了。它反映了——这次是历史性的——我们分析反抗精神最后归结出的"我们存在"，它夺去生命却留下笃定的信念；朵拉·布里昂想到那些为自己也为始终不渝的友谊而死的同伴，这价值让她惊恐的脸闪耀出死前的光辉。它促使萨左诺夫在监狱里自杀，这是为了抗议也是为了"让弟兄们受到尊重"；也是它宽恕了涅察耶夫，一名军

---

[1] 史密特（Pyotr Schmidt, 1867—1906），1905年俄罗斯革命期间塞瓦斯托波尔起义的领导人之一。——译注

官要求他揭发同志们，他一巴掌把对方打倒在地。通过它，这些恐怖分子在肯定人的世界的同时，立身于世界之上，最后一次，在我们的历史中向我们证明，真正的反抗其实会创造价值。

因为他们，1905年标示了革命冲劲的顶峰，之后这股冲劲便开始衰退。殉难者并不建造教会，他们是基石，是证明，随之而来的是教士和信徒。后继而起的革命者不再要求以命抵命，他们虽然愿冒生命危险，却接受尽可能保全自己来为革命效力，如此一来，他们就接受了自己所有的罪行。"同意被污辱"，这就是20世纪革命者真正的特点，他们将革命和人间天国置于自身之上。相反，卡利亚耶夫证明了革命只是必要的手段，却不是充分的目的。如此一来，他提升了人的价值，而非贬低。卡利亚耶夫和他的兄弟们，不论是俄国还是德国的，在历史上真正与黑格尔对立[1]，他们一开始认为普遍精神是必要的，继之认为它是不充分的。对他来说，仅作表现并不够。当全世界都认可这种思想时，卡利亚耶夫还是存着一个疑虑：他必须自

---

[1] 他们是两种人。前者杀一个人就以命偿还，后者将千万人的杀戮合理化，并将此作为自身荣耀。——原注

己同意。全世界人的同意都不足以让他压下心头的这个疑虑，尽管这种思想所有人都热烈地赞同。卡利亚耶夫的疑虑留到最后，但这并未阻止他行动，正是因为这样，他成为反抗最纯粹的形象。接受死亡、以命偿命的人，无论他否定什么，他都在同时确立了一种价值，这种价值超越了他这个历史个体自身。卡利亚耶夫献身于历史直至死亡，在死的那一刻，他置身于历史之上。从某种程度上来说，他爱自己超过历史，然而他毫不犹豫地杀死了自己。那介于自己和他所体现的、给生命带来意义的价值之间，他更重视哪个呢？答案很明显，卡利亚耶夫和他的兄弟们战胜了虚无主义。

什加列夫[1]主义

但这胜利并无明天，因为它与死亡相连。虚无主义暂时地比它的战胜者更长命，甚至在社会革命党内部，犬儒

---

[1] 什加列夫（Chigalev），《群魔》中的人物，一个狂热激进的革命工人，在一次聚会中发言主张去除"不良"，消灭阻碍革命的一切人。——译注

利己的政治也越加猖狂。指派加利亚耶夫行动而导致其死亡的首领阿泽夫玩两面手法，一边向秘密警察组织揭发革命分子，一边派人暗杀部长和大公。这种煽动手段又把"一切都许可"搬上台面，又将历史和绝对价值混为一谈。此虚无主义在影响个人社会主义之后，又将污染19世纪80年代在俄国崛起的"科学社会主义"[1]。当个人恐怖主义清除神权在尘世的最后一批代表时，国家恐怖主义准备从社会根源上一举消灭神权，这种为了实现最终理念和价值而夺权的手段，取代了对最终的理念价值本身的确认。

列宁从涅察耶夫的同志也是精神伙伴特卡契夫[2]那里，汲取了掌握政权的观念，他将这一他认为"宏伟"的观念归纳为："严格保密、精选成员、培养职业革命人员。"发疯而亡的特卡契夫将虚无主义过渡到军事的社会主义，企图建立俄国的雅各宾党，而且只从雅各宾派那里汲取行动的技术要领，因为他自己也否定一切原则与善恶美德。他敌视艺术和道德，只计划着调和理性与非理性，通过掌握

---

[1] 第一个民主社会组织，由普列汉诺夫（Plekhanov）领导，成立于1883年。——原注

[2] 特卡契夫（Pyotr Nikitich Tkatchev，1844—1886），作家，被描述为俄国的雅各宾派，他认为革命必须在掌握政权后才能改变世界。——译注

国家权力来实现人类平等。他认为借着秘密组织、革命人员小组、首领的独裁权力等纲领，界定出"革命机器"的观念和做法，将会收到巨大的成效。至于手段与方法，只消知道特卡契夫建议消灭所有超过二十五岁的俄国人——因为他认为他们已无法接受新观念——便可窥出一二。说实在的，这手法相当创新，在现代强权国家的手段中脱颖而出：在被恐怖压迫的成人之中，对孩童进行激进的教育。国家专制主义无疑批判个人的恐怖主义，因其会使那些不合于历史理性控制的价值复活，这种主义恢复国家层次的恐怖，所持的唯一理由就是整合四分五裂的人类。

一个循环在此结束，反抗被铲除了它真正的根源，屈服于历史而不忠于人类，现在它谋划着奴役整个宇宙。因而，什加列夫主义的时代开始了，《群魔》里的虚无主义者维赫文斯基对其大加赞扬，维赫文斯基要求受耻辱的权利[1]，这个不幸且不为任何所动的人[2]，认为历史没有其他意义，只是承受发生的事件，因此唯一能够控制历史的就是权力意

---

[1] "受耻辱"与"赢得社会地位名声"相反，他因为革命运动受到社会唾弃，但他不只心甘情愿，甚至要求受到这样的对待。——译注
[2] "他认为自己就是这样，想法也绝不改变。"——原注

志。博爱者什加列夫的言论，就是他这一想法的保证，从此，对人类的爱允许了对人类的奴役。什加列夫满脑子平等，深思熟虑后绝望地得出结论，只有一种制度是可能的，尽管它同样令人绝望："我以无限的自由作为起点，终点却是无限的专制。"绝对自由是对一切的否定，只能通过创造全体人类都认同的新价值才能存活、被接受，倘若新价值迟迟未能创造出来，人类整体就会彼此撕裂至死。通向这个蓝图最短的路径，必须经过绝对专制。"人类中的十分之一拥有个体的权利，他们对剩余的十分之九可行使无限制的权力。这十分之九将丧失个体人格，像一群畜生，不得不被动顺从，他们将被带入初始的愚昧状态，也可以说是原始的天堂，他们在那里劳动。"这是乌托邦主义者所梦想的哲学家的统治，只不过这里的哲学家是什么都不相信的虚无主义者。天国已经到来，但是它否定真正的反抗，只不过是"狂暴的基督们"的统治——这是借用一位激昂的文人颂扬拉瓦绍尔所用的词汇。维赫文斯基苦涩地说："教皇在上，我们围绕四周，下面则是什加列夫主义的信徒。"

20世纪的极权政治——也就是国家恐怖——就这样问世，新的首领和权大势大的裁定官，利用被压迫者的反抗，主宰着今日历史的一部分。他们的统治相当残酷,然而他们却为自己的残酷辩解,如同浪漫主义中的撒旦,说这残酷真是难以忍受啊。"我们将欲望和痛苦留给自己,奴隶们则将会有什加列夫主义来解救。"一个新的、丑陋的受难者形象出现了,他们的受难就是将苦难加诸在别人身上,他们让自己臣服于自己那必要的统治。为了让人能成为神,牺牲者必须沦为刽子手,这也是为什么牺牲者与刽子手同样绝望。奴隶与掌权者都不幸福,主人阴郁,奴隶颓丧。圣茹斯特说得有理,折磨人民是件可憎的事,然而,倘若决定将人变成神,人如何能避免这个折磨呢?就如同基里洛夫为了成为神而自杀,同意让自己的自杀为维赫文斯基的"阴谋"所利用[1],同样地,人的神化打破了反抗所昭示的界限,不可抗拒地走上了权术与恐怖这条泥泞之路,至今历史尚未走出这条泥泞之路。

---

[1] 《群魔》里,基里洛夫明了自己的神性就是自由意志,因此依自己的自由意志选择了自杀,维赫文斯基趁机利用他的自杀为两人之前的谋杀失败顶罪。——译注

当初他认为接受世界现状与苦难是高尚之举,因为他想到的只是自己忍受苦难和矛盾,但若要接受使别人受苦也是对的,他突然狠不下心。他得出相反的结论:若要接受别人受苦,就表示世界上有不合理的事,那历史至少在这一点上是与理性不相符的,历史要么应当完全合乎理性,要么就完全不合理性。

别林斯基了解到他要的不是绝对理性,而是生存的圆满丰富。他拒绝将两者相提并论。他要的是整个人的不朽,体现在活生生的人身上,而非被称为"精神"的人类的抽象的不朽。

否定一切的人至少懂得否定是一种不幸,所以他们才会理解他人的不幸,终至否定自己。

在否定一切的世界里,这些年轻人用炸弹和手枪,抱着从容就义的勇气,试着挣脱矛盾,创造他们所缺乏的价值……对缺乏至高无上价值的他们来说,后起之人是他们最后的依赖。对没有上帝的人来说,唯一超验性的东西就是未来。

事实上,恐怖主义者就是要创造一个人间天国,等待一个新的上帝出现。

灯塔在夜里勉力地彼此寻找,进行调整,终于汇聚出更强烈的光芒。相爱的人,不管是朋友还是情人,都知道爱不只是电光石火,也是在黑暗中经过漫长而痛苦的斗争后所达到的相知相合。

如此全然忘记自身,却又如此关怀他人的生命,可以想见这些有所不为的谋杀者体验了反抗中最极端的矛盾。我们可以相信,他们在认为暴力是不可避免的同时,也认为暴力是不正当的,杀人是必须的,但不可原谅。

国家恐怖主义

> 然而法西斯的迷思是,它虽然想一步步地征服世界,却从未真正构想过一个世界帝国。

所有现代的革命,最后都加强了国家的力量,1789年的革命带来了拿破仑,1848年是拿破仑三世,1920年意大利的动乱迎来了墨索里尼,魏玛共和国则迎来了希特勒。尤其是在第一次大战后,神权的残余被完全扫除,这些革命越来越明目张胆地提出建立人间天国和真正自由的主张。这个野心被日益变得无所不能的国家一次次消灭。要说这个远景一定会实现,也许太过大胆,但我们可以研究一下。

除了少数与本书主题不相关的解释外,现代国家权力奇特而骇人的扩张,可被视为技术上、哲学上过度巨大的野心在逻辑上必然导致的结论,这结论和真正的反抗精神南辕北辙,然而却是它带动了我们时代的革命精神。马克思预言式的梦想、黑格尔或尼采有力的预测,在神的城邦被消灭之后，终于催生出一个理性或非理性的国家——然而这二者都是恐怖主义的国家。

老实说，20世纪的法西斯革命配不上革命之名，它缺乏放眼全世界的野心。墨索里尼和希特勒无疑都曾尝试创立一个帝国，国家社会主义的理论家们也明显思考过一个世界帝国。他们与传统革命运动的差别，在于他们在虚无主义的遗产中选择了只把非理性奉若神明，而不是神化理性，如此一来，他们就放弃了放诸四海的普遍性。墨索里尼借助黑格尔思想，希特勒借助尼采理论，他们在历史上终究印证了德国意识形态里的一些预言，从这个角度看，他们还是属于反抗的历史和虚无主义的范畴。他们是最早根据"一切都没有意义""历史只不过是力量的角力"这种想法来建造国家的人，后遗症很快就出现了。

墨索里尼在1914年便宣布了"无政府的神圣宗教"，自称是一切基督教主义的敌人。至于希特勒，他承认的宗教是全能上帝与英灵神殿[1]的混合，事实上他的上帝只是用

---

[1] 英灵神殿（Walhalla），北欧神话中主神奥丁命令武神将阵亡的英灵战士送来此处接受服侍，享受永恒幸福。——译注

来作为会议上的论述和发言结束时引起论辩的工具。在他获得成功的整个过程中，他都认为自己是受到了神的启示和帮助，而在溃败之际，他却认为自己被人民背叛了。不管是前者还是后者，他都没有在任何时候觉得自己在原则上是有罪的。唯一一个赋予纳粹主义以哲学形象的具备良好修养的文人，恩斯特·容格尔[1]，也选择使用虚无主义的论调："对精神背叛生命这个情况的最佳回应，是精神背叛精神，这个时代最大最残酷的享受，就是参与虚无毁灭的工作。"

行动的人若没有忠贞的信仰，那他除了行动之外就什么都不会相信，希特勒难以忍受的矛盾，恰恰是想在不停的运动和否定之上建立一个秩序。劳施宁[2]在《虚无主义的革命》(*Révolution du nihilisme*)里说得好，希特勒的革命是纯粹的武力运动，德国当时已被空前的战争[3]动摇到了根部，战败接着经济衰败，没有任何价值足以支撑。虽然也应将

---

[1] 恩斯特·容格尔（Ernst Junger，1895—1998），德国作家，著有两次大战的回忆录。——译注

[2] 劳施宁（Hermann Rauschning，1887—1982），曾是德国国家社会党（即纳粹党）重要干部，与希特勒决裂后，逃亡国外，著书反对纳粹和希特勒。——译注

[3] 指第一次世界大战。——译注

歌德所说的"德国人的宿命，就是把所有事情变得很困难"列入考量，但两次大战间席卷全国的自杀风潮，足以呈现当时人心的恐慌。对于对一切都失去希望的人来说，能让他们重拾信仰与希望的不是说理，而是狂热，但这里说的是深埋在绝望之下的狂热，也就意味着屈辱与仇恨。任何价值都已不存在，世人之间共同的、超越人之上的、足以让人拿来互相评估的价值已不存在。1933年的德国只好采纳少数几个人提出的次等价值，并尝试着扩及整个德国文明。缺乏歌德的道德情操，德国选择了匪帮的善恶价值，并承受了后果。

匪帮的善恶价值就是胜利与复仇，失败与怨恨，永无休止。墨索里尼在颂赞"个人的基本力量"时，也就是在颂赞血和本能里的黑暗力量，也就是在颂赞生物本能里的"控制欲"造成的最邪恶的后果。在纽伦堡审判中，弗朗克[1]强调了希特勒"对形式的憎恶"。的确，希特勒这个人只是一股不停运行的蛮力，在一次次诡计算计和策略洞悉下变得越来越游刃有余，甚至他平庸猥琐的外表都不成为障碍，

---

[1] 弗朗克（Hans Michael Frank，1900—1946），纳粹时期波兰占领区区长，纽伦堡审判时被判死刑。——译注

反而让他能融入平凡的大众之中。[1] 唯一能让他挺立在人群之中的，就是行动，对他来说，行动就是存在。这就是为什么希特勒和他的政体不能缺少敌人，这些耸动叛逆的浪荡子[2]就是因敌人而存在，只有在你死我亡的激烈交战中才显出轮廓。犹太人、共济会会员、富豪财阀、英国人、牲畜般的斯拉夫人，相继出现在宣传和历史中，一次次地让盲目的武力越蹿越高，奔向它的目标。无休止的战斗维持着整个骚动的持续。

希特勒是历史的纯粹状态[3]，诚如容格尔所描述的："将来的成果，胜过今日的生存。"希特勒宣扬要与生命完全趋于一致，处在它的最低水平，反对一切更高形式的存在。他发明的"生物学上的外交政策"显然违反他的利益[4]，但至少他忠于他特殊的逻辑。罗森堡如此浮夸地谈论生命："生命就是往前行的一列纵队，重要的是它的姿态风格，往哪

---

1 参阅马克斯·皮卡德（Max Picard）精彩著作《微不足道的人》(*L'Homme du Néant*)，Cahiers du Rhône 出版。——原注
2 大家都知道，戈林接见来宾时多次穿着暴君尼禄的衣着，并抹粉上妆。——原注
3 只注重在时间进程中一直行动，不管理念、哲学思想与反思。——译注
4 "生物学上的外交政策"就是对犹太人的屠杀政策，然而犹太人在德国为数众多，屠杀造成了德国国力渐衰，希特勒将德国利益放在第一位，这个政策却违反了这个利益。——译注

个方向、目的地是哪里，都不重要。"于是，这列纵队在历史上到处撒下倾颓的遗迹，也毁了它的国家，但至少它曾经活过。这个政体真正的逻辑是全面毁灭，或者说，历经一次次征战、一个个敌人，创建一个鲜血与行动的帝国。希特勒不太可能设想过这个帝国，就连原始构图都没有，他没有这种文化素养；也不是经由本能或计谋，他只是顺着命运达成了。德国之所以溃亡，是因为它以乡野间的政治格局进行帝国的斗争。容格尔已经看出这中间的落差，并将其表述在他的书中，他看出一个"世界性、技术性的帝国"的前景，"将反基督教的技术奉为神明"，工人就是信徒和士兵（在这一点上，容格尔重拾了马克思的观点），因为就人类结构来说，工人具有各国皆然的普遍性。"一个新的统治制度填补了社会契约的转变，工人从协调谈判、受人怜悯、文学描述的领域中被拉出来，提升到行动的领域，以前必须控诉，如今变为必须战斗。"我们看到，帝国同时是一个世界性的工厂和军营，由黑格尔口中的工人-士兵掌控着。在这条帝国道路上，希特勒尽管早早就被迫停止，但即便他继续往下走，也只是让这个无法抵抗的运作动员更多力量，不断强制巩固犬儒利己的原则而已，因为这个运作靠的就只是这些原则。

谈到这样的革命，劳施宁说它不再是解放、正义、精神跃进，而是"自由的灭亡、暴力强制、精神奴役"。法西斯主义就是蔑视，反过来说，任何形式的蔑视介入政治时，都会招致或构成法西斯主义。此外，法西斯主义除非自我否定，不然就永远是法西斯。容格尔以他自己铺陈的原则得出结论，宁可当个罪犯，也比当资产阶级强。希特勒呢，文学天分比较差，但就这个观点还能自圆其说，即他认为人若只追求成功的话，不管是当前者还是后者都无所谓，所以他允许自己同时是这两者。"事实就是全部。"墨索里尼如是说。希特勒说："当我们种族受到压迫的威胁时……平等问题就成为次要的。"何况，种族为了生存永远需要威胁，所以永远不会有平等。"我可以签署一切合约……但是就我来说，如果牵涉到德国人民的未来，我可以理直气壮地今天签署一个合约，明天就沉着冷静地背弃它。"发动战争之前，首领[1]对手下的将军说，战争结束之后，没有人会要求战胜的一方交代实情。戈林在纽伦堡审判时辩词的中心思想也是这个："胜利者永远是法官，战败者永远是被告。"这一点还有待商榷，但是由此我们便无法明白为什么

---

[1] 首领（Führer）这个德文词本广泛指领导人、首脑，20世纪转为专指希特勒。——译注

罗森堡在纽伦堡审判时，说他没料到这个神话会演变为了杀戮。审判中，英国检察官提出："从《我的奋斗》[1]开始，道路直接通到马伊达内克[2]的毒气室。"他切中了审判的真正主题，即西方虚无主义应负的历史责任，但这也是纽伦堡审判中唯一未被真正讨论的议题。原因很明显，不可能在审判中宣布一个文明是有罪的，只能审判那些搞得全世界翻天覆地的行动。

希特勒发明了无休止的征服运动，若非如此，他就什么也不是，但在国家层面来说，无休止的敌人就意味着无休止的恐怖。国家变成一个"操作机器"，一个征服和压制的整体机制。针对国家内部的征服称为宣传（弗朗克说这是"朝向地狱的第一步"）或镇压；针对国外，就是建立军队。所有的问题因而军事化，只讲求武力和效率，由总司令决定政策以及一切主要行政问题。这个不可辩驳的原则不只用在战略上，而且广及公民的生活。一个首领即一个民族，这就意味着只有唯一的主人和成千上万的奴隶，在

---

[1] 《我的奋斗》(*Mein Kampf*)，希特勒1925年出版的书，阐释他的政治思想和德国未来蓝图。——译注

[2] 马伊达内克（Maïdanek），位于波兰境内的集中营。——译注

一切社会中担保自由的政治上的中间人于这里已不存在，取而代之的是一个穿军靴的耶和华，统治着沉默的群众，或高喊口号的群众，二者是一样的。领袖和民众之间没有调解或智囊机构，有的只是"国家机器"自身，也就是政党，它既是首领的喉舌，又是首领意志的躯体。如此便产生了这个低阶神秘主义的第一个也是唯一的原则，就是"领袖原则"（Führerprinzip），在虚无主义世界里又恢复了偶像崇拜和一个堕落的神。

墨索里尼这个使用拉丁语的法学家，重拾"国家至上"原则，只不过是用更多辞藻把它变成"国家绝对至上"。"没有任何是在国家之外、在国家之上、与国家对立的。一切都属于国家、为了国家、在国家之中。"希特勒的德国将这一错误原则贯彻到底，即把它变成不容置疑的"宗教"。党大会期间，一份纳粹党报写着："我们神圣的任务，就是将每个人带回本源，带回万物之母。事实上，这是上帝的任务。"本源就是处在原始的叫嚣之中，而上面所说的上帝又是谁呢？一份党发布的正式宣告告诉我们："身处尘世的我们，相信阿尔道夫·希特勒，我们的领袖……（我们告解）国家社会主义是唯一能带领我们人民得到救赎的。"挺立在一丛丛着火荆棘般的聚光灯下、满布广告旗帜的西奈山上的领袖[1]，他的指令便是法律和真理。传声筒只消下达一次杀人指令，这指令便从各级首长、副首长层层往下，直到奴隶，奴隶收到命令却无人再可下达，达豪集中营的一个行刑者后来在监狱中泣诉："我只是执行命令。首领和副手下了命令就走了。格鲁克斯接收卡尔腾布伦纳[2]的指示，最后，我接到了枪决的指令。他们把一切责任推到我头上，因为我只是个小卒，不能把命令再下达给更低阶的人，现在，他们说我是杀人凶手。"戈林在纽伦堡审判中为自己对首领的忠心辩解："在这受诅咒的生命中，还存在荣誉的问题。"荣誉就是服从命令，经常与罪行混在一起。军法以死来惩治不服从，以荣誉来奖励服从，当所有人都变成军人时，如果不遵守命令去杀人，那才是罪行。

不幸的是，命令绝少要求做好事，纯粹主义学说的运作不会朝向善，只会朝向效率。只要有敌人存在，就会有恐怖，只要"在党的支持下，一切可能削弱领袖维护人民主权的影响……都必须消灭"的这种运作继续，就会有敌

---

[1] 《圣经》中，西奈山是耶和华的使者从荆棘火焰丛中向摩西显现之处。这里借来影射希特勒把自己当上帝。——译注

[2] 格鲁克斯（Richard Gluecks, 1889—1945），纳粹时期高阶将官。卡尔腾布伦纳（Ernst Kaltenbrunner, 1903—1946），纳粹党卫队领袖。——译注

人存在。敌人是异端分子，要借由宣传或洗脑让他们改变信仰，否则就由审判或盖世太保消灭他们。结果人不再是人，他如果属于党，就只是一个效忠领袖的工具，机器上的一个齿轮；如果是领袖的敌人，他就是机器上的一个耗材。反抗产生的非理性冲动，此时却一心想消除使人不成为齿轮的因素，也就是消除反抗本身。德国革命的浪漫个人主义最后满足于世界的物化，非理性的恐怖把人化为物，按照希特勒的用语就是"地球上的蝼蚁"；它要的不只是消灭人，而且是消灭人普遍的可能性：反思、同理心、对爱的追求，等等。宣传、酷刑是直接瓦解人的手段，此外还有系统性地使人堕落、强迫犯罪、无所不用其极的犯罪手法的同化等种种手段。杀人和施以酷刑的人只感到胜利的阴影：他们不可能觉得自己清白无辜，所以必须编造受害者的种种罪恶，在这个没有方向的世界里，横流着广泛的罪恶，只有武力是合理的，一切都向成功看齐。连无辜清白的人都不能感到自己是无辜清白时，控制这个绝望世界的就只有武力强权。大家都忏悔自身的不洁，手沾血腥，因为这世界逼得人人有罪，只有石头是清白无辜的。被判罪的人被迫一一自缢身亡，连对母性的呼唤都被消灭，如同那个面对军官、被迫要选择三个儿子中的一个被枪决的希腊母亲。人就是这样获得了自由。杀人和使人堕落的强权将被奴役的人性从虚无拯救出来。这就是德意志帝国的自由，在苦役犯的合唱中，在死亡集中营里高唱凯歌。

希特勒的罪恶——包含屠杀犹太人——在历史上是空前的，因为历史上还从未有过如此这般由绝对毁灭学说掌握并操纵一个文明民族的例子，尤其这还是历史上第一次，政府成员竭尽所能创立一种不讲任何道德的神秘主义。这种首次想在虚无上建立"宗教"的企图，终究以自己的毁灭作为代价。利底斯[1]灭村的例子，清楚地呈现了希特勒运动在有条不紊和科学的外表下，隐藏了一股只能归因于绝望与执拗的无理性冲动。面对一个被怀疑造反的村子，我们想象征服者可能有两种做法：要不就是有目标的镇压，冷血地处决被揪出的人质；要不就是派出被煽动的激动兵士，一股脑儿地发动短暂且残酷的攻势。利底斯村在这两种策略并用下，被夷为平地，将这种历史上空前绝后的价值观所带来的无理性摧毁暴露无遗，不仅房屋被焚毁，一百七十四名男丁被枪决，两百零三名妇女被关入集

---

[1] 利底斯（Lidice），捷克境内一个村庄。1942年捷克恐怖分子发动攻击，纳粹官方怀疑该村曾隐匿两个主要嫌犯，为实施报复，一举灭村。——译注

中营，一百零三名孩童被送去接受领袖的宗教课程，而且特派队伍还花了几个月时间，用炸药把村子夷平、搬离石块、填平池塘，最后将道路及河流改道。如此一来，利底斯村连影子都不复存在。按照革命运动的逻辑，它成了一个新的开始。为了更保险一点，他们甚至移走了墓园里的死人，完全不留任何此地曾有过的遗迹。[1]

虚无主义革命透过希特勒宗教在历史上的体现，只激起了一种消灭一切的亢奋，结果消灭了自己。不论黑格尔是怎么说的，至少这一次，否定什么也没创造。希特勒的例子或许在历史上是唯一的，他是没有留下任何作为的暴君，对他自己、对他的人民、对整个世界来说，他留下的只有自杀和谋杀。七百万犹太人被屠杀，七百万欧洲人民被送进集中营或残杀，一千万战争受害者或许都还未能让历史下判断：历史看了太多的杀人犯。但是希特勒最后的辩解原因——也就是德意志民族——也毁灭了，因此这个人在历史上的出现，多年来像个模糊可悲的阴影缠绕着几

---

[1] 必须指出，这些脱序的暴行也曾出现在被殖民地（例如1857年在印度、1945年在阿尔及利亚），欧洲殖民国其实也犯过相同的种族优越的非理性的错误。——原注

百万人。纽伦堡审判中施培尔[1]的证词指出,在彻底毁灭之前,希特勒本来可以停止战争,但他要的是德国民族的集体自杀,物质上、政治上的全面毁灭。直到最后,他唯一固守的价值还是"成功",德国既然战败了,那就是懦夫、叛徒,就该死。"德意志人民倘若无法战胜,就不配活下去。"因而希特勒决定将民族拖向死亡,当俄国大炮炸裂柏林宫殿的高墙时,他想让自己的自杀成为神圣之举。希特勒、戈林(他曾梦想安卧在大理石石棺内)、戈培尔、希姆莱、莱伊[2],都在地下掩体或牢房里自杀。但这个死轻于鸿毛,犹如一场噩梦,似一缕四散的烟,既无功效也不值得效法,只不过是虚无主义血腥的虚荣。弗朗克歇斯底里地大叫:"他们以为自己是自由的,难道不知没人能解脱于希特勒主义吗!"他们确实不知道,也不知道否定一切其实仍是被奴役的,真正的自由是在内心臣服于一种价值,以面对历史与历史所追求的成功。

然而法西斯的迷思是,它虽然想一步步地征服世界,

---

[1] 施培尔(Albert Speer,1905—1981),德国建筑师,纳粹时期曾任军械部长。——译注
[2] 戈培尔(Joseph Goebbels,1897—1945)、希姆莱(Heinrich Himmler,1900—1945)、莱伊(Robert Ley,1890—1945),都是纳粹时期的掌权者,职务依次是教育政宣部长、内政部长、劳工阵线领导人。——译注

却从未真正构想过一个世界帝国。讶异于自己一连串胜利的希特勒，充其量是想用他那起源于乡野格局的运动，导向一个德意志帝国的模糊梦想，这和世界城邦不可同日而语。相反，俄国共产主义从起源开始，就宣称要建立世界帝国，这正是它的力量、它的思考深度，和它在历史上的重要性所在。不论它的外表如何，德国的革命是没有未来的，只是一场原始的冲动，其浩劫的程度远远大于它真正的野心。相反地，俄国共产主义怀抱着本书所描述的形而上范畴的野心，在上帝已死之后，缔造了一个神化的人间天国。"革命"这个字眼，希特勒的蛮干不能称之，俄国的共产主义却称之无愧，尽管目前看来它也已经不再配得上这个字眼，但它宣称有朝一日还会配得上，而且将永远当之无愧。以武装帝国为根据的学说和运动，把终极革命和世界统一作为目标，这在历史上是第一次。希特勒在疯狂到极点时，声称要将历史稳定一千年，他真的相信自己即将达成，被征服的民族的现实派哲学家们也准备接受这点并宽恕他。就在此时，不列颠战役和斯大林格勒战役的惨败把他推向了死亡，历史再一次重新向前。然而，如同奔涌的历史长河一样，人类对神性的追求，一次比一次严谨而有效地，以一种理性国家的形式继续涌现，如同在俄国的情形。

对于对一切都失去希望的人来说,能让他们重拾信仰与希望的不是说理,而是狂热,但这里说的是深埋在绝望之下的狂热,也就意味着屈辱与仇恨。

法西斯主义就是蔑视,反过来说,任何形式的蔑视介入政治时,都会招致或构成法西斯主义。

希特勒发明了无休止的征服运动,若非如此,他就什么也不是,但在国家层面来说,无休止的敌人就意味着无休止的恐怖。

沉默的群众,或高喊口号的群众,二者是一样的。

杀人和施以酷刑的人只感到胜利的阴影:他们不可能觉得自己清白无辜,所以必须编造受害者的种种罪恶。

真正的自由是在内心臣服于一种价值,以面对历史与历史所追求的成功。

IV. 反抗与艺术

艺术也是个同时赞同和否定的行动。尼采说："没有一个艺术家能容忍真实。"确实如此，但也没有一个艺术家离得开真实。创造要求和谐一致、拒绝世界现状。拒绝世界，是拒绝它所欠缺的，有时拒绝就因为世界是这个样子。在艺术范畴里，反抗让人窥见它脱离历史因素的纯粹状态，它原始状态的复杂性。因此，艺术能为我们描绘出反抗的最后一个前瞻视野。

然而，我们观察到，所有革命的改革者都表现出对艺术的敌意。柏拉图还算温和，仅止于怀疑语言的忠实度，把诗人逐出他的共和国，除此之外，他将美置于世界之上。然而，现代的革命运动恰好和讨伐艺术的倾向同步，这讨伐还在进行，尚未结束。宗教改革选择了道德而扬弃了美，卢梭揭露艺术是社会强加于自然上的腐败，圣茹斯特强烈反对一切表演活动，他在盛大筹划的"理性庆典"中，要求代表理性的那个人"品德高尚而非漂亮"，法国大革命没有孕育出任何一个艺术家，除了一个杰出的记者德穆兰[1]和一个地下作家萨德；当时唯一的诗人被送上断头台[2]，唯一一位伟大的散文家[3]流亡到伦敦，为基督教和正统性辩护。再之后，圣西门派要求"对社会有用"的艺术。"艺术为进步"成了整个19世纪的共识，雨果也重谈此调，但并未让人信服。只有瓦莱斯[4]诅咒艺术，污辱谩骂艺术，毫不隐讳。

俄国虚无主义者也是这个态度，皮萨列夫声称为了实用主义，可以牺牲美学价值，"我宁愿做个俄国鞋匠，也不愿做俄国的拉斐尔"。一双靴子对他来说比莎士比亚来得有用。伟大而痛苦的虚无主义诗人涅克拉索夫[5]说，他偏爱一块奶酪，胜过普希金全集；我们也终于明白了托尔斯泰何以驱逐艺术[6]。被意大利的阳光晒得金光灿烂的维纳斯和阿波罗大理石雕像，被彼得大帝不辞辛苦地运到他圣彼得堡的

---

1 德穆兰（Camille Desmoulins 1760—1794），法国大革命期间创办报纸，疾呼自由与人权。——译注
2 指的是安德列·舍尼埃（André Chénier，1762—1794）。——译注
3 指的是夏多布里昂（François-René de Châteaubriand，1768—1848），法国政治家、作家，法兰西院士。——译注
4 瓦莱斯（Jules Vallès，1832—1885），法国极左派政治人物、作家。——译注
5 涅克拉索夫（Nikolay Alexeyevich Nekrassov，1821—1877），俄国诗人、文评家。——译注
6 请参考托尔斯泰的《艺术论》。——译注

夏日花园里，革命的俄国却对之不屑一顾。有时候，悲惨会让人别过头，不想目睹幸福的景象。

德国意识形态对艺术的控诉也同样严厉，诠释《精神现象学》的革命者们认为，在未来和谐的社会里，艺术将无立足之地，美将是被经历过的，而不再是在想象之中的，光靠全然理性的真实就足以满足所有的渴望。对所谓意志和它延伸价值的抨击当然也延伸到艺术。马克思说，艺术不是贯穿时代的，相反它只是局限于表现它那个时代统治阶级的价值。这么说来，革命的艺术就只有一种：为革命的艺术；创造美的、在历史之外的艺术，都违背了唯一的理性，而唯一的理性就是将历史本身转换为绝对的美。俄国的鞋匠一旦擎起革命的角色，就是绝对的美的真正创造者。至于拉斐尔呢，他创造的只是短暂的美，革命创造出的新人类不会懂。

没错，马克思也曾思考过，何以古希腊的艺术还能让我们今日觉得美，他的解释是，这个美呈现的是天真童稚，而我们在这个成人斗争的世界里，自然会怀念那种天真时期。然而，意大利文艺复兴时期的杰作、伦勃朗[1]、中国艺

---

[1] 伦勃朗（Rembrandt，1606—1669），荷兰黄金时代的画家、版画家和绘图员，被普遍认为是艺术史上最伟大的视觉艺术家之一。——译注

术，又何以依旧让我们觉得美呢？管他呢！反正对艺术的抨击早已全面展开，延续至今，艺术家和学术界人士也一起合作，投注于污蔑他们的艺术和学术。我们注意到，在这场莎士比亚和鞋匠的斗争中，抨击莎士比亚或美的人不是鞋匠，反而是那些继续读莎士比亚作品，不会去当鞋匠，也从不会制造鞋子的人。我们这时代的艺术家，和19世纪俄国悔悟的青年贵族很像，他们的良心不安使他们获得了原谅；然而，艺术家面对自己的艺术作品时，最无意义的就是懊悔。虽然艺术家在美之前应表现谦卑，但他们却想把美也推到历史终结之后，以至于在历史终结之前，剥夺其他所有人——包括鞋匠在内——曾享用的艺术精神食粮，这实则是过度之举。

这种疯狂的节制自有其原因，引起我们的关注。在美学层面，艺术体现了我们已描述过的革命和反抗的斗争；在一切反抗中都可发现对一致性的形而上诉求，因为一致性不可能获得，它便创造了一个替代的世界。从这个观点来看，反抗创造世界，而这也同样是艺术的定义。事实上，反抗的要求有一部分就是美学的要求。我们看到，一切反抗思想都通过一种修辞和一个封闭的世界来阐释自己，卢克莱修的诗句咏赞的护城墙，萨德紧锁的修道院和城堡，浪漫派的孤岛和岩石，尼采的孤绝山巅，洛特雷阿蒙的原始海洋，兰波的护墙，超写实主义被花朵风暴摧毁又再生的恐怖城堡、监狱、壁垒森严的国度、集中营、充满自由奴隶的帝国，都以各自的方式呈现对协调和一致的需求。在这些封闭的世界里，人终于可以统御、认知。

一切形式的艺术也采取同样的行动，艺术家以自己的想法重新创造世界，大自然的交响乐从不止息，世界从来不是寂静无声的，它的沉静本身也按照我们所不察觉的振动，无尽重复着相同的音符。我们所察觉的振动，会让我们听到一些单音，但很少是和弦，从来不会是旋律。但音乐是存在的，在交响乐声中，旋律使单音组合成本身未有的调子，音符的排列组合都在混沌的大自然中形成一致和谐，抚慰人的精神和心灵。

凡·高写道："我越来越相信，不应当以我们这个世界来评断上帝，这样对它是不适当的研究。"所有艺术家都不断地尝试这个研究，想赋予它所欠缺的形式风格。所有艺术中最伟大、最具雄心的雕塑，都致力于以三维凝结住人无法捕捉的身形，在纷乱的姿态里寻求一种风格高超的一致。雕塑并不排斥相似，甚至相反，它需要相似，但这不是它的首要追求，在雕塑兴盛的时代，它追求的是姿态、表情和空泛的眼神能够概括世上所有姿态和所有眼神。它的用意不是模仿，而是创造风格，以意味深长的表现，凝住身体刹那间的动作和变化无穷的姿态。因此，唯有它在喧嚣的城市里，在建筑上方的三角楣上，树起一个典型形象，一个完美的静态，才可以暂时平息人们的骚动。为情所苦的恋人们可以在希腊雕像下徘徊遣怀，在雕像美女的身体和面容上找到痛苦的慰藉。

绘画的原则也是选择。德拉克洛瓦[1]写道："就算是天才，反映在艺术上的也只是概括普及和选择的天赋。"画家首先要将他作画的对象独立出来，这是统一的首要方式。景物会流逝，从记忆中消失或互相销毁，所以风景画家或静物画家将临摹的物件在时间空间中独立出来，避免它随着光线转换，隐没在无边无际的远景里，或是在其他事物的冲击下消逝。风景画家的第一步骤就是设定画作的范围，选择什么排除什么；同样地，主题画家在时间空间里将作画对象的某一个动作独立出来，这个动作通常会被下一个动作取代，但画家将之凝住固定。那些伟大的创造者，如

---

[1] 德拉克洛瓦（Eugène Delacroix, 1798—1863），法国浪漫主义艺术家，被认为是法国浪漫主义学派的领袖。——译注

同皮耶罗·德拉·弗朗切斯卡[1]，让人以为他画的物件刚刚被凝住，放映机戛然停止。借由艺术的奇迹，他们画笔下的人物似乎继续活着，而且不再消亡。伦勃朗画笔下的那位哲学家去世很久之后，依旧在光线与暗影中思索着同样的问题。

"许多我们喜欢的画作，它临摹得如此相似的那个实物，却并不让我们喜欢，真是件荒谬的事。"德拉克洛瓦引用帕斯卡这句名言时，把"荒谬的事"改成"奇怪的事"，改得有道理。这些物品之所以没被喜欢，是因为我们没看见它们，它们在不停的变化中被隐没、被否定。耶稣受鞭刑时，谁会注意到行刑者鞭打的手呢？耶稣受难途中，谁会看到路旁的橄榄树呢？然而它们一旦呈现在我们眼前，随着永不休止的受难，耶稣的苦痛便生动起来，这痛苦凝固在这些狂暴而美的影像里，每日在美术馆冰冷的展览室里发出呐喊。一个画家的风格就在这大自然与历史的交融之中，让画笔所凝固的此刻成为永恒。艺术似乎不费吹灰之力就达成了黑格尔所梦想的个体与宇宙的融合，或许这

---

[1] 皮耶罗·德拉·弗朗切斯卡（Piero della Francesca，1415—1492），意大利文艺复兴早期画家。——译注

就是我们这个疯狂追求和谐一致的时代转向原始艺术的原因，是因为原始艺术的风格最强烈、表现的一致性最令人向往吧？最强烈的风格总是出现在一个艺术时期的最初与最末，这股否定和转移的强烈力量，将现代艺术带到一个追求存在与一致的混乱激流里。凡·高令人赞叹的喟叹，也是所有艺术家骄傲而绝望的呐喊："在生命和画作中，我可以不需要上帝，但痛苦的我无法挣脱那个比我更强大的东西，它是我的生命——创造的力量。"

但是，艺术家对真实的反抗，包含了与受压迫者的自发性反抗同样的诉求，所以不见容于极权革命。诞生于全然否定的革命精神，隐约嗅到在艺术中除了否定，还存有一种同意，对这同意的观照有可能会破坏和影响到行动、美、不正义，在某些情况下，美本身就是一种无可救药的不正义，因此没有任何一种艺术能以全然否定的方式存在；如同所有的思想，尤其是所谓"不含意义"的思想，都有其含义，"无意义"的艺术是不存在的。人可以揭露世上全然的不正义，以他自己独自创造的艺术作为全然正义，但是他不能证实世上全然的丑陋。要创造美，他必须在拒绝真实的同时，颂赞真实中的某些面相；艺术可以质疑真实，但不能逃避真实。尼采拒绝所有道德或神祇的先验性，声称这种超验性是在污蔑世界和生命，然而或许有一种充满生命力的超验性，它的美能让人充满希望，能让人喜爱这不可避免的死亡，以及这有限的世界，超越所有其他东西。艺术因而带领我们来到反抗的本源，试着勾画出一个价值轮廓，但这价值在不断的生成流变中流逝，艺术家们体认到这个价值，想将之落实到历史中。艺术本来就试图进入生成流变的过程，赋予这改变一种其所缺少的风格：这风格就是小说。

小说与反抗

> 小说是什么呢?可不就是这样一个宇宙,在这里行动找到它的形式,结语找到它的口吻,人找到了他的归宿,整个生命就是一场命运。

我们或许可以区分出"正面文学"[1]与"叛逆文学",大致上前者属于古代和古典时代,后者始于现代。我们注意到正面文学中极少有小说,就算存在少数小说,除了特例之外,内容也与历史无关,皆属幻想(如《戴雅洁与夏利克雷》[2]或《阿丝特蕾》[3]),这些是杜撰的传奇故事,而非小说。相反地,叛逆文学则真正开展了小说的形式,并不断丰富

---

[1] 正面文学指的是歌颂世界美好,和例如勇气、勤劳、忠诚等价值的文学。——译注
[2] 《戴雅洁与夏利克雷》(*Théagène et Chariclée*),公元3或4世纪的古希腊小说,剧情高潮迭起,人物众多,其描述天马行空引人入胜。——译注
[3] 《阿丝特蕾》(*Astrée*),17世纪初法国巴洛克风格爱情经典名著,共六十册,五千多页。——译注

繁衍直到今日，与社会批评和革命运动同步。小说与反抗精神同时诞生，在美学层面反映了相同的企图心。

"以散文体写成的虚构故事"，利特文学字典[1]这样定义小说，可不正是这样吗？一位天主教文评家[2]这样写道："艺术，不论它的目的是什么，都是和上帝竞争的有罪的敌手。"确实，以小说来说，它竞争的对象应该是上帝，而非世间的敌手。帝博戴[3]谈到巴尔扎克时，表达了相同的想法："《人间喜剧》（*La Comédie Humaine*）是对上帝天父的模仿。"伟大的文学所做的努力就是创造独立的宇宙或完整的典型。西方的伟大创作并不局限于对日常生活的描写，而是不断地刻画激动人心的伟大形象，奋力去追寻它们。

总而言之，创作或阅读一本小说是一种怪诞的行动。将现实中发生的事重新整合而塑造成一个故事，这个举动

---

1 利特文学字典（Littré），是埃米尔·利特（Émile Littré）所著的一本法语词典，通常以他的名字为名称。——译注
2 史坦尼斯拉斯·富梅。——原注
  *史坦尼斯拉斯·富梅（Stanislas Fumet, 1896—1983），法国文人、艺术评论家、天主教社会主义重要人物。——译注
3 帝博戴（Albert Thibaudet, 1874—1936），法国文评家。——译注

不是不可避免或必要的，就算被一般解释为让创作者和读者得到愉悦，也该思考大部分人花时间从一个编造的故事里得到愉悦到底出于何种必要。革命抨击纯小说是种无所事事、逃避现实的想象，至于通俗的说法，则把拙劣的记者谎话连篇的文章称为"小说"。几个世纪以前，人们还有一个错误的用语，说某些年轻女孩是"风花雪月的小说调调"，意思就是这些理想派无视生存的真实状况。广泛来说，人们一向认为小说有别于真实生命，把生命美化的同时也篡改了现实，最简便的说法，就是把小说视为逃避，这也吻合了革命文学批评的观点。

但是人们借由小说逃避什么呢？太过残酷的现实吗？幸福快乐的人也读小说，而极端受苦的人却经常丧失了看小说的兴致。另一方面呢，和我们不断被那些权威戒严的世界相比，小说世界确实没那么沉重。然而，又如何解释我们觉得小说人物阿道尔夫比邦雅曼·贡斯当更亲近[1]，莫斯卡伯爵[2]比那些在位当权的宣扬说教者更容易了解呢？巴尔

---

[1] 邦雅曼·贡斯当（Benjamin Constant，1767—1830），法国政治家、作家。阿道尔夫（Adolphe）是他同名小说的主人翁。——译注

[2] 莫斯卡伯爵（Comte de Mosca），司汤达小说《帕尔马修道院》中的人物。——译注

扎克有一天在针对政治和世界命运的一番长谈之后说:"现在该谈正经事了。"他指的正经事是他的小说。小说世界有无可置疑的严肃性,我们坚持严肃地看待小说,两个世纪以来小说提供了无数丰富的世界和典范,这一切都不是一句"想逃避现实"足以解释的。诚然,小说创作代表某种对真实的拒绝,但这拒绝并非单纯的逃避,或许可看作黑格尔所说的,高尚的灵魂在失望之余自我创造的一个由纯美道德主宰的虚构世界?然而,教化小说和伟大文学相去甚远,相反,爱情小说中最经典的《保罗和维尔吉妮》[1]是一部令人伤痛的作品,毫不安慰人心。

矛盾就在这里:人拒绝世界现状,却又不想逃避它。其实,人依恋他生存的世界,绝大部分的人都不想离开它,他们一点都不想逃离世界,反而永远都觉得拥有得还不够。他们是古怪的世界公民,生活在世上却永无法被满足,就像失去了祖国的、被放逐的人民。除了稍纵即逝的满足时刻之外,他们觉得现实永远都未完成。他们的行动被下一波行动遮掩,这些行动又在措手不及的时候回来让他们承受后果。这一切流逝都难以掌握,如

---

[1] 《保罗和维尔吉妮》(*Paul et Virginie*),贝尔纳丹·德·圣皮耶(Bernardin de Saint-Pierre)所著的爱情悲剧小说。——译注

同坦塔罗斯[1]那永远无法被满足的欲望,如果能够出现的话,也只有在死亡那稍纵即逝的一瞬间:一切尘埃落定。在世界上,想意识到存在,唯有在不再存在、死亡的那一刻。

因此才会有那么多人渴望在别人的生命中找到体验,以旁观者的角度窥视这些生命,赋予这些生命和谐一致。和谐一致事实上并不存在,但对旁观者来说却是如此轻易而明显。旁观者只看到这些生命一连串起伏的亮点,却未意识到折磨这些生命的细枝末节。我们针对这些生命进行艺术创作,以最基本的方式将之化为小说,在这个意义上,每个人都试着把自己的生命化为艺术品。我们希望爱情永存,但也知道它无法永存,它就算奇迹般地持续一辈子,仍然是未完成的。我们对永远持续的渴望无法被满足,如果我们知道痛苦是永恒的,或许我们就更能接受与了解尘世间的痛苦;伟大的灵魂似乎有时惧怕的不是痛苦本身,而是这痛苦不能持续。得不到持久不懈的爱,绵长持续的痛苦至少算得上是一种命运。然而不,连最悲惨的折磨也

---

[1] 坦塔罗斯(Tantale),希腊神话中宙斯之子,因泄漏天机被罚永世站在上有果树的河水中,水深及下巴,口渴想喝水时水位降低,腹饥想吃果子时树枝即升高。——译注

会停止，某一天早上，在经历这么多绝望之后，一股无法抑制的想活下去的渴望对我们宣告，一切都已结束，痛苦和幸福一样毫无意义。

"拥有"的欲望不过是"持久"的欲望的另一种形式，它造成面对爱时无力的妄想。没有一个人，即使我们最爱的，且以最完整的爱反馈我们的人，也绝不会成为我们的拥有物。在这残酷的大地上，相爱的人生时总是苦寻，死时也不免落寞；完全拥有一个人，一辈子全然相合至死，是不可能的奢望。"拥有"的欲望是不能满足的，如此无法满足，以至于在爱本身消失之后还依然存在。于是，爱束缚了被爱者。自此孑然一身的爱人，他卑鄙的痛苦不在于自己不再被爱，而是知道对方可以也应该会再爱别人。说得更极端一点，所有被"持久"与"拥有"的过度欲望缠绕的人，都希望他爱过的人自此枯朽或死去。这是真正的反抗，那些从未要求过——哪怕只有一天——世人和世界绝对的纯真，却在面对这绝对纯真的不可能时，因悲怀而战栗又束手无策的人；那些不断地把对绝对纯真的缅怀往后推延，没有因试着去爱而毁灭自己的人，他们无法明了反抗的真实内容和它毁灭的狂热冲动。然而，我们无法掌握别人，也无法被别人掌握，人都没有一个固定的轮廓。

从这个观点来看，生命也缺乏固定的风格，不断追寻它的形式风貌，却永远追寻不到。因此，被撕裂的人也徒劳地追寻这个形式，希望在生命清晰固定的轮廓里能自由自在地活着。世上只要有一个活生生的东西有固定的样貌，人就能释怀了！

人只要有基本意识，就无法不竭力追寻所有能赋予他生命所缺少的和谐一致的形式或态度。表现或行动、浪荡子或革命者，为了存在于世都渴求和谐一致。这有点像某些已经很不堪的、可厌的情人关系，还拖拖拉拉无法了结，因为一方等着找到适当的用词、姿态、情境，以便把这段关系化为一个完结的、安排好的故事。光活着并不够，还必须有种命定，在死亡来临之前的命定。我们可以说，人对世界的观感比真实的世界更好，但是这更好并不表示不同，更好的意思是指世界的统合一致。使心灵得以超越这个四分五裂又无法摆脱的世界的，是对和谐一致的期望。它不是平庸的逃避，而是最固执顽强的诉求。不论是宗教还是罪行，人的一切努力都服从于这个不理性的渴求，给予生命它所欠缺之形式的渴求。这个渴望或许导向对天上神祇的膜拜，或许导向摧毁人类，也或许导向小说创作，由小说承载这种严肃性。

小说是什么呢？可不就是这样一个宇宙，在这里行动找到它的形式，结语找到它的口吻，人找到了他的归宿，整个生命就是一场命运。[1]小说世界只不过是按照人深沉的渴望，对我们这个世界的修正，两者是同一个世界。痛苦、谎言、爱是相同的，小说人物有着和我们一样的语言、弱点、力量，他们的世界并不比我们的更美好、更伟大，但是他们至少走到了命运的终结。克瑞洛夫、史塔夫斯金、卡斯兰夫人、朱利安·索海尔、克列芙王子[2]这些小说人物之所以如此震撼人心，是因为他们将激情发挥到极致。他们对我们来说深不可测，因为他们完成了我们永远无法完成的。

拉法耶特夫人[3]以她最波澜起伏的人生经历写下《克列

---

1 小说世界尽管充满悲怀、绝望、未完成，但创造了生命的形式和礼赞。说出、描绘出绝望，就是超越了绝望。"绝望文学"这个词本身就是矛盾的。——原注

2 克瑞洛夫（Kirilov）、史塔夫斯金（Stavroguine），来自陀思妥耶夫斯基的《群魔》。卡斯兰夫人（Mme Graslin），来自巴尔扎克的《乡村牧师日记》。朱利安·索海尔（Julien Sorel），来自司汤达的《红与黑》。克列芙王子（le Prince de Clèves），来自拉法耶特夫人的《克列芙妃》。——译注

3 拉法耶特夫人（Madame de La Fayette，1634—1693），法国作家，其所著《克列芙王妃》是法国的第一部历史小说，也是最早的文学小说之一。——译注

芙王妃》(*Princesse de Clèves*)，她想必就是"克列芙夫人"吧，但她又不是。二者之间有什么不同呢？不同点是拉法耶特夫人没进修道院，身边也没有人因绝望而身亡。然而毋庸置疑的是，她至少经历过那种惊天动地的爱情的椎心痛楚，但是她本身的爱情故事没有句点，她存活过来，以不再陷入爱情的方式延长了这爱情。若非她用准确无误的语言清晰描绘出来，没有人，甚至连她自己都不会知道这段爱情的原委与结局。所有的爱情故事，再没有比戈宾诺[1]所著的《七星派》(*Les Pléiades*)里的苏菲·彤丝卡和凯西米尔的故事更浪漫凄美的了：苏菲是个敏感美丽的女子，完全体现了司汤达的那句肺腑之言"唯有性格高贵的女子能让我幸福"，她迫使凯西米尔承认对她的爱慕。她一向习惯被追求爱慕，凯西米尔每天与她见面却表现得心如止水，这让她气愤难耐。凯西米尔最后终于坦白对她的爱恋，但是用的口气像在宣读法律判决书。他仔细研究过她，了解她如同了解自己，深知他缺了便不能活的这段爱情，是没有未来的。因此他决定向她倾吐这段虚空的爱情，并把自

---

[1] 戈宾诺（Arthur de Gobineau, 1816—1882），法国作家、人种学者、社会思想家。——译注

己的财产赠给她——其实她很富有,这个举动并没有多大意义——但她必须每月给他一笔微薄的生活费,让他在随便选择的一个城市郊区住下(选中的是立陶宛首都维尔纽斯市),在贫困中等待死亡来临。凯西米尔承认,靠苏菲的接济来存活的这个想法,已经是人性弱点上的让步,也是他唯一允许自己的让步。他最多也只是偶尔寄出夹着空白信纸,信封上写着苏菲名字的信。苏菲听了先是懊恼、困惑、伤心,最后终于答应。之后的一切都按照凯西米尔所预想的发展下去,他在维尔纽斯为悲伤的爱情郁郁而终。小说情节安排有其逻辑,一个优美的故事不能缺乏一个坚定的连续性,尽管这绝不可能出现在现实生活中,却是从现实生活中引发的梦想。倘若戈宾诺到维尔纽斯去,他很可能会觉得无趣而离去,也可能在那里过得很舒畅。但是凯西米尔并不想改变,不想治愈爱情之苦。他要坚持到底,就如同希思克利夫,他希望超越死亡,直下到地狱深渊。

这是一个想象的世界,但是是为了修正现实世界所创造出来的,在这个世界中,痛苦可以持续到死亡,激情永不消散,人们坚守着一个念头,永远为彼此而活着。人们为这个世界创造出一个让自己安心的形式和界限,这是他们在现实世界中徒劳追寻而找不到的。小说为生命量身制造一个命运，因而它与造化互别苗头，也暂时战胜死亡。对最著名小说的详细剖析，从不同的角度显示，小说的本质就是艺术家以本身经验为基底，永远朝向同一个方向不断修正。这远非道德或纯粹形式的修正，它首先追求的是和谐一致性，借此表达一种形而上的需求。到了这个阶段，小说可说是对怀旧或反抗情绪的智慧运用。对这种一致性的追求，我们可以深入研究法国的分析小说，以及梅尔维尔、巴尔扎克、陀思妥耶夫斯基、托尔斯泰。然而两个极端的对立——普鲁斯特的创作和近几年美国小说的创作这两个典型——已足以佐证我们的论述。

美国小说[1]认为，只要将人简化为和他生存所需、外在反应、行为举止符合的程度，就能达到和谐一致。它并不像我们的古典小说那样，特别凸显某个感情反应或某种特别激情，加以描述铺陈，而是拒绝分析，排除一切可能解释人行为根源的基本心理探索，因而这种小说的一致性只是"人"的观点的一致性。它的手法就是从外部描绘人，描绘他们最不经意的手势，不带评论地转述他们的话语，

---

[1] 这里谈的自然是 20 世纪三四十年代的"硬"小说（roman "dur"），而非 19 世纪百花齐放令人赞赏的美国小说。——原注

甚至到了不断重复的地步[1],好似人完全由他们每天机械式的生活所决定。到了这样机械化的层面,人们就彼此相像。这就解释了为什么在这个怪异的小说世界里,所有的人物似乎都可以互相替换,甚至外表特征都可替换。这种手法被称为写实主义实在是一大误解,因为抛开难以理解的艺术上所谓的写实主义概念——这个我们会再次谈到——美国小说世界的目的很显然并不是纯粹简单地重现现实,而是任意地强加一种风格,刻意地将真实删减切割。这样得出来的一致性,是一种压低铲平的一致性,使人和世界都等高等平,毫无起伏。对这些小说家来说,似乎是人的内心活动剥夺了外在行动的一致性,剥夺了人与人之间的关系。虽然这样的怀疑也不完全错,然而只有从内心的现实制造出一致性,而非否定它,才能满足反抗这一小说艺术的根源。全然否定内心的现实,就好比引证一个想象中的人。这种美国黑色小说也和公式化大团圆结局的爱情小说一样,众所皆知非常虚空。它以自己的方式进行教化[2],所描

---

[1] 就连当代伟大的小说家福克纳也一样,内心独白只是勾画出思想的轮廓而已。——原注
[2] 贝尔纳丹·德·圣皮耶和萨德侯爵,虽然情况有所不同,但著作的也都是制式宣传小说。——原注

绘的对象被简化为单纯的生命体，反而产生了一个抽象而无意义的世界，它不停被真实驳斥。这种小说排除内心生活，人似乎是隔着玻璃被观察的，这种病态的演绎，按照逻辑，最后主题千篇一律是个平庸平凡的人。因而我们明白为什么这个小说世界充满这么多"毫无心思"的人，毫无心思的人对这种书写来说，是个理想的主题，因为他是个模糊不清的形体，只由他的行为来界定，他象征这个绝望的世界，一堆悲伤的行尸走肉活在机械式的协调之中。美国小说家们举出这样的病态典型来抗议现代社会，本身却毫无建设性。

至于普鲁斯特呢，他由现实出发，透过巨细靡遗的凝视关注，创造出一个只属于他的无可取代的独立世界，标示着他战胜了事物的流逝与死亡。他用的手法完全相反，先是审慎地筛选，仔细搜集一些作者本身生命最隐秘角落里的特殊时刻，因此余下的那些巨大的空白便从生命中被排除，因为它们没有在记忆中留下任何痕迹。若说美国小说世界里的人是没有回忆的，那普鲁斯特的整个世界本身就是回忆，只是这是回忆中最困难最严苛的一种，它拒绝接受世界是如此分散，重现一缕过去与现在世界之间秘密的芳香。普鲁斯特选择了内心生活，甚至比内心生活更隐秘的东西，拒绝这被遗忘的真实世界，这机械式、盲目的世界。然而他并未因拒绝真实世界而否定它，并未犯和美国小说相同的错误，直接抹消并机械化生活，相反地，他以一个更高境界的一致性，统合过去的回忆和当下的感受，扭伤的脚踝和幸福的往日[1]。

重返年轻岁月美好的地点是件困难的事，海边永远有繁花似锦的年轻女孩绽放笑颜，兴奋得叽叽喳喳，然而凝视她们的人却渐渐失去爱她们的权利，犹如他爱过的女子已失去被爱的魔力。这是普鲁斯特的悲伤。这悲伤如此强烈，使他拒绝一切存在，但是对面孔与光线的喜爱又让他对这世界有所依恋。他不甘心幸福的假日时光一去不返，于是亲手重新创造这些美好的时光，表现对衰亡的抗争。在时间的尽头，过去会重视为一个永不灭绝的现在，比原来的真实更真实、更丰富。《追忆逝水年华》(*Temps Perdu*)中的心理分析只不过是个有力的方法，普鲁斯特真正的伟大之处是写了《重现的时光》[2]，整合了一个散落的世界，赋予了散落与永恒同等的意义。去世的前夕，他艰难得来的

---

[1] 《重现的时光》中的一段，作者因扭伤脚踝而回想起往日片段。——译注

[2] 《重现的时光》(*Temps Retrouvé*)，《追忆逝水年华》七卷中的最终卷。——译注

胜利就在于经由回忆与才思，从不断流逝的形体中萃取出人类一致性的动人象征。像这样一部作品是对创作最大的挑战，它自成一个完整的整体，一个完成的、统合的世界。这就是所谓毫无遗憾的作品。

有人说普鲁斯特的世界是个没有神的世界，这话没错，倒不是因为他的作品中从不谈及神，而是因为他的世界本身想成为一个圆满的完美，给予永恒一个人性而非神性的面目。《重现的时光》，至少就其野心来说，是一个不需要神的永恒。就这一点来看，普鲁斯特的作品可被视为人对终有一死的反抗所做的最宏伟、最有意义的事业之一，它显示了小说艺术重新改造了强加在我们身上、我们拒绝接受的生命。至少从某个方面来看，这个艺术的主旨是在为造物反抗造物主，但从更深一层来看，它结合了世界和生命的美，以对抗死亡与遗忘，因此它的反抗是创造性的。

> 伟大的文学所做的努力就是创造独立的宇宙或完整的典型。

旁观者只看到这些生命一连串起伏的亮点,却未意识到折磨这些生命的细枝末节。我们针对这些生命进行艺术创作,以最基本的方式将之化为小说,在这个意义上,每个人都试着把自己的生命化为艺术品。

我们对永远持续的渴望无法被满足,如果我们知道痛苦是永恒的,或许我们就更能接受与了解尘世间的痛苦;伟大的灵魂似乎有时惧怕的不是痛苦本身,而是这痛苦不能持续。

"拥有"的欲望不过是"持久"的欲望的另一种形式,它造成面对爱时无力的妄想。

在这残酷的大地上,相爱的人生时总是苦寻,死时也不免落寞;完全拥有一个人,一辈子全然相合至死,是不可能的奢望。

这是真正的反抗,那些从未要求过——哪怕只有一天——世人和世界绝对的纯真,却在面对这绝对纯真的不可能时,因悲怀而战栗又束手无策的人;那些不断地把对绝对纯真的缅怀往后推延,没有因试着去爱而毁灭自己的人,他们无法明了反抗的真实内容和它毁灭的狂热冲动。

我们无法掌握别人,也无法被别人掌握,人都没有一个固定的轮廓。从这个观点来看,生命也缺乏固定的风格,不断追寻它的形式风貌,却永远追寻不到。因此,被撕裂的人也徒劳地追寻这个形式,希望在生命清晰固定的轮廓里能自由自在地活着。

小说为生命量身制造一个命运,因而它与造化互别苗头,也暂时战胜死亡。

重返年轻岁月美好的地点是件困难的事,海边永远有繁花似锦的年轻女孩绽放笑颜,兴奋得叽叽喳喳,然而凝视她们的人却渐渐失去爱她们的权利,犹如他爱过的女子已失去被爱的魔力。这是普鲁斯特的悲伤。

反抗与风格

> 通过风格化,创作者试图重新塑造世界,并且永远带着些许偏移,这是艺术和抗议的标志。

艺术家通过对现实的改造修正,表明了他对现实的拒绝,但是他在创作世界中所保留下的现实,表明他至少接受和赞同一部分真实,他将这一部分真实从变化流转的阴影中汲取出来,带到创作的光明里。倘若是全部拒绝,现实被完全排斥,那我们看到的只会是纯粹僵硬的制式作品,若相反地,艺术家选择单纯地突显赤裸裸的真实——这一做法通常出自与艺术无关的原因——那我们看到的将是写实主义。就前者而言,全然的拒绝牺牲掉了与反抗和同意、肯定和否定紧密联结的原始创作行动,仅是一种制式的逃避,这种例子在我们这个时代里俯拾皆是,其中可看出虚无主义的根源。就后者而言,艺术家排除世界一切的美好前景,自以为这样就赋予了世界一致性,从这个意义来看,他承认需要一致性，就算是退而求其次的一致性也行。然而，他也抛弃了艺术创造的首要要求，为了否定创造意识上相对的自由，干脆肯定世界当下的整体性。在这两种作品中，创作行动都否定了自己，最初它只拒绝现实的其中一个方面，肯定它的另一个方面，但到后来不论是排斥一切现实还是全数接受，不论是绝对否定还是绝对肯定，都是否定创造行动自身。这个美学层面上的分析，呼应了我们之前在历史层面已经描画过的。

然而，一切虚无主义到最后终究会提出一种价值，一切唯物主义只要呈现自己，最终就会推翻自己。制式艺术和现实艺术都是荒谬的概念。没有任何艺术能完全拒绝现实，蛇发女妖无疑是一个纯粹想象的生物，但是它的脸和盘旋于头上的蛇都是在自然界观察到的东西。制式艺术可以越来越摆脱现实的内容，但终有一个极限，就算抽象艺术发展到最后的几何图案，也还需要取材外在世界的色彩和景深比例，真正的纯形式主义只有沉默。同样，写实主义也不可能完全超脱抽象概念上的个人诠释，最逼真的照片都已经失真，它是来自某个选择并以镜头限制了的真正现实。写实主义艺术家和形式主义艺术家，在纯然不经诠释的真实面前，或在自以为想象能排除一切真实的状态下，换言之在不可能有一致性的情况下，寻求一致性。相反，艺术上的一致性应该来自艺术家改造之后的现实，改造和现实二者互补，缺一不可。艺术家以他的语言和对现实的重新编排所做的改造[1]，叫作风格，它赋予这重新创造出的世界一种一致性与限度。所有的反抗者想做的，也曾有几位天才艺术家成功做到的，就是改造世界，雪莱说："诗人是未经承认的世界立法者。"

小说艺术，从根源来说，自然是要负起这个使命，不能全然接受真实，也不能全然脱离。纯粹的想象并不存在，就算它存在于一个纯粹脱离真实的理想小说里，也是毫无艺术意义的，因为寻求一致性的首要要求，就是这种一致性应当是可以传播和沟通的。另一方面，纯粹理论的一致性是虚假的一致性，因为它并未以真实为根据，公式化大团圆结局的爱情小说（或美国黑色小说）、做宣传的样板小说脱离了艺术，因为它们或多或少背离了这条规则。相反，真正的小说创作运用真实，且只运用真实，运用其温情、血肉、激情或呐喊，只是加了一些东西使之改变面貌。

---

1 德拉克洛瓦指出——他的这个观察远超出绘画范围——必须修正"那为了丝毫不差而（事实上）扭曲了观看对象这种僵硬的观点"。——原注

同样地，通常所说的写实小说，是想重现当下的真实，但是完全不经过选择地重现真实的一切，这即使有可能做到，也只是毫无建设性的重复。写实主义的方式只应该用来表现宗教特性，这是西班牙艺术令人赞赏的特点；它或是另一种极端，只是猴子般满足于一切现实以及加以模仿的艺术。实际上，艺术永不会是写实主义，只是有时试图单纯地描绘现实罢了，它想成为真正的写实主义，必然要描述个没完没了。司汤达只以一个句子描述吕西安·勒文[1]进入沙龙的场景，若按照写实主义艺术家的逻辑，想必得用不知多少篇幅来描述人物与内部摆饰，都还无法写尽一切细节。写实主义冗长无趣地一一列举，我们从这一点看出它的目标不是寻求一致性，而是达到真实世界的全体性，因此便明白它成为极权革命官方运用的美学手段的原因。然而这种美学已经明显是不可能的，写实主义小说无论如何还是得在真实中筛选，因为选择与超越现实是思考与呈现中不可或缺的一项[2]。写作，已然是一种选择。因此，真实

---

1 吕西安·勒文（Lucien Leuwen），司汤达同名小说的主人翁。——译注
2 就这一点，德拉克洛瓦又深刻指出："要让写实主义不成为意义空洞的字眼，就必须让所有人具有相同精神、相同观照事物的方式。"——原注

不是全然真实，而是存在着有条件的选择，犹如理想的典型也是见仁见智，这使得写实小说成了一种主题暧昧未明的小说。若想把小说世界的一致性简化为百分之百的真实性，唯有借助想当然的评断，将一切不适用于政治教条的现实先清除掉。所谓的社会写实主义，依循它本身虚无主义的逻辑，必然集宗教教化小说和政治宣传样板文学于一身。

不论是政治利用创作者，或是创作者自以为肃清了所有政治外围，两者结果相同，都沦落到虚无主义的艺术层次。创作就如同文明：处在介于形式与材料、生成流变与思考精神、历史与价值不断的拉扯之间。倘若张力的平衡被打破，就是专制或无政府，样板或制式的，在这两种情况下，因自由推论得出的创作都是不可能的，要么顺从抽象或制式的轨迹，要么取材于最粗糙、最天真的写实主义；现代艺术几乎都是暴君与奴隶的艺术，而非创作者的艺术。

一个内容超越形式，或是形式吞没内容的作品，表达的一致性都是失落且令人失望的。在艺术领域或其他领域皆然，一切没有"风格"的一致性都是残缺。不论艺术家所选择的角度、观点是什么，有一个原则对创造者来说是不变的：那就是"风格化"，意即融合真实与赋予真实一个形式的精神。通过风格化，创作者试图重新塑造世界，并且永远带着些许偏移，这是艺术和抗议的标志。不论是普鲁斯特用显微镜将生活经验无比放大，还是相反地像美国小说把人缩小到荒谬的程度，两者呈现的真实都是处理过的。创作与反抗的果实都存在于这反映作品风格和调性的偏移之中。艺术是将不可能的苛求以一种形式表达出来，唯有当最撕裂人心的呐喊找到它最坚定有力的语言，反抗的真正诉求才能被满足，并从这个信念中汲取创造的力量。当然，这会受到诸多这个时代成见的阻碍，但艺术最大的风格表现就是反抗最高阶的表现。犹如真正的古典主义只不过是克制有方的浪漫主义，天才是一个创造了自身标准的反抗者，这就是为什么——与今日众人所言相反——在否定和纯粹绝望之中不会有天才。

换句话说，伟大的风格不是一个单纯的形式上的高贵。光想追求伟大风格而牺牲真实，就不是伟大的风格，它不再创新，只是模仿，如同一切的学院派一样；真正的创造，以其方式来说，是革命。风格化概括了人干预真实的企图，以及艺术家在反映真实时所做的修正，它意味深长，却又不落痕迹，如此，使艺术诞生的诉求才能显露最大的张力。伟大的风格就是不落痕迹的风格化，浑然天成。福楼拜说："在艺术里，不必怕夸张。"但他又加了一句：夸张"应是连续的、与自身成比例的"。风格化若既夸张又显露痕迹的话,作品就是纯粹的落空怀想:它试图达到的一致性和具体事物毫不相干。相反,当现实未经风格化,只是原封不动地被呈现出来,具体事物便没有一致性。伟大的艺术、风格、反抗真正的面目,介于这两种极端[1]之间。

---

[1] "修正"跟着呈现的主题而变,在一个忠于上面所刻画的美学标准的作品中,风格因主题而变化,作者独特的语言(调性)造成不同的风格。——原注

艺术家通过对现实的改造修正，表明了他对现实的拒绝，但是他在创作世界中所保留下的现实，表明他至少接受和赞同一部分真实，他将这一部分真实从变化流转的阴影中汲取出来，带到创作的光明里。

艺术上的一致性应该来自艺术家改造之后的现实，改造和现实二者互补，缺一不可。艺术家以他的语言和对现实的重新编排所做的改造，叫作风格，它赋予这重新创造出的世界一种一致性与限度。

真正的小说创作运用真实，且只运用真实，运用其温情、血肉、激情或呐喊，只是加了一些东西使之改变面貌。

创作就如同文明：处在介于形式与材料、生成流变与思考精神、历史与价值不断的拉扯之间。

一切没有"风格"的一致性都是残缺。不论艺术家所选择的角度、观点是什么，有一个原则对创造者来说是不变的：那就是"风格化"，意即融合真实与赋予真实一个形式的精神。

艺术是将不可能的苛求以一种形式表达出来，唯有当最撕裂人心的呐喊找到它最坚定有力的语言，反抗的真正诉求才能被满足，并从这个信念中汲取创造的力量。

天才是一个创造了自身标准的反抗者。

创造与革命

> 我们可以拒绝一切历史，而与星辰大海和谐一致。

在艺术层面上，反抗唯有经由真正的创造才能完成，才能持续存在，而非经由批评或评论。至于革命呢，只能显现在文明之中，而非在恐怖或暴政之下。我们的时代对这陷入死胡同的社会提出两个问题：创造是可能的吗？革命是可能的吗？其实这两个问题合而为一，牵涉的是文明的复兴。

20世纪的革命和艺术都屈从于同样的虚无主义，面临相同的矛盾。它们否认自己的行动所证实的，并且两者都想经由恐怖手段寻求不可能的出路。当代革命认为自己开启了一个新世界，其实那只是一味反对旧世界得出的结果。资本社会和革命社会若都屈从相同的手法——工业生产并屈从于相同的承诺，那么二者最终是同一回事，差别只在于前者的承诺以堂皇的原则为名义，但没有能力体现这个原则，反而使得原则被其使用的手段推翻了；后者则是以唯一的现实为名义，企图证明它的预言，却残害了现实。只考虑生产的社会就只是个生产的社会，而非创造的社会。

当代艺术由于是虚无主义的，也在形式主义和写实主义之间挣扎。写实主义既是资产阶级的——那就是黑色写实——也是社会主义的，这又使它成了说教式的宣传；当形式主义只为抽象玩弄抽象手法时，那它属于过去的社会，当它自诩放眼未来的社会时，那就是宣传。艺术语言若被无理性的否定破坏，就陷入语言的混乱；若被决定论专制意识形态利用，就变成宣传的口号，艺术就夹在这两者之间。反抗者该做的，是同时扬弃虚无否定的风潮和对极权的让步；艺术家该做的，是同时摆脱制式宣传的框架和只着眼现实的极权美学。今日的世界的确是一体的，但这是虚无主义的一致性。唯有扬弃制式原则的虚无主义和毫无原则的虚无主义，世界重新找到综合的创造性道路，文明才是可能的。同样地，在艺术范畴里，喋喋不休的评论和报道已至末路，这昭示创造者的时代来临了。

为了达成这个目标，艺术与社会、创造与革命都应该重回反抗的根源，在这根源里，反对和同意、特殊性和普遍性、个体和历史在最大的张力下找到平衡。反抗不是文明的组成成分，却是所有文明的先决要素。在我们生活的死胡同里，唯有反抗能让我们期望尼采所梦想的未来："由创造者取代法官与镇压者。"这句话并非表达出让艺术家统领城邦这种可笑的幻觉，而是指出我们这个时代的悲剧，工作完全服从于生产，再无创造力。一个生产的社会要开启一条文明的道路，唯有重新赋予劳动者创造的尊严，意即让劳动者对工作、对制造出的产品抱着同样的兴趣与思索。不管是对阶级还是个人，此后人们需要的文明再不能将劳动者和创造者分割开，如同艺术创作不能分割形式与内容、精神与历史，如此一来，文明才能确认反抗所诉求的对所有人的尊严。让莎士比亚来统领一个鞋匠的社会是不正确的、是空想，但一个鞋匠的社会宣称不需要莎士比亚，也同样糟糕。缺了鞋匠，莎士比亚会成为暴政的借口，缺了莎士比亚，鞋匠若不为暴政的扩张效劳，就会被吞噬。一切的创造，就是在驳斥主人-奴隶的世界，我们存活的这个可憎的暴君-奴隶的社会，只能借由创造来结束，转变为另一种社会。

然而，创造虽是必需的，但不表示就能做到。一个艺术创造缤纷的时代，代表在混乱无序的时代里运用一种有序的风格，勾勒描绘当代人的热情。因此，对一个创造者来说，在一个连王子都没心情谈情说爱的时代，重复拉法耶特夫人的《克列芙王妃》就行不通了。今日，群体的激情超过个人的激情，爆发式的爱情总是可以用艺术来控制，然而无法避免的问题是如何掌控群体的激情和历史斗争。对那些模仿别人作品的人来说，很不幸地，艺术的对象已由心理层面扩展到人的生存状态。当时代的激情扩展到全世界时，创造就要掌握整个人类命运，但与此同时，它必须坚持一致性以应对整体性，只不过，创造已然被自身、被全体性的思维推入危险之境。在今日，创造要冒着危险。

为了掌控群体激情，的确必须至少在一定程度上经历、感受过这些激情，但是艺术家在感受这些激情的同时，也被它们吞没了。这造成的结果就是，我们这个时代成了"报道"而非"艺术作品"的时代，艺术家缺乏对时间正确的掌握。唯一能真正感受集体激情的方式，就是随时愿意为它而死、被它赐死，想刻画这些激情，冒的死亡危险比过去描绘爱情或是发展艺术雄心的时代大得多。在今日，艺术想追求最大的真实原样，就会面临最大失败的威胁。倘若在战争和革命中，创造是不可能的，我们将不会有创造者，因为战争和革命是我们的宿命。对生产模糊观念的迷思中就带着战争的阴影，犹如乌云蕴含着暴风雨。战争一次次蹂躏着西方，杀死了佩吉[1]，才刚从废墟里站起来的资产阶级机器看见革命机器迎面而来，佩吉甚至还没时间复活，战争的威胁会令它先杀死所有可能成为佩吉的人。如果还有一个古典主义的创作者可能存在，那么他的作品就算是他独自签名落款的，也该视为我们这一代人的集体作品。在这个毁灭的世纪，在最大的失败的威胁下，就只能以数量来弥补，也就是说，十个真正的艺术家至少有一个可以存活下来，担负起他的弟兄们最重要的发言，并能在生活中找出激情投入的时间或进行创造的时间。身为一个艺术家，不管愿意与否，他不能再单打独斗埋头创作，除非他想抛开所有同侪独享悲哀孤独的成功。反抗的艺术也不得不揭示"我们存在"，并因此走上谦卑的道路。

征服一切的革命走上了虚无主义迷途，威胁那些还想在全体性里维持一致性的人们。今日的历史意义——明日的更是——在于艺术家与不断出现的新征服者之间、创造性革命的见证人和虚无主义革命的营造者之间的缠斗，我

---

[1] 佩吉（Charles Pierre Péguy, 1873—1914），法国作家、诗人，著文评论当代思想，批评现代生产社会，1914 年参军死于战场上。——译注

们对缠斗的结果只能抱合理的幻想，但至少明白这场缠斗不能避免。现代的征服者会杀人，但似乎不会创造；艺术家会创造，但不会真正杀人，艺术家里真正杀人的也只是少数例外。长久下去，艺术就会在我们的革命社会里消失，革命也终会失败。每当革命消灭人内心可能成为艺术家的那一部分，革命本身也更加衰弱。征服者就算最终能让世界屈从于他们的法律，也不能证明数量战胜一切，只能证明世界是座地狱。在这地狱中，艺术的地位依旧是被打压的反抗，是绝望空洞的日子中的盲目和空虚的希望。厄尼斯特·德温格[1]在《西伯利亚日记》（*Journal de Sibérie*）中提到一名德国中尉，他饥寒交迫地被关在劳改营好多年，用木头琴键制了一架无声的钢琴，就在那一堆饱受艰苦、衣衫褴褛的囚徒之间，创作出只有他自己听得到的奇妙音乐。因此，陷入地狱的这神秘的曲调、这消逝之美的残酷影像，依然在罪恶与疯狂中为我们带来反抗这和谐的回音，见证多少世纪以来人性的伟大。

然而地狱只是一时，生命终有一天会重新开始。历史

---

[1] 厄尼斯特·德温格（Edwin Ernst Dwinger, 1898—1981），德国"士兵作家"，曾被关进西伯利亚劳改营。——译注

或许有一个终结，但我们的使命不是终结它，而是以我们自此所看到的真实来创造它。艺术至少让我们知道，人不应被仅仅缩减为历史进程，而应在自然界的秩序中找到存在的理由。对人来说，伟大的潘没有死[1]，人最本能的反抗肯定了共同的价值与尊严，对一致性的渴求使他顽强地一再要求保有真实中未被损坏的那部分，那就是"美"。我们可以拒绝一切历史，而与星辰大海和谐一致。无视自然和美的反抗者，势必会将工作和人的尊严逐出他们想要建造的历史之外。所有伟大的改革者都试着在历史中打造莎士比亚、塞万提斯、莫里哀、托尔斯泰所创造的世界：一个满足每个人内心对自由和尊严的渴望的世界。诚然，美不会起而革命，但总有一天革命会需要它；美的规则质疑真实，却同时赋予真实一致性，这也是反抗的规则。人们是否可以永远拒绝不正义，同时不断礼赞人性和世界之美呢？我们的答案是肯定的。唯有这个自始至终不屈服的精神，方能照亮一条真正现实主义的革命道路。我们维持着美，准

---

[1] 潘（Pan）是希腊神话中的牧神，非常受人民喜爱。古代基督教为了打击异教和其他宗教传统，将潘指为恶魔。当异教被扫除干净时，罗马帝国流传着"伟大的潘死了！"的口号。——译注

备迎接重生的一天,那时文明将远离历史制式的原则和堕落的价值,将"美"这生动活泼的美德置于思考中心,奠立世界与个人的共同尊严。现在,我们要做的,是阐明所面对的这个污辱美的世界。

只考虑生产的社会就只是个生产的社会，而非创造的社会。

反抗不是文明的组成成分，却是所有文明的先决要素。

一个生产的社会要开启一条文明的道路，唯有重新赋予劳动者创造的尊严，意即让劳动者对工作、对制造出的产品抱着同样的兴趣与思索。不管是对阶级还是个人，此后人们需要的文明再不能将劳动者和创造者分割开，如同艺术创作不能分割形式与内容、精神与历史，如此一来，文明才能确认反抗所诉求的对所有人的尊严。

艺术至少让我们知道，人不应被仅仅缩减为历史进程，而应在自然界的秩序中找到存在的理由。

美的规则质疑真实，却同时赋予真实一致性，这也是反抗的规则。

V. 南方思想

反抗与杀人

> 在这不可取代的友爱世界中,只要少了一个人,世界就荒凉了。

　　欧洲与革命远离了这个生命泉源——反抗与杀人——在触目惊心的景况下逐渐衰竭。19世纪,人们挣脱宗教的束缚,然而才一挣脱,就发明了新的束缚和不可触犯的戒条。所谓的"美德"已死,但它重生之后更加严厉,对着所有人大喊慈悲与仁爱,这遥不可及的爱显露出当代人道主义的无稽可笑。僵化到这种程度,这种美德只会造成破坏,总有一天会更尖锐,而那就成了警察制度,为了拯救人类,一一架起火刑恐怖的木堆。我们处于当代悲剧的顶点,因为习惯而对罪恶漠然。生命和创造的泉源似乎枯竭了,恐惧笼罩着满布行尸走肉和机器的欧洲。在两次大屠杀之间,断头台在地底下搭起,"人道主义"施刑者在那里默默举行他们新的祭祀仪式。什么样的呼喊能让他们动摇呢?就连诗人们,面临弟兄之死，也只骄傲地宣称自己双手清白未沾血。自此，整个世界对罪行漫不经心地撇过头去，受害者们陷入最不堪的境地：他们让人厌烦。以前，杀人溅血至少引起恐惧，鲜血神圣化了生命的代价；而这个时代真正悲惨的地方，是让人认为它不够血腥。我们看不见血流成河，因为血并没有喷溅到我们那些伪善者的脸上。这就是虚无主义的极端：盲目而狂暴的杀人行径反倒成了绿洲，对我们那些聪明的刽子手来说，傻乎乎的杀人犯倒成了小事一桩。

长久以来，欧洲思想以为它可以和全人类一起反抗上帝，却发现它若不想死亡，就必须和人斗争。反抗者对抗死亡，想经由对抗赢得人的不朽，却惊惶地发现自己反而必须杀人；如果退缩，他们就得接受死亡，如果前进，就得接受杀人。反抗背离了根源，寡廉鲜耻地变了调，在所有层面都游移在牺牲与杀人之间，它所希望的平等分配的正义，已变成细微末节。圣宠的王国已被推翻，但正义的王国也将崩溃，欧洲因失望而渐渐凋萎。反抗原本辩护的是人的无辜，现在却为了它自己的罪恶挣扎。它刚投身于全体性，便注定要遭受绝望的孤独。它想集结成一个共同体，但唯一的希望只剩下在漫长的年月中——聚集原本想走向一致性的孤独的革命者们。

那么，应该放弃各种反抗吗？要么接受一个充满不正义而苟活的社会，要么犬儒地决定不管人类，只让它为狂暴历史的进程效劳？如果我们通过逻辑得出的结论就是懦弱的因循苟且，那就只好接受它，如同某些家庭有时得接受无可避免的蒙羞。如果这逻辑也为伤害人的种种恐怖杀戮，甚至罔顾一切的毁灭作辩护，那就只好同意自杀。到最后，正义还是达到了：一个充满商人与警察的世界消亡了。

问题是，我们还生活在反抗的世界中吗？反抗是否相反地成了新暴君的借口呢？反抗运动中的"我们存在"会不会无声无息地、连借口都不用地就和杀人妥协了呢？反抗给压迫定了一个限度，在限度以内，所有人拥有共同的尊严，因此定义了第一个价值，它将人与人之间坦荡的默契、共同的组织、同舟共济的精神、彼此的沟通放在考虑的第一位置，使人们彼此靠近、团结。它也因此完成了思想在荒谬世界中踏出的第一步，经由这个进步，它现在必须面对杀人这件事，必须解决的问题更加令人心焦。是的，在荒谬层面，杀人仅仅引起逻辑上的矛盾，但在反抗层面，杀人代表的是撕裂的矛盾，因为这牵涉的是，必须决定是否能杀——不管是谁——那个我们终于承认与自己相似、接受其与自己具有同一性的那个人。刚摆脱孤独，难道又要肯定断绝一切的行为吗？迫使一个刚知道自己并不孤独的人再次陷入孤独，这岂非对人最大的罪行？

从逻辑上可以说，杀人与反抗是冲突矛盾的。的确，只要一个主人被杀，就某种方式来说，反抗者便丧失了人类共同体的资格，但这人类共同体正是他反抗行动的合法性。如果这世界没有更高一层的意义，如果人只能以人为裁夺，那么只要人杀了一个社会里的人，他便会被社会排除。该隐杀了亚伯，逃到荒漠中；倘若杀人的是一群人，这群人也会活在荒漠中，在另一种被称作"乌合杂处"的孤独之中。

反抗者一旦展开杀人行动，就将世界分裂为两半，他以人的同一性为名起而反抗，却又在血泊中承认了不同，牺牲了这同一性。在苦难与压迫之中，他唯一的存在就是这同一性，他想借由反抗运动证实这一存在，却使他停止存在。他大可以说一些人，甚至几乎所有人都与他为伍，然而在这不可取代的友爱世界中，只要少了一个人，世界就荒凉了。倘若我们不能一同存在，那我就不存在，这解释了卡利亚耶夫的无尽悲伤和圣茹斯特走向断头台的沉默。革命者决定以暴力和杀人来维持存在的希望，试着以"我们将会存在"取代"我们存在"，当杀人者和受害者都消失的时候，人类共同体在没有他们的情况下将重新建立。充满例外的年代将会过去，届时重新订立规范将成为可能。在历史层面犹如个体层面，杀人要不是绝望的例外，就毫不重要。它对事物造成的破坏是没有前瞻性的，只是一个枉然无意义的举动，也不能被拿来利用，像纯粹历史革命观的做法。它标示一个限度，人只能违反一次，违反了之后就必须死。反抗者如果必须杀人的话，唯一能和他的行动吻合的做法就只有牺牲自己，接受以命抵命。他杀人偿命，借以证实杀人是不可行的，也借此表明他事实上相信的是"我们存在"而非"我们将会存在"，这也解释了卡利亚耶夫在狱中的淡然自如，圣茹斯特走向断头台的气定神闲。超过了这个界限，就开始了矛盾与虚无主义。

虚无主义的杀人

非理性和理性的罪行其实都违反了反抗行动所要彰显的价值，尤其是前者。否定一切而且自认有权杀人的人，萨德、杀人的浪荡子、暴虐的无上君主、卡拉马佐夫、横行无忌的狂热信徒、在人群中开枪的超现实主义者，简而言之，他们都诉求完全的自由，无限制地扩展人的霸道。虚无主义在狂热中把造物者和造物混为一谈，磨灭一切希望的原则，抛开一切限制，盲目愤慨甚至看不见自己反对的理由，到最后认为人本来注定会死，杀了也没什么。

然而它的理由——人与人之间面对共同命运的认知、人与人之间的互通——都还充满生命力，反抗赞同这些理由的价值并为之效力。同时，反抗定义了一个与虚无主义相反的行动准则，这个准则不必等到历史终了就能阐释行动，也不是僵化制式的口号。反抗宣扬雅各宾派的道德精神，但并不允许规则与法律将其窒息，它为道德精神开了一条路，绝不服从抽象的原则，仅在一次次反对行动、起义的澎湃热血中去发现这些原则。没人敢说这些原则是永恒的，宣称它们将是永恒的也没有多大意义，但它们存在于我们生活的这个时代，和我们一起在历史进程中否定奴役、谎言和恐怖。

的确，主人与奴隶之间毫无共同点，人们无法和一个被奴役的人谈话沟通。人借由不必明说、自由的对话，意识到彼此的相似之处，承认我们相同的命运，但奴役则是让最恐怖的沉默笼罩。对反抗者来说，不正义之所以坏，并非在于它否定正义这永恒不变的思想——反正我们也不知该如何正确施行这正义——而是它使压迫者与被压迫者之间沉默的敌意长久持续下去，扼杀了能借由人与人之间的默契而产生的一点点人性。同样地，说谎的人会对别人封闭起自己，因此谎言该被排斥驱逐，更等而下之的，强制绝对沉默的谋杀和暴力也该被斥逐。由反抗所引出人的默契与沟通，只有在自由的对话中才能存在，任何含糊不清、任何误解都会造成死亡，唯有清楚的语句和简单的词汇才能挽救这种死亡[1]。所有悲剧里的高潮都起因于主人公不听或听不到应该听的，柏拉图比摩西与尼采的可取之处[2]，在于人和人同高度的对话，比在孤独的山顶由一个人传来的

---

1 我们注意到，专制学说使用的语言都是学究式或文牍式的语言文字。——原注
2 柏拉图著有《对话集》，摩西一人听到神的话语而在西奈山上向众生宣布，尼采的著作则是"宣告真理"，没有讨论余地。——译注

那些极权宗教福音引起的杀伤力弱。在舞台上和在社会上一样，独白是死亡的前奏。每个反抗者，奋起反抗压迫者，都是为生存辩护，投身对抗奴役、谎言和恐怖，在电光石火的一瞬间，谴责这三个灾祸使人间笼罩沉默，使人与人无法沟通理解，阻止人所拥有的能救赎于虚无主义的唯一一个价值，这价值就是与命运搏斗时彼此间悠长的默契。

尽管只有电光石火的一瞬，但这暂时已足够说明，最极端的自由，即杀人的自由，和反抗的理由是不兼容的。反抗丝毫未要求绝对的自由，甚至相反，它谴责绝对的自由，它所质疑的恰恰是一个上位者拥有侵犯界限的无限权力。反抗者诉求的远非一种广泛的独立性，而是要大家有一个共识，只要有一个人存在的地方，自由就有其界限，这界限正是这个人反抗的权利，反抗不妥协的深刻原因就在于此。反抗越是意识到自己要求的是一个合理的界限，就越加坚定不移。反抗者无疑会为自己要求一定程度的自由，但贯彻反抗的精神，他绝不会要求摧毁生命以及他人自由的权利。他不会侮辱任何人，他所要求的自由是为了所有人，他所拒绝的自由，也不允许任何人拥有。他不只是为奴隶反抗主人，也反对世界上还存在主人与奴隶。因为有了反抗，历史除了主人与奴隶关系之外，还多了一点东西，无限的权力并非历史唯一的法则。反抗者正是以另外一种价值的名义来证明，绝对的自由是不可能的，但与此同时，他要求本身一定程度的自由，因为如果没有这相对的自由，就无法察觉出绝对自由的不可能性。每一种人类自由，从最深层的根源来看也都是相对的，最极端绝对的自由——杀人的自由——是唯一不要求自身限制的自由，也因此泯灭了自由，它自绝于反抗的根源，盲目飘荡，像个作恶的虚幻阴影，直到自以为在意识形态中找到躯壳。

我们可以说，反抗的结果若是毁灭，那它就违反了自身的逻辑。它要求人类状况的一致性，它是生命的力量，而非死亡的力量，它深层的逻辑不是毁灭，而是创造。反抗运动若维持初衷，就不能抛弃支撑它的所有矛盾，必须忠于它所包含的"是"，又同时坚持它所拒绝的"不"，虚无主义诠释反抗时则只看到这"不"，而忽略了整体。反抗者的逻辑是要追求正义，绝不在生存状况里再增加不正义；尽量用清楚的语言，不使普世的谎言更扩张；正视人的苦难，为争取幸福而努力。虚无主义的狂热，加上不正义与谎言，在风风火火中背弃了原本的要求，抛弃了它最明确的反抗理由。虚无主义疯狂地觉得这世界注定灭亡，所以杀人。反抗的结果则是相反，它拒绝承认杀人的合理性，因为其原则就是反抗死亡。

倘若人光靠一己之力就能达成世界的和谐一致，光靠他的意旨、诚心、纯真、正义就能使世界一致，那他就成了上帝，如果真能够这样，就没有理由反抗了。反抗存在，是因为谎言、不正义、暴力构成了反抗者的生存状况，他若不能誓言绝不杀人也不说谎，就必须放弃反抗，接受世界上的谋杀与罪恶；但他也不能接受杀人与说谎，因为倘若视谋杀与暴力为合理，也就摧毁了他反抗的理由。反抗者永无安宁之时，他知道什么是善，却不得不为恶。使他能昂然挺立的价值，从来不是一旦获得就能拥有的，他必须不停地保持它，若无再一次的反抗支持他所获得的存在，这存在就会崩于无形。无论如何，若他永远无法不杀一个人——不论是直接还是间接——就该将他的热血和激情用来减少周围杀人发生的机会。既然已身陷黑暗，唯一的美德就只能是不继续往下深陷，虽然已罪恶缠身，还是坚定地往善勉力前进。他若自己杀了人，就要接受死亡。反抗者忠于反抗的本源，以牺牲自己的性命来表明他真正的自由不是来自杀人，而是来自对付出自己的生命的坦然接受，正是此时他发现了形而上的荣誉。卡利亚耶夫站在断头台上，对所有弟兄指出人的荣誉开始和结束的准确界线。

历史上的谋杀

反抗也在历史中展开，历史要求的不只是可作为榜样的典范，也要求效率和才干，这使得理性的杀人有可能在历史中找到正当性。反抗的这种矛盾也明显地反映了在政治上两种无法解决的典型矛盾：一方面是暴力与非暴力的对立，另一方面是正义与自由的对立。让我们试着定义其间的矛盾。

最初始的反抗运动所内含的正面价值，原则上放弃暴力，却也因此缺乏使一场革命稳定下来的力量。反抗不断受困于它内含的矛盾，在历史层面上，这种矛盾更加明显。倘若放弃人的身份应被尊重的原则，那就是向施压者认输，等于是放弃反抗，回到虚无主义的冷眼坐视，虚无主义此时便成为相对于革命的保守思想。倘若要求人的身份被尊重作为存在的前提，投身于行动，想成功行动便需运用无耻的暴力，这样又否定了人的身份与反抗本身。倘若再将这矛盾扩大一点，倘若世界的一致性不能来自神祇，那就只能以人类的高度在历史里塑造。若无更高的价值来使历史改观的话,历史就会受效率法则支配。纯粹的历史哲学观所得出的将会是历史唯物主义、决定论、暴力、对一切自由的否定(因为自由与效率背道而驰)、狠辣和沉默的世界。当今世界,唯有永恒的哲学能站在"非暴力"那边,针对绝对历史性,它会以历史的创造来反驳;针对历史的情势,它会质疑它的根源;针对非正义,它会交由上帝带来正义。然而,它所提出的一切解答,都需要信仰才能令人接受。人们也可以质疑:世间的恶与矛盾究竟是无所不能但邪恶的上帝带来的,还是善良却毫无建设性的上帝袖手旁观所导致的?人们一直难以抉择,是要圣宠还是历史,是要上帝还是刀剑?

面对这个选择,反抗者能持什么态度呢?若转身背离世界与历史,就是否定反抗本身的原则;若选择神的永恒生命,某种意义来说就是屈服于恶。他如果不是基督徒不信上帝,那就只能埋头走到底,然而走到底意味着选择绝对的历史,意味着选择因历史所需进行的杀人举动,而同意杀人的合理性依旧违反了反抗的本源。反抗者若不做出选择,就是选择了沉默,使他人受奴役;倘若在绝望中,他声明同时反对上帝也反对历史,那就是见证了纯粹自由,意即虚无。在我们所处的这个历史阶段，找不到一种不受恶所限的崇高理由，只能在沉默与杀人之间进退维谷，而这两者都是放弃。

这还是与正义和自由有关，这两个诉求已是反抗运动的原则，又出现在革命风潮中，然而次次革命的历史都显示出这两者几乎永远互相冲突，好似二者的诉求是不兼容的。绝对的自由，就是让最强者拥有统治的权利，它引起的冲突只会让不正义更得利；绝对的正义意图消灭所有的冲突，结果泯灭了自由[1]。为正义、因自由而起的革命，最后却使这两者相互对立。在每一次革命中，一旦消除了之前统治的主人阶层，就会有一个阶段激起反抗运动，这反抗标示出革命的限度，宣告革命失败的可能性。革命首先想满足使它产生的反抗精神，继而为了肯定和强化革命本身，又必须否定这反抗精神，反抗运动与革命成果之间似乎存在着无法消解的对立。

然而这种对立只存在于绝对之中，意味着一个没有中介调停的世界和思考方式。的确，一个完全与历史分割的

---

1 尚·科尼叶所著的《关于正确运用自由的对谈》(*Entretiens sur le bon Usage de la Liberté*) 提出的阐释可以简述如下：绝对的自由摧毁所有价值，而绝对价值泯灭一切自由。如同巴朗德（Palante）所说："倘若只有一个唯一普世的真实，自由就没有存在的理由。"——原注

神和一个去除一切先验性的历史之间,不可能妥协调和;这两者在世间的代表就是修道者和官员,然而这两种人的不同之处,并非如人所说的,是清静无为和讲求效率的差别。前者只选择无效果的袖手旁观,后者只选择无效果的破坏,因为二者都排斥了反抗所彰显的中介调停的价值,二者代表的都是远离真实的两种虚弱无力,善与恶的虚弱无力。

倘若否定历史就是否定真实,那么把历史视为一个自给自足的整体,也就是远离真实。20世纪的革命以历史取代上帝,自以为避开了虚无主义、忠于真正的反抗,事实上,它强化了前者,背叛了后者。历史在它纯粹的运动中,并不会提供任何价值,因此只能随着当下的有效性起舞,并且保持缄默或说谎。一贯的暴力、受迫的沉默、算计、群体扯谎,将成为不可避免的规则。纯粹历史的思想本来就是虚无主义的思想,它全盘接受历史的恶,因此是和反抗对立的。尽管它一再强调历史的绝对合理性,但直到历史终结之前,这个合理性并不会达成,也不会有完整的意义。但在历史终结之前,还是必须行动,而且直到最终的规则显现之前,行动都不受道德规范的约束。政治上犬儒利己的态度,只有按照绝对主义思想才是合乎逻辑的,也就是说它一方面是绝对的虚无主义,另一方面是绝对的理性主义[1],至于后果呢,这两种态度产生的后果并无不同,从它们被接受的那一刻起,大地便荒芜了。

事实上,绝对的纯粹历史甚至是不可思议的,例如雅斯贝尔斯的基本思想指出,人不可能掌握全体性,因为他自己就在这全体之内。历史若是一个整体,只能存在于一个在历史与世界之外的观察者眼中。最终历史只能是为一个上帝而存在,因此想要依循那些掌握普遍历史的全体性的计划来行动是不可能的。一切历史行动都只拥有多多少少的合理性或只是一场有根据的冒险,它一开始就是一种风险,而既然它本身是风险,便不能有任何过度,也不能奢言任何坚定不移与绝对的立场。

相反,倘若反抗可以建立一种哲学,那应该是一种关于限度的哲学,不知算计也不冒盲目的风险。不知晓一切的人无法磨灭一切,反抗者不将历史视为绝对,而是以他本性中所拥有的想法来拒绝它、质疑它;他拒绝所处的状况,而这状况很大一部分是历史的,不正义、变迁、死亡都在历史

---

[1] 我们已看到,并一再强调,绝对的理性主义并非理性主义,这两者的区别犹如犬儒利己主义与现实主义的差别。前者将后者推向极端,超过给予它意义与合理性的界线。它更激烈,却反而降低了效力,是一种以暴制暴。——原注

中出现，拒绝它们，就是拒绝历史。当然，反抗者并不否定包围着他的历史，甚至试着在历史中肯定自己，然而他面对历史犹如艺术家面对真实一样，排斥却不逃避，哪怕只是一秒钟，他也不会把它视为绝对。倘若迫于时势参与了历史的罪行，他也不会将之合理化。理性的罪行不但不能被反抗认可，而且意味着反抗的死亡。为了使这个明显的事实更加清楚，可以看到理性罪行的第一步就是将罪行施加于反抗者身上，因为反抗行动所反抗的正是那个被神化的历史。

那些自命为革命者的思想中的骗局，在今日被重拾，甚至加剧了原先资产阶级的欺瞒，它允诺绝对的正义，却让不正义、无限度的妥协、卑鄙的行径继续下去。反抗要求的只是相对性，所允诺的只能是搭配相对正义的确然尊严，它为建立人类共同体而确定了一个界限，它的世界是相对的世界。不像黑格尔、马克思说一切都是必要的，反抗只是重申在某个界限之内的一切都是可能的，但就算只是可能的，也值得为之牺牲。介于上帝与历史、修道者和官员之间，反抗开启了一条艰难的道路，使矛盾能共同生存、彼此超越。现在让我们借例子讨论一下这两个矛盾。

一个革命行动若想符合自己的根源，就应该积极赞同这相对性，它忠于人的生存状态，对所使用的手段绝不苟且，接受近似的目标。为了使近似的目标越来越清晰，它会倾听多方意见，以此维持"共同存在"的反抗精神。它尤其坚持法律要清楚地订立施行，因为它定义了关于正义和自由的适当做法，若没有自然法与民法作为社会的基础，社会就不会有正义，若法律没有明令清楚，权利也就如同不存在。如果法律能被立即明确下来，那么它所奠定的正义终有一日可能来到世界。要达到共同存在，必须从我们身上所发现的少许存在着手，而非先去否定它。如果直到正义奠定之前，都要先让法律沉默，那就是永远要它沉默，因为倘若正义已经笼罩世界的话，又何须法律发言呢？因此正义再一次被交到那些唯一有发言权的掌权人手里。几个世纪以来，由掌权者分派的正义和存在被称为恩赐，为了期待正义而扼杀自由，犹如恢复恩宠概念，但这次不牵涉神，而是在狂乱的反动中，恢复国王掌权者这种低阶的神秘偶像。在正义尚未实现的时候，自由保障了抗议的权利，拯救了人与人之间的沟通。在一片沉默的世界里的正义，受奴役而缄默的正义，其实破坏了人与人之间的沟通，已不能被称为正义。20世纪的革命因不知限度和其征服的目的，恣意分隔了这两个不可分的概念。绝对的自由会罔顾正义，绝对的正义会否定自由，这两个概念若想有成效，必须在彼此间找到各自的界限。若没有正义,没有一个人会认为他的生存状况是自由的,同样地,若无自由,则无正义可言。倘若无法正确指出什么是正义与不正义的,无法以自身的一小部分拒绝死亡的存在,就去要求人类的共同存在,那么自由是无法想象的。有一个正义——虽然是很另类的正义——可以恢复自由这历史上唯一永不衰竭的价值:那就是人若为自由而死,就是死得其所,他会认为自己精神长存。

同样的道理也适用于暴力,绝对的"非暴力"消极地奠定了奴役以及与奴役相关的暴力,一贯的暴力则积极地摧毁人类共同体以及我们依赖它而获得的存在,这两个概念若要收到效果,就必须找到限度。在被视为绝对的历史中,将暴力合理化,只是一个危险的权宜做法,它使沟通中断。对反抗者来说,暴力必须维持它的暂时性,就算无法避免,也仅止于面对猝不及防的危险时才能使用,并且个人必须负起责任。系统的暴力则置于事物的秩序之中,从某方面来说,它把一切安排妥当,不论"首领原则"或是"历史理性"是以何种秩序奠定的,它统治的是一个物的世界,而非人的世界。反抗者把杀人视作一个界限,他如果不得不做,就必须以死来承认这界限,同样地,暴力也只能是面对另一个暴力时使用的最后界限，例如在起义交锋时。倘若不正义已过渡到不得不使用暴力，反抗者也要预先拒绝让这暴力被某个学说或某个国家理由利用。所有的历史危机都由法规作为结束，我们不能掌握后果严重的危机，却可以掌握法规，因为我们可以定义它，可以选择那些我们为之战斗的法规，并让我们的战斗依循法规指引的方向。真正的反抗行动倘若同意使用武力，那么它仅仅是为了那些限制暴力而非使暴力制度化的法规。革命若不保证立即取消死刑的话，那就不值得为它死；革命若不预先拒绝施行无限期的牢刑，那就不值得为它坐牢。起义的暴力朝着这些法规展开，一有机会就提起这些法规，这是唯一真正使暴力暂时维持的方式。如果历史终结是绝对的，如果人们认为它是必然的，就有可能牺牲别人；如果不认为终结是绝对且必然的，在为了人类共同尊严的斗争之中，就只能牺牲自己。为达目的可以不择手段吗？或许吧。但谁来证明这目的是否正当合理呢？针对这个问题，历史思想仍无答案，反抗的回答则是：以手段来证明。

这种态度在政治上意味着什么呢？首先，这态度是有效的吗？我们只能毫不迟疑地回答，就今日来说它是唯一有效的。所谓的效力有两种，一种是台风式的，一种是源泉式的。历史绝对主义并非有效力，而是有能力，它取得了权力就不放手，一旦权力在握，它就毁掉唯一具有创造性的现实。发自于反抗的行动，不妥协且遵守限度，维持这个现实并使之越来越扩展，这样的行动并非注定无法获胜，而应说它冒着无法获胜而亡的风险。然而，革命要不就冒这样的风险，要不就承认这场革命只是一桩想换新主人、应受唾弃的事业而已。一个放弃了荣耀的革命就是背叛了它的本源，因为它的本源就是荣耀。总而言之，革命的选择或是物质上的效率或虚无，或是冒着风险试着创造。以前的革命者急于完成革命事业，充满乐观，但在今日，革命精神已有一百五十年的经验作为借鉴，在意识与远见方面大有成长。更何况，革命已丧失节庆般的号召力，成为一种着眼全世界的惊人的运筹计算，它虽然不见得承认，但深知革命若非放眼世界，就不会发起。它成功的机会与一场世界大战的风险等齐，革命就算成功了，也是一片废墟的帝国。它也可以继续忠于它的虚无主义，在尸体堆上印证最后的历史理性，如此就必须放弃一切，除了那使人间地狱骤然改观的无声音乐。但在欧洲，革命精神也可以——第一次也是最后一次——反省它的原则，思索是什么偏差使它走上恐怖和战争的歧途，并以它的理性和反抗，重新找回它的初衷。

▎每个反抗者，奋起反抗压迫者，都是为生存辩护，投身对抗奴役、谎言和恐怖，在电光石火的一瞬间，谴责这三个灾祸使人间笼罩沉默，使人与人无法沟通理解，阻止人所拥有的能救赎于虚无主义的唯一一个价值，这价值就是与命运搏斗时彼此间悠长的默契。

反抗者诉求的远非一种广泛的独立性，而是要大家有一个共识，只要有一个人存在的地方，自由就有其界限，这界限正是这个人反抗的权利，反抗不妥协的深刻原因就在于此。反抗越是意识到自己要求的是一个合理的界限，就越加坚定不移。

反抗者的逻辑是要追求正义，绝不在生存状况里再增加不正义；尽量用清楚的语言，不使普世的谎言更扩张；正视人的苦难，为争取幸福而努力。

反抗存在，是因为谎言、不正义、暴力构成了反抗者的生存状况。

既然已身陷黑暗，唯一的美德就只能是不继续往下深陷，虽然已罪恶缠身，还是坚定地往善勉力前进。

不知晓一切的人无法磨灭一切，反抗者不将历史视为绝对，而是以他本性中所拥有的想法来拒绝它、质疑它。

适度与过度

> 限度不是反抗的反面，反抗正是限度，它统御着、捍卫着限度，穿过混乱的历史重新创造一个新的限度。

革命走入歧途的原因，首先在于忽视或完全不了解与人的本性密不可分的"限度"，而这"限度"正是反抗所彰显的。虚无主义思想因忽视限度，终至投入一个持续加速度的运动中，无法停止它们造成的后果，因此继续投入全然毁灭与无止境的征服。经过这一长串对反抗和虚无主义的思索之后，我们现在知道，革命若只讲求历史效率而无其他限度，便意味着无限度的奴役。革命精神若想摆脱这种命运，维持生命力，就应该回到反抗的本源，忠于本源，从中汲取唯一的思想，也就是关于限度的思想。倘若反抗所揭示的限度会改变一切，倘若一切思想和行动超越了某一点之后就会否定自己，那就说明了事物与人的确有一个尺度。对于历史就如同对于心理学，反抗是个乱掉的钟摆，想摆出最大的幅度，寻找自己最深沉的韵律并随之摆动，但这摆动并不是完全乱摆，还是围着一个轴心。反抗体现出人的共同本性，也显示出这个本性原则的节制与限度。

今日一切的思考，不论是虚无主义的还是积极的，有时是在不自知的情况下揭示了事物的限度。科学对其也加以了肯定。迄今为止的量子论、相对论、测不准原理，都标明一个只能从我们这个普通数量级的世界测出的现实[1]。引领当今世界的意识形态都产生于绝对科学量值的时代，然而，我们真正的认知只能让我们拥有相对量值的思想。拉萨·比克尔[2]说："智慧使我们不将自己所想的推到极致，以便还依然能相信现实。"唯有近似的思想才能贴近真实[3]。

甚至物质力量，在盲目的前行中也显出它本身的限度，因而推翻技术是不必要的，纺车的时代已结束，梦想重温手工业文明纯属徒劳。机器之所以不好，完全是因为目前

---

1 就这一点，请参考拉萨·比克尔一篇精湛而出人意料的文章《物理学证实哲学》（La Physique Confirme la Philosophie），《恩培多克勒文学月刊》（*Empédocle*）第七号。——原注
2 拉萨·比克尔（Lazare Bickel），20世纪50年代的法国文人，生平不可考。——译注
3 今日的科学背叛了它的本源，为虎作伥地效力于国家恐怖主义和强权思想，否定了它自己所达成的成就。它的惩罚和沦落让它只能在一个抽象世界里生产出毁灭和奴役的方法。然而当界限被超过时，科学或许也会为个人的反抗效力，这个恐怖的界限被超过时，将标示一个决定性的转折点。——原注

使用它的方式，我们就算拒绝机器所造成的破坏，也必须承认它有其益处。卡车司机长时间地日夜驾驶着一辆卡车，对整辆车非常熟悉，怀着感情和效率驾驶它，这辆卡车并不会令驾驶它的人感到屈辱。真正的非人性的过度在于分工，然而如果过度持续地发展下去，有一天会出现一个一百道工序的机器，仅由一个人操作，只制造一种产品，那么这个人，在不同尺度下，也会重新感受到手工业时代的部分创造力，届时无名的生产者就接近了创造者的角色。当然，工业上的过度未必会立刻朝这个方向发展，但其运作已经显示限度的必要性，也引起关于如何组织起这个限度的思考。无论如何，要么适度来发挥作用，要么当代这种过度只能在普遍的毁灭中找到其规则和解决方法。

这个限度的规则也适用于反抗思想中的一切矛盾。真实的不完全是合理的，合理的不见得是完全真实的，我们在谈论超现实主义时已经看到这一点，对和谐一致的渴望不只要求一切要合理，也要求不牺牲掉"不合理"。我们不能说一切都无意义，因为下这个评断的时候就已经承认了一个价值判断；也不能说一切皆有其意义，因为"一切"这个词对我们来说并没有意义。不合理限制了合理，合理回过头也对不合理显示出限度，我们应超越无意义，找到有意义的那个东西。同样地，不能说存在只处于本质阶段，本质岂不是在生存与流变中才能被掌握吗？但也不能说存在仅仅是生存，不断在改变的不能说是存在，必须有个开端。存在要在未来的生成之中才能证实自己，而未来的生成若缺了存在就什么也不是。世界并非纯粹固定的，也不仅仅是运动流变的，它既是运动也是固定的。举例来说，历史辩证法并非永远以某个未知的价值作为逃避，它还围绕着限度这第一价值。创造生成流变概念的赫拉克利特，也对永恒的流转定出了一个标界，这个界限的象征就是对过度的人毫不留情的"适度女神"涅墨西斯[1]。想对当代反抗所显露的矛盾进行深度思考，应当多向这位女神请教。

道德上的二元矛盾也因这调停中介的作用，开始变得清晰。善若是离开了真实，就会变成恶的原则，但它也不能完全和真实融为一体，否则就是否定它自身。反抗所揭示的道德价值并不位于生命与历史之上，如同生命与历史也不位于道德价值之上。事实上，唯有人愿意为这道德价值付出生命或奉献一生时，它在历史上才具有实在性。雅各宾党与资产阶级的文明认为价值超越于历史之上，它的制式美德因而

---

[1] 涅墨西斯（Némésis），希腊神话中的复仇女神，对人类的过度行为严厉惩罚。——译注

奠立了令人厌恶的欺瞒伪善。20世纪的革命宣称价值和历史运动不可分,它的历史理性又将一种新的欺瞒给合理化了。面对这种脱序,限度的观念让我们知道,一切道德都必须含有一定的现实成分,因为绝对的美德会杀人;一切现实都必须含有一定的道德成分,因为犬儒利己罔顾道德也会杀人。这也是为什么人道主义的夸谈与犬儒利己主义的煽动同样空洞。人并非完全有罪,他并没有开启历史;也并非完全无辜,因为他在继续着历史。那些超过这个限度,认定自己完全无辜的人,终会陷入罪恶的狂热之中。相反地,反抗引我们走上一条对犯罪进行考量的道路,它唯一不可抑制的希望,最终体现在那些无辜的杀人者身上。

在这个限度上,"我们存在"很吊诡地定义了一个新的个人主义。"我们存在"面对着历史,历史必须考虑和重视这个"我们存在",反过来"我们存在"也应在历史中保持自己。我需要其他人,其他人也需要我,我们彼此需要。每一次集体行动、每一个社会都需要纪律,若无这条法则,个体只不过是个屈服于敌对的集体力量的外来者,相对地,社会和纪律若否定"我们存在",就会失了方向。就某种意义来说,我一人身上扛着全体共同的尊严,我不能贬低求存,也不能让其他人忍气吞声。这种个人主义不是光顾自己安逸满足，它是奋斗，不停地奋斗，顶多是在自豪的同理心的顶峰，偶尔领受到无可比拟的快乐。

南方思想

想知道这样的态度在当代世界能否在政治层面发挥作用，只需举出一个例子，那就是传统上所称的革命工会运动。这工会运动有什么成效呢？答案很简单：一个世纪以来，它惊人地改善了劳工的工作条件，从每天十六小时降低到每周四十个工时。意识形态帝国使社会主义倒退，摧毁了工会运动达到的大部分成果。这是因为工会运动以实际的基础——职业——为出发点，对于属经济范围的各行各业，和属政治范围的公社团体来说，它是巩固整个组织的活跃细胞；反观专制强权的革命，以学说为出发点，强行把真实勉强地冠在学说上。工会运动犹如公社团体，着眼于现实，否定官僚式的、抽象的中央集权[1]。20 世纪的革

---

[1] 之后将成为巴黎公社社员的托兰（Tolain）曾说："人只有在自然团体中才能得到解放。"——原注

命却相反，声称着重经济，但它首先是政治的、意识形态的，其运作不可避免地对现实施加恐怖手段和暴力，不论口中说的是哪一套，它仍是以绝对为出发点来塑造现实的。反抗则是反过来，着重现实，以此出发不停战斗，朝向真理而行。前者试图由上往下地实现目标，后者则由下往上地实现目标。反抗远非浪漫主义的，相反，它是真正的现实主义，当它发动革命时，是为了生命，而非反对生命。这也是为什么它首先着眼于最具体的现实，即职业、村庄这些流露生命和人与事物活生生心灵的地方，对它来说，政治应该服从于这些真理。总之，在最不同的各种政治条件下[1]，它在带动历史并减轻人的痛苦之时，并未使用恐怖或暴力。

这个例子代表的意味其实更为深长。当强权革命压倒工会和自由主义精神的那一天，革命思想本身便失去了它不可或缺的抗衡力量，只能走向衰亡。这种抗衡的力量，这种以生命为考量的精神，正是那个被称为阳光思想的悠

---

[1] 仅举一个例子，今日北欧各国社会显示，在纯粹政治的对立中，也会出现造假与杀人。最活跃的工会运动与君主立宪政体调解，完成近乎公正的社会。相反地，历史和理性的帝国的首要考量，就是压垮各行业组织的团体以及公社的自治。——原注

久传统的力量所在。从古希腊以来，在这种思想下，大自然与生成流变向来维持平衡。"第一国际"时期，德国社会主义不断与法国、西班牙、意大利的自由主义思想斗争，也就是德意志意识形态和地中海精神的斗争[1]。公社对抗国家，具体社会对抗绝对主义社会，审慎的自由对抗理性的专制，利他的个人主义对抗对群众的奴役，这些二分矛盾再一次显示了西方自古以来层出不穷的、介于适度与过度之间长久的对立。本世纪深沉的冲突，或许倒不是介于德意志的历史意识形态和基督教政治之间——某方面来说这两者相辅相成——而是介于德意志梦想与地中海传统之间、永恒青少年式的暴力与成熟的刚强魄力之间、被知识和书本搞得绝望怀旧的情绪与在生命过程中越来越坚强清晰的勇气之间；总之，介于历史与自然之间。然而，德意志意识形态在这方面只是继承者，它完成了二十个世纪以来与大自然的徒劳抗争，这一抗争先以历史上的神为名，继之以神化的历史为名。基督教能赢得天主教的地盘，无疑是

---

[1] 参考马克思 1870 年 7 月 20 日写给恩格斯的信，信中期望普鲁士战胜法国："德国无产阶级面对法国无产阶级的优势，将同时是我们的理论面对普鲁东理论的优势。"——原注

靠着对希腊思想尽可能的吸收。然而，教会一旦慢慢消减它所继承的地中海思想，就转而偏重历史，牺牲了自然，以哥特式压倒罗马式，摧毁本身的限度，越来越追求世俗的强权与历史动力论。大自然不再是观照和赞赏的对象，仅仅成为意欲改造它的行动中的一项元素。调和的概念原本可以成为基督教真正的力量，然而在现代却被上面所说的这些趋势战胜，结果作茧自缚，这些趋势反过来危害了基督教自身。上帝被这历史的世界驱逐，德意志意识形态引发的行动并非追求尽善尽美，而是纯粹的征服行动，也就是专制。

然而，历史的专制尽管获胜，却始终与人性中一个不可克服的原则相抵触，那是地中海深藏的秘密，它散发的智慧带着阳光的炙热气息。巴黎公社或革命工会的反抗思想，不断地朝着资产阶级的虚无主义和强权社会主义喊出这个原则。专制思想利用三次战争并消灭一批杰出的反抗者的生命，吞没这个自由思想的传统。但这个贫瘠的胜利只是暂时的，斗争仍在继续。欧洲一向就处于这种正午和子夜的斗争之中，正是因为放弃斗争，让黑夜战胜白昼，它才开始沦落衰退。正是这种相互对抗的平衡被毁了，才造成了今日的恶果。失去调节中介，远离自然之美，我们又重回《旧约》的世界，夹在残酷的法老和无情的天界神明之间。

在共同的苦难之中，人又发出原先的诉求，大自然又挺身面对历史。当然，这并非要蔑视什么，也不是标榜某个文明以贬低另一个文明，只是简单说明这种思想是今日社会再也无法缺乏的。诚然，欧洲可以从俄罗斯人民身上学到一种牺牲的力量，从美洲吸取一种建设的必需能量，但是世界的年轻活力永远围绕着相同的地中海海岸。我们被抛到一个失去美与友谊的欧洲，最高傲的种族在那里濒于死亡，但我们这些地中海人民依旧活在同样的阳光下。欧洲的深夜之中，阳光思想、双重面孔的文明还等待着黎明，但它已然照亮通往真正掌握的道路。

真正掌握，在于驳斥这个时代的偏见，首先是最根深蒂固、最糟糕的偏见，即认为人一旦摆脱过度，就会沦落到一种不敢兴风作浪的智识贫乏的状态。是的，若是像尼采这样以发疯为代价，过度也可以是神圣的，然而展现在我们文化舞台上的这种心灵的放肆狂浪，难道都是这种混乱的过度、对不可能的疯狂追求，人只要陷入一次，便再也无法驱除的吗？普罗米修斯可曾有过这种奴隶或检察官的面目吗？不，我们的文明苟活在卑鄙仇恨的灵魂和已老去的青少年虚荣的希望之间。路西法和上帝一起死亡，灰烬中冒出一个偏狭的魔鬼，甚至不知该走向何方。在1950年，过度是很舒适的事，有时还能借此闯出一番政治前途。适度却相反，是一种纯粹的紧张压力，它无疑在微笑着，而那些痉挛式汲汲营营于世界末日的人们则报以蔑视。然而这微笑在无尽努力的顶峰更加灿烂，它是一份附加的力量。那些向我们露出尖酸脸孔的小欧洲人，连微笑的力量都没有了，如何能将他们绝望的痉挛标榜为比他人优越的模样呢？

真正过度的疯狂要么消亡，要么创立它自己的限度，不会为了制造借口而杀人。在最极端的痛苦挣扎之中，它重新找到限度，若有必要就会牺牲自己，如同卡利亚耶夫所做的。限度不是反抗的反面，反抗正是限度，它统御着、捍卫着限度，穿过混乱的历史重新创造一个新的限度。这个价值的起源已经说明，它永远只能是痛苦的。反抗创造的限度，也只能透过反抗表现出来，它是由智慧激发与掌控的恒久冲突，无法战胜不可能，也无法战胜深渊，而是与这两者相抗衡。不论我们做什么，过度始终在我们心中占据一个角落，那个孤独的角落。我们身上都背着我们的艰辛、罪恶与我们所造成的灾祸，但我们的任务不是使之在世界上作乱，而是与之挣扎搏斗，不论是在自身，还是在其他人身上。反抗，如同巴雷斯[1]所说，是持续了一整个世纪的不屈服的意志，这种意志在今日依然是这场搏斗的原则。反抗是各种形式之母，是真正生命的泉源，它让我们在混沌狂暴的历史运动中永远挺立。

---

1 巴雷斯（Maurice Barrès，1862—1923），法国文人、政界人士，两次世界大战期间法国国家主义代表人物。——译注

经过这一长串对反抗和虚无主义的思索之后,我们现在知道,革命若只讲求历史效率而无其他限度,便意味着无限度的奴役。革命精神若想摆脱这种命运,维持生命力,就应该回到反抗的本源,忠于本源,从中汲取唯一的思想,也就是关于限度的思想。

一切道德都必须含有一定的现实成分,因为绝对的美德会杀人;一切现实都必须含有一定的道德成分,因为犬儒利己罔顾道德也会杀人。这也是为什么人道主义的夸谈与犬儒利己主义的煽动同样空洞。

反抗远非浪漫主义的,相反,它是真正的现实主义,当它发动革命时,是为了生命,而非反对生命。这也是为什么它首先着眼于最具体的现实,即职业、村庄这些流露生命和人与事物活生生心灵的地方。

真正掌握,在于驳斥这个时代的偏见,首先是最根深蒂固、最糟糕的偏见,即认为人一旦摆脱过度,就会沦落到一种不敢兴风作浪的智识贫乏的状态。

我们身上都背着我们的艰辛、罪恶与我们所造成的灾祸,但我们的任务不是使之在世界上作乱,而是与之挣扎搏斗,不论是在自身,还是在其他人身上。

超越虚无主义

> 我们因此明白，反抗离不开一种特殊的爱。

因此，对于人而言，存在着一个可能的适中水平的行动和思想，所有超出这个水平的举动都会引起冲突与矛盾。"绝对"不是通过历史可以达到的，更不是可以创造的，政治不是宗教，否则便是专横的宗教大法官。社会如何界定"绝对"？也许每个人都在为大众追寻这个"绝对"？但是社会和政治的责任仅在于处理众人之事，使每个人都有闲暇与自由去追寻这个共同的目标。历史不再被捧得高高的，被当成崇拜对象，它只是一个机会，审慎的反抗能让这个机会产生丰美的果实。

勒内·夏尔曾令人赞叹地写道："对收获的执着与对历史的漠然，是我的弓上的两端。"历史若不是由收获季的周期组成的话，就只是一个稍纵即逝的残酷影子，人在其中毫无立足之地，对这种历史付出，就是对虚无付出，反过来自己也什么都不是。然而，他倘若献身于自己漫长的一生，献身于自己的家园和众生的尊严，献身于大地，就会有所收获，进而播下新的种子，养活众生。这些人带动历史前进，也会在必要的时候挺身反抗，这意味着无休止的紧张压力，笃定中带着不安，正如诗人勒内·夏尔所描述的。但是真正的生命就存在于这撕扯痛苦的心灵里，它就是这撕扯痛苦本身，是翱翔于火山口冲天火焰上的精神，是对公平的狂热，是无法苟且妥协的适度。在这漫长反抗冒险的尽头，我们想听的并不是乐观的口号。在我们极度的不幸中，谁想听这些口号呢？我们想听的是充满勇气与智慧的话语，对沿海的人来说，这些话语甚至是必需的美德。

今日，没有任何智慧能自诩比反抗带来更多。反抗一次次不停地与恶对抗，每一次都只能更加勇往直前。人可以控制自己应该成为的样子，修正自己与生俱来可能成为的样子，然而，即使在一个完美的社会里，孩子们仍旧在不正义中死去。人竭尽努力能够做到的，也不过是尽量降低世上苦难者的数量，不正义与苦难依旧会存在，就算降到最低，还是令人发指。狄米特里·卡拉马佐夫的那句"为什么"还会继续不断轰响，只要还有人活着，艺术与反抗便不会死去。

无疑，人们在拼命追求一致性的渴望中，多少累积了一种恶，但引起这骚乱无序运动的起源是另一种恶。人面对这种恶，面对死亡，从心灵深处呼唤正义。历史的基督教面对这抗议恶的呼喊，只是宣称天国和永生，而这需要信仰才能让人信服。但是苦难却耗尽了希望与信仰，而苦难还是孤独无助找不到解释。对苦难与死亡已感麻木的广大劳动群众，是没有上帝的群众，在远离那些不论新旧的传道大师的地方，我们与他们并肩。历史的基督教将根除恶与罪行的任务从历史中脱离，然而这些恶与罪行却是在历史中发生的；当代的唯物主义自以为回应了所有的问题，然而它却甘为历史的仆人，扩大了历史杀人的领域，并且毫无正当理由地只以未来为美丽蓝图，这也需要信仰才能让人信服。在这两种情况下，人们都需要等待，在等待的时间里，无辜的人继续死亡。二十个世纪以来，世界上恶的总数并没有降低，没有任何神性的或革命的救世主降临，不正义依旧造成苦难，即使是罪有应得的苦难，也含着不正义的影子。普罗米修斯面对压迫他的力量长久的沉默依旧轰然作响，但是他发现人们转变了态度，转而反对他、嘲笑他。他陷于人类之恶与命运之间，陷于恐怖手段与专横之间，只剩下反抗的力量，可让他不屈服于蔑视与亵渎，在杀戮之间试着拯救还能拯救的东西。

我们因此明白，反抗离不开一种特殊的爱。那些在上帝身上、在历史中都找不到安宁的人，注定要为那些和他们一样活不下去的人而活下去，为那些被侮辱的人活下去。最纯粹的反抗运动环绕着卡拉马佐夫那声心碎凄绝的呐喊：如果不是所有人都得救，一个人获救有何意义！今日西班牙黑牢里囚禁的天主教徒，拒绝领圣体，因为专制政体下的神父规定某些监狱必须强迫执行领圣体。他们是被钉上十字架的无辜者仅有的见证人，如果必须以非正义和压迫作为代价，他们宁可拒绝救赎。这就是反抗的慷慨宽宏，毫不迟疑地付出爱的力量，毫不犹豫地抵制非正义。反抗的高贵之处是不算计，把一切献给当下的生命和还活着的弟兄，它就是如此为将来继起之人不吝惜地付出。对未来真正的慷慨大度，就是为当下献出一切。

由此，反抗证明了它就是生命运作本身，若否定反抗就是放弃生命，反抗每一声纯粹的呐喊，都使一个人挺立，因而它含有爱与建设性，若非如此它便什么也不是。罔顾荣誉、工于算计的革命注重的是抽象的人，而非有血有肉的人，它不断否定生命，以仇恨代替爱。一旦反抗忘记它慷慨宽宏的本源，就会被仇恨污染，否定生命，朝向毁灭，就会衍生出一群冷笑对世的卑鄙造反者，这些人终将是未来的奴隶，在欧洲各国市场上为各种奴役卖命。那么反抗就不再是反抗，不再是革命，而是仇恨与专制。当革命以权力和历史之名变成这个过度的杀人机器时，一个以适度与生命为名的新的反抗就成为不能不做的神圣任务，我们现在就处于这个临界点。在黑暗的尽头，我们已预测到必然会出现的光亮，我们只需奋斗就能使之成真。超越虚无主义，我们所有人在一片废墟之间，已经为重生做好准备，但是很少人知晓看清这一点。

反抗并没有自以为能解决一切，但至少它能面对，从这一刻起，"正午"（midi）[1]便在历史运动中潺潺流淌，在这炙炙火焰四周，黑暗的影子拳脚相加地持续了一阵子，随后消失，盲了眼的人摸摸眼睑，大喊这就是历史。欧洲人被遗弃在黑暗的阴影之中，找不到那发出光芒的定点，为了未来忘记了现在，为了烟雾般的强权忘记了人的苦难，为了城市中心的光辉忘记了郊区的贫困，为了缥缈的应许之地忘记了生活中的正义。他们对人的自由已不抱希望，反而梦想人类获得一种怪异的解脱，拒绝独自死亡，将众

---

[1] 原文中的 midi 可视为双关语，一是对照尼采"正午与子夜"的说法，二是法文中 Midi 指的是南方地中海岸，呼应了作者所标榜的南方思想。——译注

人集体的濒死垂危称作不朽。他们不再相信现在的一切，不再相信这个世界和活在世上的人们。欧洲不肯承认的内情是它不再喜爱生命。欧洲的盲目者幼稚地以为，只要热爱生命中的一天，就是让几个世纪的压迫成为合理，因此他们将喜乐从世界版图上抹去，推延到以后，到历史终结之时。对限度不耐烦、对自身存在的双重否定、对存在本身的绝望，这一切让他们陷入非人性的过度。他们否定生命真正伟大之处，只好取而代之标榜自身的强大卓越，既然本身其实也没那么卓越，他们只好把自己神化，于是灾难就开始了：他们成了瞎了双眼的神。卡利亚耶夫和他全世界的弟兄们则相反，拒绝神化自己，因为他们拒绝接受剥夺别人生命的过度权力，身为表率地选择了今日唯一脱离窠臼的法则：学习生存与死亡，想要成为人，就要拒绝成为神。

在正午的思想里，反抗者也扬弃神性，一起奋斗分享共同的命运。我们将会选择伊塔克岛[1]，忠诚的土地，大胆而质朴的思想，明智的行动，洞悉生命的人的慷慨宽宏。在阳光里，世界是我们最初和最终的爱。我们的兄弟们生活

---

[1] 伊塔克岛（Ithaque），荷马史诗《奥德赛》主人翁奥德修斯是伊塔克国王，经过惊险旅行返回伊塔克家乡。——译注

在和我们同样的天空下，正义并未死亡。一种奇特的喜乐涌现，帮助我们面对生命与死亡，从今而后我们拒绝将生与死这两个议题推延到以后。在痛苦的大地上，这喜乐像拔不尽的野草、苦涩的粮食、海上吹来的劲风、古老和新的曙光。在一路的战斗中，我们怀着这喜乐重新塑造时代的灵魂，重新塑造一个不排斥任何东西的欧洲。它不会排斥那个幽魂不散的尼采——西方世界崩溃后的十二年之间[1]，将他视为最高的意识与虚无主义的形象加以参拜；也不排斥在这骄傲的苦难时代，欧洲的智慧与能量不断提供的所有东西。1905年的牺牲之后，所有人都能重生，前提是他们懂得彼此修正，并且懂得阳光下有个限度在限制着自己。每个人都对其他人承认自己不是上帝，人自以为神的浪漫主义在此终结。值此时刻，我们每个人都应拉开弓弦，重新接受考验，在历史和反抗历史中征服已经拥有的东西：农地上贫瘠的庄稼、尘世短暂的爱。在这一刻，一个"人"终于诞生，舍弃过去的时代和青少年的疯狂。弦已拉直，弓已张满，在张得最满的那刻，一支箭将急射而出，那是最强劲、最自由的一支箭。

---

[1] 意指两次世界大战以来，十二年只是个概括数字，并非不多不少十二年。——译注

他倘若献身于自己漫长的一生，献身于自己的家园和众生的尊严，献身于大地，就会有所收获，进而播下新的种子，养活众生。

这些人带动历史前进，也会在必要的时候挺身反抗，这意味着无休止的紧张压力，笃定中带着不安，正如诗人勒内·夏尔所描述的。但是真正的生命就存在于这撕扯痛苦的心灵里，它就是这撕扯痛苦本身，是翱翔于火山口冲天火焰上的精神，是对公平的狂热，是无法苟且妥协的适度。

那些在上帝身上、在历史中都找不到安宁的人，注定要为那些和他们一样活不下去的人而活下去，为那些被侮辱的人活下去。

对未来真正的慷慨大度，就是为当下献出一切。

反抗每一声纯粹的呐喊，都使一个人挺立，因而它含有爱与建设性，若非如此它便什么也不是。

反抗并没有自以为能解决一切，但至少它能面对，从这一刻起。

图书在版编目（CIP）数据

我反抗，故我们存在 /（法）阿尔贝·加缪著；严慧莹译. -- 长沙：湖南文艺出版社，2025. 5. -- ISBN 978-7-5726-2286-1

Ⅰ. I565.65

中国国家版本馆CIP数据核字第2025UA3576号

我反抗，故我们存在

WO FANKANG GU WOMEN CUNZAI

[法] 阿尔贝·加缪 著　严慧莹 译

出 版 人	陈新文
出 品 方	中南出版传媒集团股份有限公司
	上海浦睿文化传播有限公司
	上海市静安区万航渡路888号开开大厦15楼A座（200042）
责任编辑	吕苗莉
装帧设计	祝小慧
出版发行	湖南文艺出版社
	长沙市雨花区东二环一段508号（410014）
网　　址	www.hnwy.net
经　　销	湖南省新华书店
印　　刷	河北鹏润印刷有限公司

开本：815mm×1120mm　1/32　　印张：12.5　　字数：200千字
版次：2025年5月第1版　　　　　　印次：2025年5月第1次印刷
书号：ISBN 978-7-5726-2286-1　　 定价：68.00元

版权专有，未经本社许可，不得翻印。
若有质量问题，请致电质量监督电话：010-59096394
团购电话：010-59320018

浦睿文化
INSIGHT MEDIA

出版统筹：胡　萍
策 划 人：余　西
编　　辑：顾明轩
装帧设计：祝小慧
营销编辑：狐　狸

欢迎出版合作，请邮件联系：insight@prshanghai.com
微信公众号：浦睿文化